사라진
헤밍웨이를
찾아서

사라진 헤밍웨이를 찾아서

한 편의 스릴러
영화처럼
반전을 거듭하는
미스터리 추리물!

다이앤 길버트 매드슨 지음
김창규 옮김

이든슬리벨

감사의 말

　헤밍웨이가 쓴 가상의 단편 일부를 만들어준 크리스토퍼 앤드류 슈나이더에게 무한한 감사를 보낸다. 크리스토퍼의 창작 능력은 정말 대단하다.

　'헤밍웨이의 모든 것'을 알려준 오크 파크 주민 모리스 버스키에게는 항상 고마움을 느낄 것이다. 그는 진정한 신사이자 학자이다. 그를 알게 되어 정말 기쁘다.

　세상에서 하나뿐인 토머스 J. 조이스에게 감사를. 그는 시카고에 있는 '조이스와 친구들의 희귀 서적'을 운영하고 있다. 원고와 애서가에 관한 전문가적 조언과 내게 보여준 우정에 대해 뭐라고 감사해야 할지 모르겠다.

　시카고 소재 '레슬리 힌드먼 경매전문회사'를 운영하는 레슬리 힌드먼에게도 크게 감사한다. 레슬리는 친절하게도 복잡한 경매장의 세계를 꿰뚫어 볼 수 있는 소중한 통찰력을 주었다.

　작품의 무대가 되는 시카고의 배경 묘사에 사실감을 더하도록 또한 번 꼼꼼하게 도와준 고든 드로어에게 진심으로 감사한다. 그가 내놓은 제안과 유머는 항상 그렇듯 적절했다.

7

홍보 담당이자 친구인 그레이스 모건에게, 그리고 재능을 발휘해 준 빌 크로즈 및 그 밖의 '미드나이트 잉크' 출판팀에게 감사를.

항상 그렇듯 남편인 탐 매드슨에게도 고맙다는 말을 전하고 싶다.

1922년 12월 2일, 스위스 로잔, 우시 성城

　　그 미국인은 스물세 살이었다. 키는 컸고 근육질이었으며, 1차 세계 대전의 참전 용사였다. 미국인은 프랑스에 있다가 얼마 전 그곳에 도착했다. 토론토 스타 신문사 소속으로 그리스-터키 간 평화 협정을 취재하기 위해서였다. 그는 최근에 결혼했으며 '털북숭이 고양이'에게 로잔으로 와서 만나자고 전보를 쳤다. '털북숭이 고양이'란 아내의 애칭이었다.

　같은 날, 프랑스 파리, 카르디날 르무안가 74번지

　　그 미국인의 아내 또한 미국 중서부 출신이었다. 두 사람은 파리에 있는 조그마한 아파트에서 아내가 물려받은 유산에 의지하며 살았다. 유산은 점점 줄어들고 있었다. 남편은 작가가 되려고 노력하는 중이었다. '털북숭이 고양이'는 감기에 심하게 걸렸기 때문에 남편과 동행하지 못했다. 그녀는 애정을 담아 남편을 '웅가'라고 불렀다. 남편이 간청을 했기 때문에 그녀는 짐을 싸고 스위스로 갈 열차 편을 예약했다. 그리고 남편의 작품들을 작은 여행가방에 하나도 남김없이 나눠 남았다. 남편이 집필을 계속하고 작품 하나라도 팔기를 바라는 마음에서였다.

같은 날, 프랑스 파리, 리옹 기차역

열차에는 그 시절의 트랜드에 맞게 승객의 사생활을 보호해주는 차량이 있었다. '털북숭이 고양이'는 수하물을 짐꾼에게 맡기고 여행가방을 직접 챙겼다. 고양이는 자신의 차량으로 곧장 이동했다. 그리고 출발 전에 수하물을 확인하러 나가서 신문을 샀다. 돌아와보니 여행가방이 없었다.

1922년 12월 3일, 로잔, 기차역

열차가 도착했고 남편은 '털북숭이 고양이'를 만났다. 여인은 참지 못하고 남편에게 무엇이 잘못됐는지 말할 수 없을 정도로 울었다. '푸우'는 아내를 다독이고 무슨 일이 생겼는지 모르겠지만 괜찮으니까 그렇게까지 울 필요는 없다고 말했다. 아내는 여행가방과 남편의 작품을 분실했다고 말했다.

같은 날, 로잔, 기차역

남편은 그 사실을 믿지 못하고 곧바로 다음 급행열차에 올라타서 편도로 열두 시간 거리에 있는 파리로 돌아갔다. '웅가'는 '털북숭이 고양이'를 스위스에 남겨두고 갔다.

1922년 12월 4일, 프랑스 파리, 카르디날 르무안가 74번지

남편은 리옹 역에 들러 물어본 다음 아파트를 이 잡듯이 뒤졌다. 남편은 장롱 속에서 단 하나의 작품을 찾았다. '미시간 북부'였다. 삼 년 동안 썼던 작품과 복사본이 모두 사라졌다. 남편은 특히 복사본이 사라졌다는 것 때문에 더욱 화가 났다.

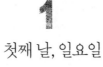

1

첫째 날, 일요일

사랑은 전쟁과 비슷하다.
시작하기는 쉽지만 끝내기는 어렵다.
—스코틀랜드 속담

내 이름은 디디 맥길이다. '디디'가 무슨 뜻인지는 제발 묻지 말아주기를. 나는 여자이고, 금발이며, 스코틀랜드 사람이다. 그리고 보험조사원이다. 나는 사람들에게 유독 자주 부탁하는 말이 있다. 나를 꼭 나쁜 사람으로 볼 필요는 없다는 말이 그것이다. 나는 '바람의 도시'에서 살고 활동한다. 정치만 빼면 아주 좋은 곳이다. 시카고는 우아한 도시가 되기 위해서 고군분투하고 있지만, 이름이 뜻하는 것처럼 그리 달라지지는 않는 것 같다. 시카고란 이름은 오지브와 인디언의 말로 '스컹크'라는 뜻이다.

시카고는 로스앤젤레스가 급성장하기 전까지 '제2의 도시'라고 알려져 있었다. 시카고의 고도는 해발 176미터이다. 나는 한때 시카고의 지면에서 발을 떼지 않고 살았지만, 최근에는 발이 떠 있는 듯하다. 나는 처음부터 시작하는 쪽을 좋아하지만, 사실 시작이란 건 따로 없다. 언제나 결말만 있을 뿐이다. 그 모든 일이 시작된 건 8개월 전이었다. 길고 긴 8개월이었다. 그때 나는 스카티 스튜어트라는 이름의 멋진 남성과 좋은 관계를 유지하고 있었다. 8개월 전만 해도 나는 저주의 힘 같은 건 믿지 않았다. 그러다가 초인종이 울렸고, 나는 그 소식을 들었다. 그날 이래로 나는 머리가 수면 아래로 가라앉지 않도록 필사적으로 싸우고 있다.

일이 너무나 잘 되어가는 바람에 엘리자베스 고모가 자주 쓰던 격언을 잊은 게 바로 문제였다. 고모는 적어도 백 번은 넘게 얘기했다. 스코틀랜드 사람은 우주의 톱니바퀴가 어떻게 돌아가는지 항상 신경을 써야 하고 어깨 너머를 잘 살펴야 한다고. 특히 일이 잘 굴러갈 때 그래야 한다는 것이다. 나는 그러지 않았다. 그래서 우주가 나를 깔아뭉갰다.

화요일이었다. 저녁 무렵에는 서리가 내렸다. 바람이 강하게 불었고 별빛은 환하고 영롱했다. 선원이라면 누구든지 별빛만 보고도 리그레이빌 지역의 3층 높이에 있는 내 아파트까지 찾아올 수 있을 정도였다. 스카티가 오붓하게 저녁식사를 하자는 약속을 지키지 못했어도 나는 전혀 화가 나지 않았다. 스카티는 '국제 통화 기금'과 관련이 있었고 전 세계의 화폐에 대한 일급 기밀을 다루고 있었다. 그리고 시도 때도 없이 불려 가는 일이 종종 있었다. 요즘처럼 국제적인 경제 위기가 있을 때에는 더욱 그랬다. 그래서 나는 크게 마음에 담아두지 않고 피노 그리지오[1]를 마신 다음, 고양이를 어루만져주었다. 해발 176미터의 높이에서, 안전하고 걱정할 게 없다고 믿으면서 말이다. 나는 구름이 달을 가리는 것을 보았지만 거대한 파도 같은 것이 나를 향해 덮쳐오고 있다는 사실은 전혀 알 수가 없었다. 나는 스카티 스튜어트를 완벽하게 알고 있다고 생각했지만 정작 중요한 건 몰랐던 것이다.

스카티가 이틀 동안 아무 소식이 없었기 때문에 나는 미칠 지경이었다. 경찰은 마침내 그를 실종자 명단에 올리기로 했다. 나는 그 뒤로 4개월 동안 조사했다. 정확히 말하자면 조사를 해보려고 노력했다는 게 맞을 것이다. 스카티에게 무슨 일이 생겼는지, 아니면 어디로 간 건지에 대해서 그 어떤 실마리나 단서도 없었다. 그의 차도 사라졌다. 휴대전화와 신용카드를 사용한 흔적도 없었다. 스카티의 소식을 들은 사람도 없었다. 항공권도 기차표나 버스표도 산 적이 없었다. 나는 경찰서에 있는 형사들을 매일같이 괴롭혔다. 'HI 데이터' 위조 사건을 조사하다가 알게 된 스카티의 재무부 친구, 해리 말리도 괴롭혔다. 스카티의 상사인 제리 프렐링과도 꾸준히 접촉했다. 그렇게 열심히 조사를 했건만 내가 알아낸 것은 단 하나도 없었다. 스카티를 본 사람도 없었고 지금 어디에 있는지 아는 사람도 없었다. 심지어 가끔 예감을 발휘하는 엘리자베스 고모조차 아무 도움도 되지 않았다.

"디디, 아무것도 느낄 수가 없구나. 애를 써봤지만 암흑만 소용돌이칠 뿐이야. 아무것도 모르겠어."

고모가 한 말은 그게 전부였다.

실마리가 단 하나도 없다는 사실에다가 고모의 의견까지 더해지니 나는 점점 더 겁을 먹었고 더욱더 집착했다. 무슨 일이 있는 건지 알아내야만 했다. 나는 다른 일을 모두 접고 스카티를 찾는 일에만 매달렸다. 그리고 생각해낼 수 있는 모든 각도에서 조사를 계속했다.

그러던 어느 늦은 밤에 초인종이 울렸다. 나는 고양이를 안고 소파 위에서 웅크리고 있었다. 온몸에 소름이 돋았다. 스카티다! 나는 그렇게 바라고 기원하고 기도까지 하면서 도어뷰로 달려갔다. 행운은 없었다. 문 밖에 있는 것은 처음 보는 남자였다. 덩치가 크고 어깨가 넓었으며 머리 모양은 단정했고 금속 테를 두른 안경을 쓰고 있었다. 경찰처럼 보이지는 않았다. 하지만 모를 일이었다. 나는 한숨을 쉬면서 방범용 사슬의 너비만큼 문을 열었다. 내가 키우는 래그돌종 고양이, 캐벌리어가 복도로 뛰어나갈 수 없을 만큼의 너비였다. 하지만 그렇게 조금 열린 틈으로 밀려들어온 충격은 너무나 컸다.

"디디 맥길 씨입니까?"

"누구시죠?"

남자는 재빨리 검찰국 배지를 내밀었다. 하지만 엄지로는 이름을 가린 채였다. 다리가 휘청거렸다. 나는 문의 손잡이에 체중을 실었다.

"스카티 스튜어트 씨를 그만 찾으십시오." 남자가 작은 소리로 속삭였다.

"네?"

"잘 들으세요. 두 번은 얘기 안 합니다. 스카티 씨는 지금 증인 보호 하에 있습니다. 그렇게 찾아다니면 스카티 씨에게나 당신에게나 도움이 안 됩니다."

"하지만……."

"하지만은 필요 없습니다. 지금 당신 때문에 상상도 할 수 없을 만큼 큰 문제가 생기고 있습니다." 남자는 화난 어조로 낮게 말했다. "스카티 씨가 살아 있기를 바란다면 제발 부탁이니 수색을 그만두십시오."

살아 있었구나! 하지만 이 사람 말을 믿을 수 있을까?

"그러면 어디에……."

거기까지 말했을 때 남자는 벌써 몸을 돌리고, 빠른 걸음으로 복도를 지나 계단을 내려간 다음 건물 밖으로 나간 뒤였다. 내가 층계참에 다다르기도 전이었다.

그게 4개월 전 일이었다. 나는 조사를 그만두었다. 그럴 수밖에 없었다. 단서나 실마리도 남아 있지 않았고, 스카티가 조금이라도 위험에 처하는 상황을 만들 수도 없었으며, 그러지도 않을 셈이었다. 나는 걱정하는 단계를 지나 분노, 공포를 겪고 슬픔까지 견뎠다. 그 모든 단계를 졸업했다. 심지어 "우리는 언제나 파리를 잊지 못할 거야.²" 단계까지도 극복했다. 이제는 반사회적 단계에 들어와 있었다. 나는 보통 캐벌리어와 함께 저녁 시간을 집에서 보냈다. 캐벌리어와 나는 오래된 부부처럼 텔레비전을 들여다보며 함께 저녁을 먹었다.

아버지가 즐겨 하신 말씀이 있다. "바라는 바가 있으면 상처도 받아들여라." 나는 그 말씀에 정확히 따랐다. 나는 수년 전에 약혼자였던 프랭크가 죽었을 때도 똑같은 과정을 밟았다. 단조로운 생활을 반복하는 것도 문제였다. 시카고에서 유명한 '조이스와 친구들'이라는 이름의 서점을 운영하는 옛 친구 탐 조이스가 표를 건넸던 것도 그 때문이라고 생각한다. 노스웨스턴 대학에서 공연하는 헤밍웨이 관련 다큐멘터리 연극을 볼 수 있는 표였다.

"일이 생겨서 갈 수가 없어." 탐이 내 손에 표를 억지로 쥐어주며 말했다. "네가 가."

"난······."

"다른 생각 말고 날 위해서 가." 탐은 그렇게 변명했다. "너 점점 빈사상태에 다다르고 있어."

"죽어가고 있다는 소리네."

"디디, 꼭 죽는다는 건 아니지만, 김이 빠진 것 같다는 얘기야. 넌 지금 프랭크가 죽었을 때랑 똑같아. 생기가 없다고. 다시 일을 시작했고 변호사 친구들의 일거리를 몇 개 맡았다는 것도 알아. 하지만 밤이면 고양이랑 같이 집에서 동면하잖아. 나도 정말로 캐벌리어를 좋아하지만 넌 지금 시간 속에 묶여 있어."

"그런 게 아냐."

"네가 스카티를 걱정하는 건 알아. 나도······ 나도 그 사람을 좋아했어. 하지만 그 검찰국 놈이 말한 대로 증인 보호 하에 있는 거라면 앞으로 두 번 다시 볼 수 없다는 걸 인정해야 해."

"난 못 받아들이겠어."

"바로 그게 문제야. 생각해봐. 검찰국에서 스카티를 한밤중에 획 낚아채야 했는데 그 사람은 너와 제리와 사업에 상처를 줄 걸 알면서도 그걸 받아들였다고 해보자. 그렇다면 뭔가 악질적이고 심각한 문제가 뒤를 바짝 쫓는다는 얘기야. 그렇다는 건, 그 문제가 뭐든 간에, 그 사람뿐 아니라 너를 평생에 걸쳐서 따라다닐 거라는 뜻이지. 지금 당장 해야 할 일은 이 표를 받아서 보러 가는 거야."

"난 지금 중국의 만리장성에 둘러싸여 갇힌 기분이야. 그 너머도 볼 수 없고 아래도, 옆도 전혀 안 보여."

"너도 알겠지만 만리장성은 기원전 210년에 세운 건축물이고 38억 7천 3백만 개의 벽돌이 들어갔어." 탐은 화제를 돌리고 싶은 게 분명했다.

나도 탐의 말이 맞는다는 건 알고 있었다. 빈사상태라는 말이 정곡을 찔렀기 때문에 나는 가겠다고 약속했다.

하지만 나는 다른 생각도 하고 있었다. 언제든 무기력에 빠지는 것은 너무나 쉬우니까. 나는 캐벌리어에게 작별 키스를 했다. 캐벌리어는 '정말 가다니 놀라운데'라고 말하듯이 야옹거렸다.

"데이트하러 가는 게 아냐." 내가 설명했다. "일찍 돌아올 거야." 나는 지갑을 들고 마음이 다시 바뀌기 전에 집을 나섰다.

무대연출은 흥미로웠고 고증은 놀랍도록 정확했다. 헤밍웨이를 빼닮은 배우가 작가의 삶을 재연하는 구성이었다. 주제는 '새 사랑을 만날 때마다 새 책을'이었다. 헤밍웨이가 새 아내를 맞이할 때마다 최고 걸작인 네 권을 하나씩 썼다는 주장에 근거를 두고 있었다. 첫 아내 해들리에게는 1926년 작 『해는 또다시 떠오른다』를, 둘째 부인인 폴린 파이퍼에게는 1929년 작 『무기여 잘 있거라』를, 1940년에는 마사 겔혼에게 『누구를 위하여 종은 울리나』를, 1952년에는 마지막 아내인 매리 웰시에게 『노인과 바다』를 바쳤다는 것이다. 흥미로운 공연이었지만 나는 대학시절 애인이었던 데이비드 반즈가 무대에 등장하자 집중하기를 그만두었다. 데이비드가 파리에서 돌아와 그 공연을 연출한다는 얘기는 들은 바가 없었다. 데이비드는 다큐멘터리 연극이 진행되는 내내 내 쪽을 주시하는 것 같았다.

실내조명이 들어왔을 때 나는 빈 무대를 응시하며 앉아 있었다. 극장에서 빠져나가는 관객들의 발이 여느 때와 마찬가지로 내 발과 혼잡스럽게 엮였다. 하지만 나는 움직일 수가 없었고, 스스로 세운 기본 원칙을 어겼다는 생각에 속으로 욕을 하고 있었다. 나는 여러 해 전에 학창 시절의 인맥과는 거리를 두자고 다짐했다. 특히 헤밍웨이와 관련이 있는 사람과는. 전혀 바뀌지 않는 사람도 있기 때문이다.

데이비드가 나를 봤는지는 알 수 없었다. 하지만 그 인간과 6미터 이내로 접근할 생각은 없었다. 나는 고개를 숙이고 군중 속으로 섞여 들어가서 가장 가까운 출구 쪽으로 향했다. 갈색 머리에 푸른 눈동자를 지닌 얼굴이 갑자기 등장하더니 잊을 수 없는 목소리가 들리면서 데이비드가 옆에 서 있었다.

"디디 맥길. 너일 거라고 생각했어. 무대에서는 조명 때문에 객석이 잘 안 보일 때가 있거든."

도망갈 방법이 없었다. 탐 조이스한테 그따위 표를 받다니. 고양이와 함께 집에 있었어야 했는데.

나는 고개를 들었다. "데이비드, 안녕."

"디디, 너 도대체 어디에 있었던 거야? 널 몇 개월이나 찾아다녔는지 몰라. 대학에서는 네가 어디로 갔는지 아는 사람이 없더라고."

"다른 사람하고 연락을 유지하는 게 서투른 건 나만이 아니었나 보지." 나는 데이비드가 여러 해 동안 편지 한 통, 전화 한 번 없었다는 걸 떠올리며 말했다.

"디디, 무슨 얘긴지 알아. 미안해."

"난 다행스럽게도 숨어 지낼 필요가 없었어." 나는 데이비드를 피해 돌아갔다. 사람들이 빠른 속도로 빠져나간 탓에 로비에 남은 건 거의 우리 둘이 전부였다. 내가 억지로 빠져나가려 하자 데이비드가 내 목 뒤, 머리칼 아래에 손을 얹었다.

"디디, 기다려봐. 꼭 할 얘기가 있어."

나는 그처럼 친밀한 동작 때문에 멈춰 섰다. 데이비드는 마지막으로 봤을 때와 달라진 게 거의 없었다. 여전히 키가 컸고 잘생겼으며 단정했고 남자다웠다. 눈가에 잔주름이 조금 생긴 걸 제외하면 꿰뚫어 보는 듯한 푸른색 눈동자도 여전했다. 예전에 비해 피부가 좀 타긴 했지만 연극 분장 때문일 수도 있었다.

나는 눈을 감았다. 오래전에 묻어두었던 졸업반 시절의 기억이 의식 속으로 흘러들어왔다. 데이비드는 헤밍웨이를 열성적으로 연구하는 학자였고 그와 동시에 내 첫 열애 상대였다. 공부는 힘들었고, 겨울철 시카고에 있는 학교의 교정을 비추는 조명은 차가웠으며, 나는 빠르고 심각하게 연애에 빠져들었다. 내가 데이비드보다 훨씬 더 깊이 빠졌던 건 분명했다. 데이비드는 파리에서 장학금을 받으며 20세기의 미국 출신의 해외 문학가들을 연구할 기회가 오자 나를 차버렸다. "매일 편지 쓸게." 그는 공항에서 약속했다. 하지만 그건 족히 십 년도 더 된 일이었고, 우리는 그 후로 만난 적이 없었다. 데이비드 반즈는 인생이 얼마나 복잡한 것인지 처음으로 알게 해준 남자였다. 나는 그 후에 프랭크를 만났고, 그다음은 스카터였다. 나는 남자를 좋아했지만, 통계적으로 볼 때 남자 운은 거지 같았다.

"꼭 너랑 상의해야 할 일이 있어." 데이비드가 말했다. "큰 건수가 생겨서 널 찾아다녔던 거야. 마침내 해냈다고. 자, 같이 저녁 먹으러 가자. 조언 좀 해달라고."

내가 아는 데이비드는 남의 조언이 필요 없는 사람이었다. 특히나 내 조언은.

나는 데이비드의 눈을 들여다보며 속마음을 읽어보려 했다. 그리고 내가 얼마나 바보같이 굴고 있는지 스스로를 저주했다. 나는 늘 그런 식으로 문제에 걸려들었다.

"무슨 생각을 하는 건지나 말해." 내가 물었다.

"넌 항상 사건을 균형 잡힌 눈으로 보잖아." 옛 시절의 미소를 반짝이며 데이비드가 말했다.

　내가 정말로 균형 잡힌 시각을 가졌다면 즉시 문 밖으로 뛰쳐나가야 했다. 하지만 나는 어떤 이유 때문인지 그러지 않았다.

　"디디, 지금 내 주변에는 칼을 가는 사람들밖에 없어. 그래서 믿을 사람이 없다고." 데이비드가 말했다. "나 좀 도와줄래?"

　나는 속으로 소리치고 있었다. 싫어. 싫다고. 하지만 승자는 데이비드였다. 나는 호기심이 생겼고, 보험조사원으로서의 직업병이 얘기를 들어보라고 부추겼다. 그래서 나는 도망치는 대신 이렇게 말했다. "알았어. 얘기해봐."

---

1 화이트 와인의 일종.

2 영화 『카사블랑카』의 대사. 사랑과 추억의 장소를 영원히 품고 산다는 뜻.

2

우리가 가진 거라고는……
시간이 전부이다.
—어니스트 헤밍웨이

우리 두 사람은 내가 몰고 온 미아타 사의 컨버터블을 타고 시내로 갔다. 평생 기억에 남을 만큼 아름다운 여름날의 저녁이었다. 밤의 공기는 뜨겁고 습했지만 미시간 호에서 불어오는 산들바람 덕분에 나무들이 노래를 하고 있었다. 하늘에는 쏙독새가 원을 그리면서 벌레 무리로 이뤄진 성찬을 즐겼고, 그 울음소리는 혼잡한 차량의 소음을 날카롭게 꿰뚫었다.

그처럼 상처를 받고 나서 오랜 세월이 지난 뒤에, 데이비드의 목소리를 다시 들으며 대화를 하고 있자니 기분이 이상했다. 딱히 낭만적이지는 않았지만 그래도 처음으로 진지하게 사랑했던 사람을 이길 수는 없었다.

우리는 포장식 중국 요리를 산 다음 데이비드의 아파트로 갔다.

도심에서 벗어난 변두리에 있던 빈 공장을 거주용으로 개조한 건물이었다. 도심의 경제 구역에 있던 이들 가운데 상류 유행을 따라 이동하는 사람들이 이 지역으로 몰려들던 때가 있었다. 내 일 년 벌이보다 더 큰돈으로 월세를 내는 사람들이었다. 하지만 이제는 많은 집이 비어 있었고, 그 안에 살던 사람들은 경제 붕괴의 희생양이 되었다. 재개발은 한때 멋진 일이었지만 세상은 빠르게 변하는 법이다.

데이비드가 불을 켰다. 어마어마하게 큰 거실에는 갈색 가죽을 씌운 가구와 동양풍 양탄자가 있었다. 고풍스러운 중국제 자기들 속에 서 있는 명나라 때의 찰흙으로 빚은 말이 눈에 들어왔다. 나는 실내 장식을 누가 했는지 궁금했다.

바닥에서 천장에까지 이르는 책장들이 벽을 이루고 있었다. 내가 아는 데이비드라면 그 안에 상당량의 초판본을 끼워두었음이 분명했다. 그리고 광범위한 헤밍웨이 관련 수집품 중에서도 초기의 타자기 같은 보물들이 선반 위 가장 잘 보이는 곳에 놓여 있었다. 데이비드는 수집품들을 흥미로운 방식으로 폭넓게 섞어 두었다. 실내를 살피다 보니 동거인이 있는지 궁금해졌다. 하지만 아무런 흔적도 찾을 수 없었다.

데이비드의 집은 시내에 있음에도 3층까지 걸어 올라가야 하는 내 누추한 아파트보다 훨씬 근사했다. 요즘처럼 경제가 불황이어도 데이비드는 나보다 열 배는 잘살고 있었다.

"이거 정말 멋지다." 나는 손으로 그린 학들이 은은한 빛을 반사하고 있는 두 첩 병풍을 보며 말했다.

데이비드가 웃었다. "당나라 때 물건인데 정말 귀한 거야. 날아가는 학이 행운을 상징한다는 거 알아?"

나는 행운이 나에게도 들러붙기를 바라면서 병풍을 슬쩍 만졌다.

전화벨이 울리자 데이비드는 전화를 받더니 양해를 구하고는 다른 방으로 사라졌다. 나는 그동안 창문 밖으로 펼쳐진 도시의 풍경을 즐겼다. 나처럼 시카고에서 태어난 사람이 보기에도 숨이 막힐 것 같은 광경이었다.

"데이비드, 너 정말 잘 지냈구나." 그가 돌아오자 내가 말했다. "영문학을 전공한 졸업생은 보통 이런 곳에서 살지 못하잖아."

"잘 지냈다고? 디디 넌 여전히 표현이 너무 소극적이네." 데이비드의 눈이 반짝거렸다. "난 대규모 연구 지원금을 줄줄이 따낸 천재야."

"나는 요즘 경제 사정이 끔찍해서 돈줄이 말랐을 거라고 생각했어."

"요새 상황이 그렇긴 하지만 나는 저 바깥에 있는 돈을 어떻게 끌어오는지 알거든. 그게 핵심이지."

어떻게보다는 누구한테 끌어와야 할지를 잘 알겠지. 데이비드는 학창 시절에 교수들을 조종하는 데에 있어 달인이었다.

"특별한 게 있는데 네가 꼭 먹어봐야 해. 호주산 포도주야." 데이비드가 방을 나가면서 말했다. "중국인들은 아직도 좋은 적포도주를 만드는 방법을 모르지. 흥."

데이비드는 진홍색 포도주가 든 잔을 두 개 들고 돌아왔다. "시라

즈야." 데이비드가 한 잔을 나에게 건네며 말했다. "마음에 들 거야. 감칠맛이 있어. 호주 사람들처럼."

우리는 데이비드의 말에 따라 축배를 들었다. "옛 시절을 위해서."

포도주는 맛이 강렬했고 마음에 들었다. "음." 나는 감상하듯 말했다. "호주산이라는 건 전혀 모르겠는데."

"알아줄 거라고 생각했는데." 데이비드는 한 모금을 더 마셨다. "디디, 프랭크 얘기는 들었어. 유감이다."

나는 데이비드가 앞으로 유감스럽다는 말을 몇 번이나 할지 궁금했다.

"프랭크랑 결혼하려고 했다면서. 좋은 친구였지. 하지만 대학 사람들이 네 연락처를 전혀 몰랐던 건 아직도 이해가 안 돼."

"그건 아주 오래전 얘기야. 난 이제 대학에서 버둥거리지 않거든. 보험회사에서 보상금 관련 조사 일을 해."

"보험? 너답지 않잖아. 17세기에 관련된 엄청난 연구를 하던 건 어떻게 됐어?"

"끝난 얘기야. 그게 다야."

나는 프랭크와 저급한 계약을 맺었던 일도, 그의 죽음도, 그 후에 일어난 일도 얘기하고 싶지 않았다. 우리 둘은 결혼을 하고 행복하게 살 계획이었다. 하지만 프랭크가 죽자 그의 대학 동료들은 비난할 대상이 필요했다. 그게 나였다. 그 사람들은 프랭크가 죽은 게 나의 책임이라는 얘기를 은근히 퍼뜨렸을 뿐 아니라 내 연구 결과인 '추문 회복'을 출간하는 것도 거절했다. 그 사람들은 내 결과물이 대학출판부를 통해 출간될 만한 가치가 없다며 너무 위험이 크다는 이유로 취소해버렸다. 연구 자체에는 문제가 없다고 했다. 하지만 내용 면에서 볼 때 학술 논문이 될 만큼 엄격하기보다는 대중의 속된 흥미를 끄는 면이 있다고 결론 내렸다. 바로 그게 내 의도였다는 점은 중요하지 않았다. 나는 그 사람들이 왜 반대를 하는지 알고 있었다. 프랭크가 죽은 마당에 나는 그들이 뭐라고 생각하든 관여하지 않고 빠져나왔다. 단 몇 주 만에 미래의 남편과 경력까지 모두 잃은 셈이었다. 그 결과 나는 현재와 같은 보험조사원이 되었고, 스카티 스튜어트도 만났다. 하지만 그 어느 하나도 데이비드에게 말하고 싶지 않았기 때문에 나는 그냥 입을 다물었다. 데이비드가 포기하기를 바라면서. 그는 눈치를 채고 말했다.

"흠, 디디, 사실 그래. 어차피 넌 전형적인 학자풍은 아니었어. 그쪽 사람들을 늘 잘못 다뤘지."

"베일리 교수 기억 나?"

"네가 'fly'라는 단어의 계통도를 연구한 걸 두고 허풍을 떨었지."

"맞아. 동사는 괜찮았어. 곤충 이름도 그랬고. 하지만 '신사용 정장'의 주격이라는 건 너무했다고."

"그게 특정한 의복을 묘사하는 문구가 아니라는 건 너도 아주 잘 알고 있었잖아, 디디." 우리는 동시에 웃었다. 함께 했던 과거가 옛 관계를 다시 다져주고 있었다.

나는 돌아갈까, 돌아가지 말까를 고민하면서 시라즈를 한 모금 더 마시고는 물었다.

"그래서 나한테 무슨 도움을 받고 싶다는 거야?"

데이비드가 눈을 가늘게 뜨고 한참 침묵을 지키더니 말했다.

"내가 사라진 헤밍웨이의 원고를 너무나 찾고 싶어 하던 거 기억해?"

"첫 번째 부인인 해들리가 파리 기차역에서 도둑맞은 원고 말이야?"

"기억하는구나. 점수는 A플러스를 주지."

"거기에 헤밍웨이의 성격과 저술상의 특징을 알 수 있는 열쇠가 있다면서."

"놀라지 마. 내가 그걸 갖고 있어."

3

코로나 3번 타자기야말로
내가 유일하게 믿는 정신과 의사이다.
—어니스트 헤밍웨이

나는 데이비드를 쳐다보았다. 우리는 포장된 중국 음식을
두고 앉아서 만약 그게 사실일 경우 21세기에 어떤 문학사적 사건
이 될지 토론했다. 헤밍웨이의 첫 번째 아내인 해들리 리처드슨이
1922년 12월에 파리의 기차역에서 남편이 삼 년 동안 써온 원고가
몽땅 들어 있는 손가방을 잃어버린 사건은 유명했다. 학자들과 헤
밍웨이광들은 도둑맞은 원고가 아직 남아 있는지, 그렇다면 어디에
있는지 여러 해 동안 추측을 거듭했다. 하지만 단서가 드러난 적은
한 번도 없었다. 나는 그토록 긴 시간이 흐른 뒤에 다시 만난 탓에
내 주의를 끌기 위해서 꾸며낸 한심한 책략이 아닌가 생각해보았
다. 그래도 납득이 안 되는 얘기였다.

나는 다과용 탁자 위에 포도주 잔을 올려놓고 멍하니 가죽 소파에

앉았다.

"데이비드, 당신 얘기를 믿을 수가 없어. 어디서 찾았어? 그게 진품이라고 확신해? 세상에, 그게 정말이라면 「뉴욕 타임스」에서부터 「내셔널 인콰이어러」 지에 이르기까지 온통 너를 쫓아다닐 거야."

데이비드도 자리에 앉았다.

"정말이야. 날 믿어. 정확히 말하자면 단편 열한 개에 장편 도입부가 있고 시가 열두 편이야."

"믿을 수가 없어. 세월이 그렇게나 흘렀는데……."

데이비드는 오른손을 허공에 내저었다. "오프라 윈프리도 오라고 하고 바바 월터스도 오라 그래. 언론들하고 난리를 쳐보자고."

나는 일어서서 방 안을 거닐었다. "데이비드, 네 바보짓에 찬물을 끼얹어서 미안한데, 그게 정말 헤밍웨이의 작품이라고 확신하는 근거가 뭐야?"

"현대 과학기술이지. 종이가 진짜인 걸 확인하는 게 제일 쉬웠어. 그다음엔 헤밍웨이가 한때 사용했던 코로나 3번과 흡사한 타자기로 글자가 찍혔는지 비교해봤고."

"하지만 그 타자기는 1920년대 초반 물건이잖아. 그런데 어떻게?"

"디디. 우린 정말로 놀라운 세상에 살고 있어. 내가 이베이를 뒤져보니까 코로나 3번 타자기가 한 대도 아니고 두 대나 있었지. 그리고 짜잔." 데이비드는 내가 책꽂이 쪽에서 보았던 타자기를 가리켰다. "저 영광스러운 타자기를 보시라."

나는 방을 가로질러 가서 타자기를 좀 더 자세히 살펴보았다. "상태가 너무 좋은데. 난 그냥 모조품이라고 생각해."

"모조품이 아니야. 저건 1920년대 초기 타자기야. 1921년에 헤밍웨이 부부가 파리로 가기 전에 해들리가 헤밍웨이에게 생일선물로 준 것과 완전히 똑같은 거지. 난 상자도 갖고 있어."

"아직도 타자가 돼?"

"디디, 정확히 말하자면 타자를 치는 건 사람이지 기계가 아니야."

"하하, 그것 참 귀여운 말이네. 흠, 이 기계로 타자를 칠 수 있어?"

"당연하지. 튼튼하게 만들어졌으니까. 헤밍웨이가 종군기자로 일할 때 타자기를 들고 전 세계의 전장을 누볐다는 걸 잊지 마. 이 기계는 키 몇 개가 뻑뻑했어. 하지만 내가 청소를 하고 기름을 쳐서 지금은 아주 잘 작동해. 리본은 따로 구해야 했어. 그게 힘들었지."

데이비드는 종이를 타자기에 넣고 조작해서 위치를 맞춘 다음 글자를 쳤다. '안녕, 디디 맥길. 널 만날 때가 됐어.'

"멋진데."

"디디, 네가 지금 여기에 있다는 사실이 멋진 거야."

그리고 갑자기 정적이 찾아들었다. 나는 입을 다물고 조심스럽게 눈을 피했다.

"어쨌든," 데이비드가 마침내 입을 열었다. "헤밍웨이가 쓴 게 맞는다는 걸 증명하기 위해서 사용했던 소프트웨어가 아주 복잡하거든. 그것도 멋져. 단어와 문장과 구두점을 사용하는 양상을 분류하는 거지. 날 믿어. 그 분석 결과에 따르면 내가 찾은 건 백 퍼센트 순수한 헤밍웨이의 작품이야."

"믿을 수가 없네." 나는 그렇게 말하고 손도 대지 않은 무슈 돼지 고기와 몽고식 돼지고기의 냄새를 무시하며 소파에 깊숙이 앉았다. "처음부터 말해봐."

"난 몇 년 전에 장학금을 받고 파리에 가면서부터 수색을 시작 했어."

"그때 기억이 나네." 나는 얼굴을 찡그리며 말했다.

"디디, 정말 미안해. 나도 연락을 하려고 했어. 그런데……."

"됐어."

"어쨌든, 난 헤밍웨이가 파리에 있으면서 거주를 했거나 방문했 던 장소를 전부 들렀어. 심지어 스페인에도 갔지. 하지만 전부 막다 른 골목이었어. 나는 미국으로 돌아와서 헤밍웨이와 관련이 있는 장소를 거리에 상관없이 전부 조사했어. 미시간도 갔고 오크 파크, 위스콘신, 캔사스에도 갔어. 토론토도 갔지. 아무것도 없었어. 3개 월 전까지는 그랬어. 그런데 누군가가 그걸 나한테 보낸 거야."

그제야 데이비드가 날 기만하고 있다는 걸 알았다. 나는 소파에서 일어서서 아직 손도 안 댄 음식 옆에 놓인 지갑을 들었다.

"기다려, 디디. 농담이 아니라니까. 말도 안 되는 소리라는 거 알 아. 하지만 사실이라고. 제발 좀 앉아봐." 데이비드가 말을 쏟아냈 다. "정말로 네 도움이 필요하다고. 부탁이야."

나는 걸음을 멈추고 지갑을 가슴에 끌어안은 채로 그를 바라보았다. "보낸 사람이 누군데?"

"전혀 몰라. 나도 알고 싶어."

"전부 다 슈퍼마켓에 진열된 싸구려 주간지에나 나오는 얘기 같다고." 내가 말했다.

"디디, 내가 그 원고를 찾으려고 여러 해 동안 얼마나 노력했는지 너도 알잖아. 하지만 솔직히 말해서 너무나 싱겁게 끝났어. 그 원고가 시립 대학에 있는 데이비드 반즈 교수 앞으로 온 게 전부라고. 보여줄게."

"말이 안 되잖아. 소포에 다른 건 없었어? 추적할 단서는?"

"전혀 없어. 나도 궁금했지만 완전히 미궁이라고. 소포 안에는 오래된 손가방, 원고와 시가 있었어. 그리고 단편과 시의 목록을 알아보기 어려운 손글씨로, 날짜별로 정리한 암호 같은 기록이 있었어. 기록 끝에는 'Regacs Ma Fily'라는 서명이 있었고."

"그 기록 갖고 있어? 발송인은 추적해봤고? 원고 한번 보자."

"원고는 지금 여기에 없어. 기록도 원고랑 같이 있고."

"그만해." 나는 문으로 향하며 말했다. "나도 거짓말쯤은 구분할 줄 알아."

"디디, 제발 좀. 전부 다 사실이야. 내가 그런 식으로 너를 떠났으니 믿기 어렵다는 건 알아. 하지만 다 설명할게. 수화물을 추적해봤지만 발송인은 전혀 찾을 수가 없었어. 펜실베이니아주의 퀘이커타운에 있는 선적 회사가 보낸 걸로 돼 있었지. 기록을 찾아보려고 했는데 영수증에 있는 건 유령회사 이름과 가짜 주소였어."

"나한테 다 보여줄 거야?"

"물론이지. 원고가 여기에 없는 이유는 따로 있어. 변호사가 그러는데 이 소식이 퍼져 나가면 관심 있는 단체에서 영장을 발부하고 원고를 압류할 거라더라고. 물론 언젠가는 소문이 새어 나가겠지. 내일 당장일 수도 있어. 그래서 손댈 수 없는 안전한 곳에 둘 수밖에 없었어."

"그 물건을 갖고 앞으로 어떻게 할 건데?" 나는 아직도 이게 일종의 사기극이라는 의심을 버리지 못한 채 물었다.

"모조리 경매에 붙일 거야. 대규모 경매장하고 연줄이 있거든."

"연구 목적으로 원고를 보관하는 게 아니고? 넌 벌써 헤밍웨이 관련 연구에서는 유명인사잖아. 그 원고만 있으면 네 이름이 역사책에도 올라갈 거야."

"그게 없어도 내 이름은 역사책에 올라갈 거야. 그걸 가지고 있으면 법정에 살면서 변호사들에게 돈이나 지불해야 할걸. 헤밍웨이 재단에 오크 파크 헤밍웨이 재단에 시립 대학까지. 그 사람들은 굶주린 상어 떼나 마찬가지야. 가진 것들을 최대한 빨리 팔아치워야 한다고. 그러기 전엔 원고를 하나도 갖고 있지 않는 게 중요하지. 저작권 소멸작에 대한 질문들이 쏟아질 테니까."

"저작권 소멸? 그게 무슨 상관인데?"

"변호사가 그러더라. 인쇄가 됐다 하면 저작권 소멸에 해당이 될 거래. 그러면 소유권을 주장하기가 어렵다는 얘기지."

"내가 듣기엔 변호사가 재치 있는 말장난을 하는 것 같은데. 물건을 판다는 행위 자체가 소유권을 인정하는 거야. 나도 순환논리 쪽이 좋아. 네 변호사는 작품들을 모조리 경매에 붙이도록 해야 너한테 그럴 듯한 소유권이 발생한다고 생각하는 모양이네."

"나한테 소유권이 있기 때문에 잘못될 일은 없다고 생각해. 그 원고하고 관련이 있는 인물은 모두 죽었기 때문에 실제로 무슨 일이 있었는지 아는 사람이 없다는 거지."

"하지만 헤밍웨이 재단 쪽에서 판매 금지 명령을 내리지 않을까?"

"경매장 쪽에서는 일반적으로 매매에 이의를 제기할 수 있는 게 정부나 도서관뿐이라고 하더라. 하지만 헤밍웨이는 일류 작가인데다가 지금이 팔기에 적기이기 때문에 그럴 여지를 남기지 않으려고 해. 경매장 측은 벌써 법률회사를 통해서 헤밍웨이 재단 쪽과 얘기를 하고 경매를 시작할 수 있도록 서명된 서류를 받았어."

"그럼 넌 걱정할 게 전혀 없다는 얘기야?"

"꼭 그런 건 아냐. 나도 서명을 해야지. 경매가 시작되면서부터 야기될 법정 분쟁에 참여하겠다는 서명 말이야."

"그럼 네가 빈손으로 남을 수도 있다는 얘기야?"

"그 반대야. 그 사람들은 우선 내가 문제의 원고를 가지고 있다는 걸 인정해야 했거든. 게다가 소유권이 실소유자에게 있다는 둥 그런 것들까지. 그래서 경매가에서 최소 비율을 보장해주기로 합의를 했어. 그 정도 비율이면 난 좋아. 설사 법정에서 추가로 보장해주는 게 전혀 없다고 해도 말이야."

"영리하네." 내가 인정했다. "인정하면 진위도 보장되고, 경매에서 낙찰을 받은 사람이 합법적인 새 소유주가 되니까."

"변호사 생각이 그거야. 경매장 쪽도 그렇고. 낙찰 받은 사람이 출판할 생각이 있다면 한 묶음으로 내려 하겠지. 게다가 수익 때문에 헤밍웨이 재단과 법적 분쟁이 생기면 공공의 관심을 더 끌어서 다음 인수자가 낼 돈은 더 상승할 거야."

"그렇네." 나는 어느새 데이비드가 진실을 말하는 거라고 믿고 있었다. "매조리 키넌 롤링스의 『내 피의 피』 원고 얘기가 생각나네. 28년 동안 사라졌다가 결국 어떤 사람의 집에 있는 상자 안에서 나타났잖아. 작가의 두 번째 남편이 소유권을 놓고 싸웠지만 졌지."

"경매장 대표도 그 사건을 언급했어. 그게 내 소유권에 대한 선례가 될 거라고 하더라."

"그럼 난 뭘 도와줘야 하는 거야?"

"그 원고는 보험에 들어 있어. 보험회사가 실물을 전부 보자고 하더라고. 지금까지는 보험사에서 가장 높은 사람하고만 얘기를 했거든. 그래서 출판할 수 없는 예제만 몇 쪽 보내줬지. 하지만 이제는 전부 다 보지 않으면 보험 성립이 안 된다는 거야. 다른 방법이 없는 것 같아. 모조리 보여줘야 하겠지."

"흠, 내 질문에 대한 대답은 왜 안 하는 거야?"

"극장에서 처음 만났을 때 널 찾고 있었다고 했잖아. 사실이었어. 디디, 난 널 알아. 너라면 믿을 수 있어. 오늘 밤에 널 우연히 만난 게 얼마나 운이 좋았는지 난 아직도 믿을 수가 없어."

나는 생각했다. 그래, 탐 조이스가 건강 처방을 내려준 것도 행운이겠지. 나는 그 표를 준 일에 대해 복수를 하려고 생각하고 있었다.

"디디, 이게 얼마나 엄청난 발견인지는 알겠지? 난 그 원고를 소유할 수 없어. 생각해봐. 누군가가 영장을 들고 와서 그걸 들고 가버리는 건 식은 죽 먹기라고. 그럼 난 모든 걸 잃겠지. 하지만 너라면 가져가서 진본 감정을 할 수 있어. 널 아는 사람은 아무도 없으니까 원고도 안전할 테고. 그리고 너라면 사본이 만들어지지 않도록 잘 감시할 거야. 난 믿어."

너무도 놀란 나는 자리에 다시 앉았다.

4
둘째 날, 월요일

내가 도덕에 대해 아는 것이라곤 하나뿐이다.
나중에 기분이 좋아진다면 도덕적이고
나중에 기분이 나빠진다면 비도덕적이다.
—어니스트 헤밍웨이

　　　나는 다음 날 아침 데이비드의 침대에서 일어났다. 아직 이른 시간이었고 밤은 길었다. 데이비드는 여전히 잠든 채였다. 나는 밖에 나가서 생각을 좀 더 정리해야 했다.

　나는 어제 입었던 옷을 다시 입고 고양이를 보살펴주기 위해 아파트로 돌아갔다. 돌아오는 내내 데이비드의 일은 생각하지 않으려 했다. 그 일을 맡을 생각이었지만 스칼렛도 얘기했듯이[3], 지금은 그런 생각을 할 때가 아니었다.

　나는 엘리베이터가 없는 건물의 3층에 살면서 계단을 오르는 편이 허벅지 운동기구를 사서 몸매를 유지하는 것보다 싸게 먹힌다고 생각해왔다. 우리 집은 데이비드의 광활한 거주지에 비하면 성냥갑이었다. 하지만 시카고 컵스가 경기를 벌이는 리글리 구장에서 두 구역밖에 떨어지지 않았다는 이점이 있었다. 나는 홈구장에서 벌어지는 경기를 가급적 보려고 했다. 걸어서 야구장에 갈 수 있다는 사실 덕분에 주차료를 상당히 절약할 수 있었다.

오늘은 섭씨 35도에 달하는 열풍이 불 거라는 예보가 있었다. 지난밤도 마찬가지였고, 우리 집 에어컨은 시끄러운 소리를 내고 있었다. 대자연이 부여한 임무를 수행할 능력이 부족한 게 분명했다. 나는 속으로 중앙 냉방식 건물에 입주하지 않았던 것에 대해 욕을 했다. 그래도 알래스카보다는 나았다. 시카고에 살면 지구 온난화를 반겨야 할지 반대해야 할지 결정하기가 쉽지 않다.

캐벌리어가 양 귀에 있는 예순네 개의 근육을 한꺼번에 움직이면서 인사를 했다. 나한테 화가 난 건지 아니면 또 귀에 진드기가 생긴 건지 알 수 없었다. 나는 캐벌리어를 안아 올리고 양쪽 귀에 약을 몇 방울 넣어주었다. 그러고 나니 캐벌리어가 나에게 화를 내고 있다는 게 분명해졌다.

나는 CNN 방송을 켜고 중서부 지역을 강타하는 폭염 얘기를 들었다. 다른 방송들도 더위 얘기뿐이었기 때문에 나는 다이어리를 꺼내서 오늘의 약속을 확인했다. 8시에 필 리치와 만나자면 서둘러야 했다. 필은 청구 조사를 의뢰한 변호사였다. 미리 알려준 정보가 거의 없는 것으로 보아 달가운 일이 아님이 분명했다. 그럼에도 필은 내가 일을 맡으리라는 걸 알고 있었다. 나는 그 일을 해야 했다.

10시 반에는 푸상 씨와 약속이 있었다. 푸상은 삼 년 전부터 나의 세금 환급을 맡고 있는 국세청 직원이었다. 우리는 사소한 문제 때문에 씨름 중이었다. 푸상은 지난주 금요일에 전화를 해서 당당한 목소리로 말했다. "디디 맥길 씨, 정확히 월요일 오전 10시 반에 제 사무실로 오십시오." 푸상은 그렇게 요청했다. "지난번에 얘기한 서류와 영수증을 제출하려면 이번이 마지막 기회입니다. 이번에 환급 문제를 완전히 끝내버립시다."

 푸상을 만날 때마다 내 혈압은 급상승했다. 나는 버니 매도프⁴처럼 유명한 사람이 아니기 때문에 국세청에서 두 번째 기회를 줄 리가 없었다. 보험조사원은 먹이사슬 중에서도 아주 낮은 위치였기 때문에 짚신벌레보다도 돈을 못 벌었다. 설사 조작을 한다 해도 환급금의 차이는 얼마 되지 않았다. 내가 찾아낸 영수증은 몇 장 안 되었기 때문에 이번 약속이 그리 중요하진 않다는 사실은 이미 알고 있었다. 적어도 내 쪽에서 보기엔 그랬다.

 나는 샤워기를 틀고 뛰어들었다. 차갑고 따가운 물살 덕분에 현실감이 되돌아왔다. 데이비드를 다시 만나기 전에 생각을 할 시간이 필요했다. 내가 물기를 닦는 동안 우리 집 고양이 씨가 몸단장을 시작했다. 고양이가 더위를 느끼는지 어떤지 알 수가 없었다. 본래 고양이란 속을 알 수가 없으니까.

 "거기 그대로 있어. 금방 돌아올게." 나는 고양이가 말을 듣기라도 하는 것처럼 명령했다. 부엌의 차가운 바닥 타일에 발이 닿자 기분이 좋아졌다. 나는 냉동실의 문을 열어서 브래지어를 꺼냈다. 어제 하루를 얼음과 함께 보냈기 때문에 브래지어의 온도는 딱 좋았다. 지난주 심야방송에서 상영해준 「7년 만의 외출」에서 마릴린 먼로가 그 방법을 써서 효과를 봤으니 나에게도 통할 거라고 생각해 보았다. 나는 냉동실 문을 만족스럽게 쾅 닫았다. 캐벌리어는 결국 호기심을 이기지 못하고 껑충거리며 따라 들어왔다.

"이거 보이지?" 나는 한턱이라도 내는 것처럼 얼어붙은 브래지어를 내밀었다. "내가 된다고 했잖아."

나는 옷장을 뒤져서 옅은 노란색 재킷과 셔츠를 골랐다. 팬티스타킹은 신지 않았다. 그다음에 나인 힐스에서 나온 굽 높은 구두에 발을 밀어 넣고는 거울을 보지 않으려고 노력했다. 허풍이 아니라 보기에 나쁘지 않았다. 외할머니로부터 물려받은 혈통 덕분이었다. 나는 긴 다리와 금발과 푸른 눈이 외할머니 덕이라는 사실을 잊을 만큼 배은망덕하지는 않았다. 덕분에 남성들로부터 상당한 주목을 받았으니까. 하지만 아버지로부터 스코틀랜드 쪽 유전자도 상당 부분 이어받았기 때문에 타고나면서부터 비관주의자이기도 했다. 나는 어떤 일이 있든 부정적인 면에 집착하는 버릇이 있었다. 나는 서른아홉이었고 은행에 떼돈을 넣어두지도 못했으며 노벨상을 타지도 못했고 침실에 잘생긴 왕자를 숨겨두지도 못했다. 프랭크가 죽고 나서는 학교생활을 접었고 그와 동시에 친구들과 사회생활도 대부분 버린 셈이었다. 나와 가장 친한 로렌은 나를 '타락한 학자'라고 불렀다. 로렌은 내가 보험 일에 시간을 너무 많이 허비한다고 말했다. 하지만 사실을 말하자면 나는 프랭크와 그토록 끔찍한 일이 있은 뒤로 그다지 사회적이지 못했다. 스카티까지 가버린 지금, 그 편이 더 좋았다. 나는 동화 속에서나 존재하는 대모님께서 반짝이는 지팡이를 흔들어서 모든 일을 원상복구 해줄 거라는 꿈을 포기하고 있었다. 즉, 다시는 예전으로 돌아갈 수 없었다. 나는 지금 하는 일이 좋았고 실력도 괜찮았다. 상사라고는 나 자신뿐이었고, 학교와는 아무 관계도 없는 일이었다. 보수는 대단치 않았지만 캐벌리어의 밥을 살 만큼은 됐다.

나는 '힘센 고양이' 사료를 접시에 담아주고 아침밥으로 비타민제를 삼키면서 텔레비전에서 헤밍웨이에 관한 뉴스가 나오는 것을 들었다.

헤밍웨이 관련 기사는 육 분짜리였다. 사회자는 경매장 소유주인 노스웨스턴 대학의 교수를 인터뷰했다. 그 사람은 원고가 진짜라고 인정했다. 반면에 또 다른 교수는 위조라고 선언했다. 두 번째 사람은 어제 저녁 공연에서 헤밍웨이 역을 맡았던 사람이었다.

사회자는 조금 잘난 척을 하면서 또 다른 헤밍웨이 전문 학자와 함께 말뿐인 분석에 들어갔다. 헤밍웨이가 문제의 원고를 분실한 첫 번째 부인, 즉 해들리 리처드슨을 심하게 책망했다는 얘기였다. 전문가는 해들리가 원본과 사본을 일부러 같은 짐에 넣었으며, 헤밍웨이의 성공을 질투한 나머지 고의로 분실했다고 말했다. 그에 따르면 분실 사건 때문에 두 사람의 결혼생활에는 큰 틈이 생겼으며 결국은 이혼으로 이어졌다. 방송은 지금과 같은 불경기 속에서도 헤밍웨이와 관련된 일은 국제적으로 대단한 관심을 끌기 때문에 경매가가 1,500만에서 2,000만 달러 선을 호가할 거라고 예측하며 끝을 맺었다.

텔레비전을 끄자 전화가 울렸다.

"디디, 아직 집에 있어?" 제일 친한 친구인 로렌이었다. "믿지 못할 일이 벌어졌어. 텔레비전에서 온통 그 얘기뿐이야. 어떤 사람이 사라졌던 헤밍웨이의 원고를 드디어 찾아냈대."

"알아."

"소식을 못 들었을까 봐 전화한 거야."

"그 정도는 아니야. 어제 데이비드 반즈를 만났거든."

"정말이야? 그 악당이 널 버린 게…… 몇 년 전이었지? 나쁜 놈. 가만 있어 봐, 디디. 그 원고를 찾아낸 게 데이비드란 얘기야?"

"갖고 있는 건 맞지만 엄밀히 말해서 찾은 건 아냐. 누군가가 보냈대."

"그걸 우편으로 받았다고? 세상에, 디디, 그런 얘기를 소설로 쓴다면 출판사에서 거들떠보지도 않겠다. 아예 말이 안 되잖아."

"하지만 사실인 것 같아."

"그럼 왜 뉴스에는 그 자식 이름이 안 나왔어?"

"데이비드는 자신의 이름이 드러나지 않도록 각별히 신경을 쓰거든." 로렌은 믿을 수 있었다.

"세상에, 디디……."

"저기, 나 정말 나가 봐야 해."

"잠깐만. 데이비드는 어땠어? 아직도 그렇게 잘생겼어? 총으로 쏴버리지 그랬어. 그 자식은 총에 맞아도 싸잖아."

"약속에 늦지 않으려면 나가야 해. 오늘 밤에 연락할게."

"밤에는 여기 없을 거야. 닉이 위스콘신에서 열리는 백개먼[5] 경기에 참가하거든. 그래서 오후에 나랑 같이 비행기를 탈 거야. 지금 말해."

"닉의 소형 자가용 비행기 말이야?"

"그래. 차로 가면 다섯 시간이나 걸리니까." 로렌은 귀에 들리도록 한숨을 쉬었다. "알았어. 끊을게. 하지만 나한테 털어놓기 전에는 그 건방진 놈을 쏴 죽이지 마. 인생의 전기가 될 수도 있으니까."

나는 수화기를 내려놓았다. 로렌이 스카티의 소식을 더 이상 묻지 않아 다행이었다. 로렌과 나는 고등학교 때부터 단짝 친구였다. 딸을 끔찍이도 아끼는 일본인 아버지와 '이코'라는 이름의 아름다운 일본인 어머니는 딸을 각자의 뜻대로 키우려고 전쟁을 벌였다. 아버지는 로렌 바콜[6]을 따라 딸의 이름을 지었으며 서양인처럼 키우려고 했다. 어머니는 봉건시대의 전통에 따르도록 끈질기게 고집했다. 로렌이 그토록 용기있는 사람이 된 것은 기적이었고, 세월이 지나면서 우리는 비밀을 모두 털어놓는 사이가 됐다.

나는 서류가방을 들고 캐벌리어에게 손인사를 한 다음 문을 잠갔다. 그리고 복도를 걸어가서는 3-A호실의 문을 두드렸다. 글렌디와 루실의 집이었다. 그 두 사람은 나보다 나이가 많은 쌍둥이 자매였고 보모처럼 굴었다. 마치 나 같은 아이에게는 보모가 둘이나 필요하다는 것처럼.

두 사람 가운데 이 분 먼저 태어난 글렌디가 문을 열고 밖을 빼꼼 내다보았다.

"디디야." 글렌디가 루실에게 알려주더니 나를 안으로 들였다. "커피하고 과자 좀 먹을래?"

"냄새가 너무 좋아서 저도 그러고 싶어요. 하지만 바쁘네요."

"너야 늘 바쁘지." 두 사람이 동시에 말했다.

"혹시 컵스 경기가 끝나면 우리 집 고양이 씨 좀 봐줄 수 있으세요? 오늘은 야구도 볼 수 없고 늦게 올 거라서요."

두 사람은 팔십 대였지만 활기 찬 남부 출신이었다. 아침마다 직접 구운 과자를 먹으면서 약을 삼키는 대신 시카고 컵스의 경기를 보러 다녔다. 두 사람은 얼마 안 되는 연금에 의존해서 살았기 때문에 야구장 표를 살 수가 없었다. 그래서 내가 몇 주에 한 번씩, 익명으로 표 값을 조금 보냈다. 두 사람은 비밀리에 자신들을 숭배하는 사람이 누군지 추측하면서 즐거워했다. 후보자는 현재 성 미카엘 교회에서 빙고 게임을 함께 하거나 구세군에서 일하는 일곱 명의 신사까지 압축된 상황이었다.

"그럼 오늘 밤에 드디어 데이트를 하러 나가는 거야?" 글렌디가 미소를 지으면서 물었다. "디디, 넌 다시 외출 좀 해야 해. 물론 우리도 스카터를 좋아했지. 그립기도 하고. 하지만 영원히 가버렸잖니. 다시 사람처럼 살아야지."

"남자 보는 눈 좀 낮추고." 부엌에 있던 루실이 박자를 맞추듯 말했다.

"캐벌리어 봐주는 건 걱정하지 마." 글렌디가 믿음직하게 말했다. "우리도 즐거우니까. 우리가 개를 얼마나 좋아하는지 알잖니."

"아, 그때 말씀드렸던, 홍관조한테 줄 특별한 씨앗을 구해왔어요." 나는 서류가방에서 검정 씨앗이 든 봉지를 꺼내서 글렌디에게 건넸다. "희귀 조류에 대한 안내서는 쓰실 거예요?"

"비둘기 말고 다른 거?" 글렌디는 찬장 서랍에 씨앗 봉투를 넣으면서 웃었다. 두 사람은 자연 보호 협회의 회원이었으며 쌍안경을 하나씩 갖고 있었다. 내가 뒷 베란다에 먹이통 설치하는 것을 도와준 다음부터는 부엌의 창문을 통해 새를 관찰하고 있었다. 캐벌리어도 보는 것을 허락받고 있었다. 캐벌리어가 새를 조사하는 게 아니라 잡아먹을 꿈을 꾼다는 것을 아는지는 모르겠지만 나는 그 말을 입 밖에 꺼내지 않았다.

나는 작별인사를 하고는 차를 주차한 곳까지 네 구역을 걸었다. 내 차는 미아타 사에서 나온 소형 녹색 컨버터블이었는데, 지나치리만큼 마음에 들었다. 나는 재빨리 바퀴 뒤쪽으로 가서 차 지붕을 올리고는 레이크 쇼어 순환로를 향해 남쪽으로 이동했다. 스카티가 조수석에 앉았던 기억을 억누르기 위해서는 큰 노력이 필요했다. 나는 달콤 쌉싸름한 기억이 떠오를 때마다 움찔거렸다. 언제쯤 돼야 잊히기 시작할지 궁금했다. 그런 다음에야 데이비드와 어젯밤 일이 생각났다. 아직은 거기에 신경을 쓰고 싶지 않았다.

레이크 쇼어 순환로를 타는 내내 선명한 모습의 갈매기들과 호안에서 비틀거리며 오르내리는 형형색색의 요트들이 눈에 들어왔다. 아침부터 더웠음에도 조깅을 하는 사람들이 오크 스트리트 연안에 잔뜩 늘어서서 저마다 뽐내고 있었다.

나는 차선을 바꾸고 일리노이 거리 쪽으로 선회해서 속도를 올린 다음 해군 부두와 시카고 강을 지났다. 그런 다음 곧장 왜커 저지대 쪽으로 달렸다. 시카고의 길과 길이 겹치고 내리막과 굽이가 심해지자 전조등을 켰다. 나는 번쩍거리면서 왜커 저지대를 또 하나의 우주처럼 보이게 하는 몽환적인 녹색 불빛을 사랑했다. 그렇게 순환로 아래쪽을 달리노라면 기온도 어느 정도 내려가고 정체도 훨씬 줄어들었다. 왜커 저지대의 미로에서는 대부분의 운전자들이 길을 찾지 못했고 GPS에도 의존할 수 없었기 때문이다. GPS는 높낮이를 구분하지 못한다.

나는 예전에 오래된 선 타임스 건물이 있던 자리에 들어선 트럼프 타워를 통과했다. 와이셔츠를 입지 않은 사람들이 정차해 있는 배달 트럭에 신문 뭉치를 밀어 넣던 시절이 떠올랐다. 그런 차량들이 끼익 소리를 내며 무시무시한 속도로 도로에 진입하면 사고가 날까 봐 피하던 모험이 그립기까지 했다.

미시간 남부로 가자 빌리 고트 술집을 지나야 했다. 방송인들이 "치즈보거! 치즈보거!"라는 말을 가지고 '새터데이 나이트 라이브'에서 유명하게 만들어놓은, 인기 좋은 지하 술집이었다. 그곳은 빌리 고트의 저주로도 유명했다. 그 근원은 1945년 10월 5일로 거슬러 올라간다. 월드 시리즈의 네 번째 경기가 벌어질 때 그 술집의 첫 주인인 윌리엄 '빌리 고트' 시아니스는 시카고 컵스를 응원하기 위해서 애완동물인 염소 머피를 데리고 왔다. 시카고 컵스의 구단주인 P. K. 리글리는 표가 있었음에도 염소의 입장을 거부했다. 윌

리엄은 시카고 컵스가 월드 시리즈에서 절대로 우승하지 못할 거라고 저주했다. 그때 이후로 진짜 시카고 사람들은, 심지어 스코틀랜드인의 피가 섞이지 않은 사람조차도 저주의 힘을 믿게 되었다.

나는 급하게 제동을 걸며 왜커 고지대로 방향을 틀고 마침내 햇볕 속으로 다시 들어섰다. 저지대의 녹색 불빛에서 고지대의 햇볕으로 진입하면서 빛에 적응될 때까지 쉬지 않고 눈을 깜빡여야만 했다. 그러면서 나는 하루 일정을 계획했다. 필을 만난 다음에는 고서적 수집가이자 친구인 탐 조이스를 만나고 싶었다. 문제의 표를 준 일로 화가 나 있긴 했지만 헤밍웨이와 관련해서 탐의 조언을 듣고 싶었다. 데이비드 반즈에 대해서 내가 모르는 걸 알고 있을 가능성도 있었기 때문이다.

피로는 남아 있었지만 비타민이 효과를 발휘하면서 오늘 하루가 괜찮을 거라는 느낌이 들었다. 나는 비발디의 「사계」 CD를 넣고 소리를 높인 다음 필의 사무실에 도착할 때까지 음악이 데이비드 반즈와 어니스트 헤밍웨이와 국세청을 머릿속에서 지워주기를 바랐다.

---

3 「바람과 함께 사라지다」의 여주인공 스칼렛 오하라의 대사 "지금 당장은 그 문제를 생각할 수가 없어요. 그랬다간 미칠 거예요. 내일 생각해볼게요"에서 인용.

4 미국 증권인 및 투자 상담사. 한때 나스닥 외부 이사를 지냈다. 유명인들도 다수 희생당한 대규모 폰지 사기를 벌인 것으로 유명하다. 2009년에 150년형을 선고받았다.

5 서양 말판놀이.

6 배우. 팜므 파탈 역으로 유명.

7 Saturday Night Live. 미국의 유명 코미디 쇼.

5

다른 사람이 말할 때는 처음부터 끝까지 들어라.
대다수의 사람들은 아예 듣지도 않는다.
—어니스트 헤밍웨이

　　　필과 나의 관계는 아주 오래전에 시작되었다. 보험일을 하
게 된 것 자체가 필 덕분이었다. 프랭크가 죽은 다음 필의 고객 가
운데 하나인 유명 시카고 기관이 아주 소중한 중세 원고를 분실한
일이 있었다. 그 기관의 이름은 밝힐 수 없다. 필은 대학의 보험일
을 보는 회사를 상대로 변호사를 맡고 있었고, 원고를 찾아달라고
나에게 애걸했다. 필은 나에게 학술적 배경이 있기 때문에 내부 사
정을 잘 알 거라고 생각했다. 나는 그 당시 프랭크의 각종 고지서
때문에 돈이 절실히 필요했고, 요청을 승낙했다. 나는 24시간이 채
지나기도 전에 하이드 공원 지역에 있는 지저분한 아파트에서 그
소중한 물건을 찾아냈다. 범인은 졸업생이었고, 원고를 이베이에서
팔 계획을 짜고 있었다. 필은 경찰도 개입시키지 않고 외부에 알리

지도 않은 채 일을 정리했다. 게다가 가장 중요한 문제, 즉 앞서 얘기한 익명의 시카고 기관의 보험률이 천정부지로 치솟는 일까지 막았다. 필은 내게 높은 보수를 지불했다. 그리고 그때부터 일거리를 주고 있었다.

필은 순환로 서부 지역에서 가장 수수한 건물 안에 있는 사무실을 세 사람의 변호사와 함께 나눠 쓰고 있었다. 나는 14층에 내려서 약속시간보다 삼 분 먼저 무거운 이중유리 문을 밀었다. 통계적으로 볼 때 내게는 이례적인 일이었다.

사무실에서 근무하는 두 명의 비서 가운데 한 사람인 길다 폰이 벽시계를 바라보았다. "오늘 지구가 멸망한대요? 9일 기도라도 해야 하나요?"

나는 길다를 노려보았다. 그리고 독설 자격증을 가진 건 나만이 아니라는 사실을 떠올렸다. 길다는 필에게 마음이 있었고 제멋대로 나를 경쟁자로 삼고 있었다. 그 때문에 계략을 꾸미고 꿈을 꾸고 가능한 모든 곳에 나를 잡을 지뢰를 심는 일을 즐기고 있었다. 나는 살짝 웃어주고는 길다가 항상 뿌리고 다니는 진한 향수의 냄새를 피해서 책상으로부터 멀리 이동했다.

"맥길 씨, 안녕하세요." 착한 비서인 맨디 모리슨이 인사를 했다. "미안하지만 기다리셔야겠어요. 통화 중이시거든요."

"내가 일찍 오는 일은 이번이 마지막일 텐데요." 나는 말장난을 했다.

"지금까지는 한 번도 일찍 온 적이 없었잖아요." 길다가 별갑테를 두른 거대한 안경을 고쳐 쓰면서 큰 소리로 콧방귀를 꼈다.

길다의 비난에 반박할 여지가 없었기 때문에 나는 단조로운 대기실 쪽으로 향했다. 대기실에서는 플라스틱 의자와 오래된 커피의 냄새가 났다. 에어컨은 열과 습기를 물리치기 위해 예외 없이 노력하고 있었다. 읽을거리라고는 전부 「법률 소식」의 무료판뿐이었다. 나는 자리를 잡고 앉은 다음 눈을 벽 쪽에 두고 꽤나 꼼지락거리면서 데이비드와 보냈던 지난밤을 생각했다.

필의 사무실 문이 활짝 열렸다. "길다, 디디 아직 안 왔어?" 필이 말했다.

나는 길다와 맨디를 무시하고 일어서서 필의 사유지로 걸어갔다. 훌륭한 스코틀랜드 혈통이라면 누구나 그러듯이 나는 항상 문젯거리와 정면으로 마주했다.

필은 지저분한 책상에 기대어 서서 손을 흔들다가 쌓여 있는 서류철을 쳐서 쓰레기통 안으로 떨어뜨렸다.

"디디, 안녕." 필은 나에게 인사를 하고 나서 입을 굳게 다문 채 쓰레기 속에서 서류를 건져내느라 허리를 숙였다.

"나 기다리고 있었어. 매일 늦는 건 아니라고. 이번 일은 뭐야? 전화로는 별 얘기 안 해줬잖아."

필은 삐걱거리는 갈색 가죽 의자에 자리를 잡았다. "어젯밤에 매트 킹이 뉴욕에서 날아왔어." 필이 내 눈을 피하며 말했다. "널 만나고 싶대."

"매트가 왔다고? 시카고에?"

"그래." 필이 연필을 돌렸다. 신경이 날카롭다는 두 번째 증거였다. 젠장.

"날 왜 만나고 싶대?"

"디디, 난 몰라. 너나 알겠지. 매트 킹은 절대 이런 식으로 벽지까지 오지 않아. 그런데 왔거든. 게다가 이번 회의에 꼭 너를 동석시키라고 부탁까지 했어." 필은 마침내 나와 눈을 마주쳤다. "나도 모르게 뭔가 진행되는 일이 있는 거야?"

매트 킹은 '아메리칸 보험사'의 큰손이었다. 마지막으로 매트를 본 것은 워싱턴에서 열렸던 대규모 국제 보안 훈련 회의에서였다. 우리 두 사람은 그의 호텔방에서 알몸으로 누워 있었다. 나는 그를 또다시 보고픈 생각이 별로 없었다.

"그런 거야?" 필이 재촉했다.

나는 프랭크가 죽은 이래로 연애사업에 문제가 있었다. 매트는 스카티보다 먼저 만난 사람이었다. 나는 매트가 인연이라고 생각했다. 매트는 내가 아무것도 신경 쓰지 않고 행복을 느끼게 해주었고, 그 덕에 프랭크를 거의 잊을 수 있었다. 그러다가 우연히 어떤 얘기를 듣게 되었다. 매트는 사랑스러운 두 딸이 있는 미인대회 1위 출신의 여성과 행복한 결혼생활을 꾸리고 있다는 얘기였다. 두 딸의 나이는 각각 두 살과 세 살 반이었다. 매트와 나는 헤어질 당시 친구 사이만은 아니었다. 하지만 나는 연역적인 사고 능력을 총동원해서 지금은 필에게 그 얘기를 할 때가 아니라고 결론 내렸다. 고백은 정신건강에 도움이 되지만 경력에는 악영향을 끼치는 법이니까.

침묵이 길어졌다. 마침내 필이 말했다. "디디, 도대체 무슨 일인데? 난 언제나 네 편이잖아. 하지만 아메리칸 보험사는 최고 고객이라고. 그쪽이랑 거래를 끊을 수는 없어."

필의 전화가 울렸다. 필은 손을 뻗어서 수화기를 들었다. "그래, 길다." 필이 나를 보며 말했다. "들어오시라고 해."

필은 수화기를 거칠게 내려놓았다. 문이 열리고 매트 킹이 미끄러져 들어왔다. 그는 자신감이 넘쳤고 세련됐으며 너무 심할 정도로 멋졌다.

필이 소개를 시켜주려고 일어섰다. "매트, 이쪽은……."

"필, 소개해주시지 않아도 됩니다." 매트가 설득력 있는, 커다란 목소리로 말했다. 그러면서 근육질의 팔을 내 쪽으로 내밀었다. "디디와 저는 이미 아는 사이니까요."

나는 태양을 따라가는 헬리오트로프[8]처럼 무의식적으로 매트를 바라보았다. 나는 악수를 하는 동안 아랫입술을 깨물면서 생각했다. 그래, 아는 사이이긴 하지. 어디까지나 육체적인 의미로 말이야.

필이 앉았고 매트도 앉았다. 나는 숨을 참고 다음에 다가올 일을 기다렸다. 인생이란 언제나 몰락과 재기의 연속이었다. 하지만 이번에는 다시 일어서지 못할까 봐 두려움이 앞섰다. 매트는 내 일자리를 빼앗아가려고 온 것 같았다. 인간이란 실수를 하게 마련이지만 업무 관계에 있어서 용서라는 말은 회사 정책에 반하는 단어였다.

"매트." 필이 입을 열었다. "만약 아메리칸 보험사와 맥길 씨 사이에 어떤 문제가 있다면, 저는 맥길 씨와 함께 했던 일에 대해서 무척이나 만족하고 있다는 점을 알려드리고 싶습니다. 맥길 씨는 명민하고 믿을 수 있으며……."

"그뿐 아니라 정직하고, 신뢰감을 주며, 어머님께도 잘하지요." 매트가 말을 끊었다. "벌써 다 아는 사실입니다."

"그럼 뭐가 문제죠?" 필이 물었다.

매트는 어수선한 책상에 기대고는 나를 드러내놓고 무시하며 필에게 직접 말했다. "오늘 여기에 온 건 아메리칸 보험사에서 아주 특별한 일을 맡게 되었기 때문입니다. 그리고 디디 맥길 씨가 도움이 될 거라고 생각합니다."

"뭐라고요?" 나는 큰 소리로 되물었다.

매트가 나를 보더니 섹시한 미소를 반짝였다. 비열한 남자이긴 했지만 잘생긴 것만은 분명했다. 매트는 눈웃음을 쳤고 그의 남성적 체취는 너무나 섹시했다. 그 정도의 매력은…… 흠, 더 길게 말할 필요는 없을 것이다.

"오늘자 뉴스에서 헤밍웨이의 분실 원고를 되찾았다는 소식은 들으셨습니까?" 매트가 물었다.

필은 눈을 동그랗게 뜨고 물었다. "아메리칸 보험사 쪽에서 경매장의 보험을 받아줄 생각인가요?"

"바로 그렇습니다." 매트가 대답했다. "문제의 원고를 인공물로 간주하고 1,500만 달러짜리 가계약서를 지금 막 쓴 참입니다. 우리는 보상 대상을 헤밍웨이의 진본 원고로 하지 않고 인공물로 한 것이 위기 관리 측면에서 잘한 일이라고 생각합니다. 하지만 사실 경매장 쪽에서는 원고가 백 퍼센트 진본이라고 믿고 있고, 우리도 같은 생각입니다."

"무슨 근거로 그리 확신하지요?" 필이 반문했다. 변호사로서의 직업의식이 전면으로 나오고 있었다.

"경매장 쪽에서 헤밍웨이 전문가와 접촉을 했습니다. 컴퓨터를 사용해서 문체와 단어 사용에 있어서 광범위한 검사를 행했죠. 그 결과 헤밍웨이가 직접 쓴 것이 분명합니다."

어젯밤에 있었던 일을 고려해볼 때 이 대화 자체는 너무나 흥미로웠다. 완전한 우연이라면 말이지만. 나는 조용히 키득거렸다. 드디어 이 우주가 나에게 은혜를 베푸는 걸까?

내가 끼어들었다. "필. 난 이런 경우에 사용할 법한 프로그램을 잘 알아. 대학에 있을 때 다양한 문학작품을 분석하기 위해서 그런 프로그램을 돌려봤거든. 결과는 놀랄 만큼 정확해. 검사를 제대로 수행했다면 명사와 동사와 형용사와 부사와 대명사의 숫자와 문장 속 위치를 통계적으로 분석할 수 있어. 단어 선택과 구두점을 찍는 양상과 단어 사용 빈도도 마찬가지고. 말하자면 언어의 유전자와 같은 거야. 그쪽에서 일을 제대로 처리했는데 헤밍웨이의 진본이라는 결과가 나왔다면 99.9퍼센트 확신해도 돼."

"하지만," 매트가 검지를 추켜 올렸다. "큰 문제가 하나 있습니다. 우리가 본 건 원고 가운데 잘 골라낸 몇 쪽뿐입니다. 그 몇 장을 미국 최고의 헤밍웨이 전문가에게 보인 결과 진본으로 확인되었습니다. 그 종이가 1920년대 초반 것이라는 건 문서 감정 분야에서 1위인 사람이 확인해주었습니다. 타자기도 헤밍웨이가 썼던 것과 동종이었고요. 하지만 나머지 원고도 감정을 해야 합니다. 원래 원고도 하나 빠짐없이 해야 하고 복사본도 마찬가지지요."

"전체를 다 검사하는 건 사리에 맞을 뿐 아니라 꼭 필요한 일이죠." 필이 말했다. "소유주는 왜 거부한답니까?"

나는 다음 말이 뭔지 궁금해서 입술을 깨물었다.

"좋은 질문입니다." 매트가 말했다. "문제를 일으키는 게 소유주입니다. 소유주는 경매가 이뤄질 때까지 원고를 보호하려고 합니다. 소유주 쪽 변호사가, 해당 원고가 출판된 적이 한 번도 없으면 저작권의 보호를 받지 못한다고 얘기했거든요. 그리고 확률이 아주 낮긴 하지만 설사 출간된 적이 있다 하더라도 헤밍웨이에게 귀속됐던 저작권은 이미 소멸된 지 오래라는 얘기도 했고요. 지금 현재 헤밍웨이 집안이나 그 어떤 사람도 이 물건에 대한 저작권은 갖고 있지 않습니다. 상황이 이렇다 보니 소유주가 내용 전체를 공개하지 않으려는 거지요. 누구든 아무 대가없이 자유롭게 인쇄할 수 있으니까요."

이게 바로 내가 오늘 저녁에 필에게 하려고 마음먹고 있던 얘기였다. 나는 결국 데이비드를 도울 수 있을 것 같았다. 가끔은 일이 술술 풀리기도 하는 법이다.

"필, 저 말이 맞아?" 내가 끼어들었다.

"저쪽은 법률 규정이 꽤 불투명해." 필이 머리를 긁으며 말했다. "요즘엔 전자매체 때문에 특히 더 그렇지."

필은 잠시 쉬었다가 말을 이었다.

"그 물건이 사라졌다가 나타난 헤밍웨이의 원고라면 아주 재밌는 논의가 벌어질 거야. 저작권이 소멸된 상태니까. 따라서 대중은 그 원고의 어느 부분이든지, 원하는 때에 생산할 권리가 있는 셈이지. 하지만 내용물 자체를 손에 넣을 수 없고 경매가 이뤄지기 전까지는 비밀에 부쳐진 상태잖아. 그러니 설사 마음대로 출판할 수 없게 만드는 특정 저작권이 존재하지 않더라도 아직은 대중에게 배포할 수 없어. 그걸 출판할 정당한 권리는 있지만 그럴 만큼 아는 게 없는 셈이지."

"지금 확실한 건 뭐지?" 내가 물었다. 사전 정보가 있다 보니 이 대화가 점점 재밌어지고 있었다.

필이 말했다. "그 원고가 분실되었다는 사실은 공개되었고, 기록도 잘 남아 있어. 출간된 적이 없다는 기록도 있고. 따라서 출판사와 계약이 된 적은 없어." 필은 매트를 바라보며 물었다. "현 소유주가 그 원고를 훔친 게 아니라 찾아냈다는 건 확실합니까?"

"소유주가 그 점은 보증했습니다." 매트가 확답했다. "그 사람을 의심할 이유도 없고요."

"종합해보면 현 소유주가 사실상 발견자의 권리를 갖는 게 분명하군요. 문제의 물건이 경매에서 인공물로만 팔린다면 경매장 쪽은 법을 어겨서 발생하는 후속 문제를 잘 피할 수 있다고 봅니다."

"우리 아메리칸 보험사 쪽도 그렇게 생각합니다." 매트가 말했다. "헤밍웨이의 재산 문제는 오래전에 일단락이 됐고, 이 원고는 거기에 속하지 않지요. 법률 고문들의 의견에 따르면 경매장 쪽이 그 물건을 인공물로만 거래한다면 아무 문제가 없을 거랍니다. 소유주가 이름을 밝히지 않고 최대한 빨리 경매에 붙이려고 하는 것도 그 때문이지요. 크게 한탕 하고는 법정에서 여러 해 동안 소유권을 묶어 놓을 수도 있는 분쟁은 피하자 이거죠."

"하지만," 필이 끼어들었다. "만약 경매장 쪽에서 출판권까지 팔겠다고 나서면 곧이어 헤밍웨이의 후손들과 저작권 문제가 불거질 텐데요."

"오크 파크 헤밍웨이 재단이 벌써 주도권을 잡기 위해서 싸움에 나섰죠." 매트가 설명했다. "그 사람들은 문제의 원고가 개인적으로나 역사적으로나 중요하기 때문에 자신들이 관리해야 한다고 주장하고 있습니다. 우리는 경매를 진행하고 어떤 종류의 법원 명령도 발생하지 않도록 합의를 봤고요. 경매가 끝나면 소유주와 재단 측은 법정에서 결투를 벌일 겁니다. 법률 자문 부서에 따르면 원고가 출판된 적도 없고 저작권 갱신도 없는 게 분명하기 때문에 현 소유주에게 자유롭게 판매할 권리가 있다고 하더군요."

"앞서도 말했지만 그쪽은 법적으로 불투명한 영역이니까요." 필이 같은 말을 반복했다.

"오십 년 동안 사라졌던 셀린의 자필 원고를 놓고도 비슷한 일이 있지 않았나?" 내가 물었다. 어젯밤에 데이비드와 나눴던 대화 가운데 하나였다. 이러고 있자니 정말 재밌었다.

"맞아요, 디디." 매트는 이제 나만 보며 말했다. "『밤의 끝으로 가는 여행』이 그거였죠. 육십 년이 넘도록 사라진 상태였고요. 그걸 안다니 놀랍군요." 매트가 고개를 끄덕이며 인정했다. "법률 자문 부서에서 샅샅이 조사했죠. 그 원고도 개인수집가가 찾아냈어요. 프랑스 국립도서관에서 소유권을 주장하려 했죠."

"제 기억이 맞는다면," 필이 끼어들었다. "입찰 경쟁이 치열했을 텐데요. 경매에서 결국 이긴 게 도서관 아니었습니까?"

"그렇죠. 1,700만 달러를 내고도 최고 가격을 제시한 입찰자와 맞붙을 권리를 행사하고 나서야 손에 넣을 수 있었죠." 매트가 설명했다.

"제임스 조이스가 쓴 『율리시스』 가운데 가장 긴 장이 최근에 경매에서 1,500만 달러에 팔렸죠?" 내가 덧붙였다.

"그것도 맞아요." 매트가 끄덕였다. "거기에 롤링스의 『내 피의 피』 같은 선례가 있기 때문에 법률 자문 부서에서는 유족이나 재단 쪽에서 어떤 수를 쓰더라도 경매에서 원고를 손에 넣은 사람이 승리할 거라고 확신하고 있습니다."

"그럼 출판까지 염두에 두고 경매에 올라가는 겁니까?" 필이 물었다.

"이쯤에서 저와 아메리칸 보험사의 생각을 솔직하게 말하자면," 매트가 말했다. "해당 원고가 인공물로 팔릴 경우 금액은 1,500만 달러를 상회할 테고 아메리칸 보험사 측은 아주 만족스러운 보험료를 받을 수 있을 겁니다."

필이 말했다. "하지만 그 인공물에 미래의 출판권까지 얹는다면 금액이 두 배 이상 뛰겠죠?"

"그렇습니다." 매트가 동의했다. "그리고 보험료 또한 불어나서 아메리칸 보험사는 꽤 오랫동안 흑자를 유지할 수 있겠죠. 제가 아주 두툼한 보너스를 받는 거야 말할 필요도 없고요. 그래서 위험 대비 얻는 이득이 상당히 크다고 제가 회사를 직접 설득했습니다."

"하지만 지금은 교착상태잖아요." 내가 말했다. "원고 전부가 진본이라는 걸 확인하고 실제로 보험증서를 작성하지 않는 이상 그 두툼한 보너스를 받을 수 없으니까요."

매트가 고개를 끄덕였다. "왜 일부만 감정을 받았는지 이상하게 여기는 학자들이 산더미처럼 쌓여 있죠. 그 사람들은 이번 원고가 케네디와 마릴린 먼로가 주고받았다는 편지와 연쇄 살인마 잭 더 리퍼가 썼다는 일기장의 뒤를 잇는 희대의 사기극이라고 비난하려고 칼을 갈고 있습니다. 그리고 사실, 언론들도 헤밍웨이의 이름만 나오면 미쳐서 날뛰지 않던가요. 그런 비관론자들은 경매장 쪽과 소유주와 구매자와 학자들뿐 아니라 필요하다면 그 누구라도 이 세상에 있는 모든 토크쇼에 끌어내기 위해서 눈에 불을 켤 겁니다."

"뉴스에 나와서 문제의 원고는 절대로 헤밍웨이의 작품이 아니라고 장담한 교수가 있잖아요. 그 사람 때문에 거래에 문제가 생기진 않을까요?" 내가 물었다.

매트가 고개를 저었다. "순진한 척하지 말아요. 실제로는 그 반대일 겁니다. 경매에 반대하는 의견이 많을수록 가격은 천정부지로 뛰어오를 겁니다. 경매장 쪽에서 그 원고를 '놀랄 만한 물건' 분류에 두었다가 제외한 건 얼마 되지도 않았어요."

"그럼 디디가 할 일은 뭡니까?" 필이 물었다.

매트가 나에게 미소를 지은 다음 필을 보았다.

"디디 맥길 씨가 우리를 도와주었으면 합니다. 현 소유주의 뒷조사를 해본 결과 두 사람이 아는 사이더군요. 디디 씨가 소유주를 설득해서 경매가 열리기에 앞서 원본과 복사본 전부를 검사하도록 해줬으면 좋겠습니다."

딱 한 번 평상시와는 다른 방식으로 돈을 벌게 되겠네, 나는 그렇게 생각했다. 이번 일은 너무나 쉽게 풀리고 있었다. 내가 일생에 한 번 있을까 말까 한 문학적 발견에 직접 참여하리라는 것은 두말할 필요도 없었다.

"흠, 소유주가 누구예요?" 나는 웃음이 나오려는 것을 참으며 물었다.

매트가 눈을 가늘게 떴다. "데이비드 반즈라는 이름 기억나요?" 매트는 내 허를 찌르고 압박을 하려던 게 분명했다. 내 과거사는 그의 관심거리가 아니었다. 그러자 나는 갑자기 날카롭고 명민한 시선으로 그를 볼 수 있었다.

"흠, 디디." 필이 물었다. "데이비드 반즈라는 사람하고 무슨 사이야?"

"아주아주 오래전에 알던 사람이야." 나는 다시 매트를 바라보았다. "아메리칸 보험사는 무슨 근거로 내가 이제 와서 데이비드 반즈에게 영향을 줄 수 있을 거라고 생각하는 거죠?"

매트가 입을 꾹 다물고 웃었다. 나는 매트에게 그처럼 불쾌한 습관이 있다는 걸 예전엔 깨닫지 못했다는 사실 때문에 스스로를 책망해왔다. 예전의 나는 너무나 열정적으로 그와 함께 침대에 뛰어들었다. 매트는 필의 책상 위에 쌓여 있는 서류철 너머로 손을 뻗어서 전화기를 잡았다.

"전화를 해서 직접 물어봅시다." 매트는 그렇게 말하며 데이비드의 번호를 눌렀다.

나는 미소를 짓고 매트의 향수 냄새를 다시 한 번 맡으며 수화기를 받았다.

신호가 여섯 번 울리고 나서 익숙한 목소리가 말했다. "예, 여보세요."

"여보세요? 데이비드? 나 디디 맥길이야."

매트가 손을 내밀고 내 팔을 쓰다듬었다. "최대한 빨리 약속을 잡아요." 매트가 속삭였다.

"디디? 안녕. 지금 아침이야? 난 아직 침대 위야. 그리고……." 커다란 폭발음이 전화선을 파고들었다.

"데이비드?"

두 번째 폭발음이 들렸다.

"데이비드." 나는 수화기에 대고 소리를 질렀다. "데이비드, 무슨 일이야?"

찰칵 소리가 들리더니 전화가 끊겼다.

---

8 정원 식물의 일종.

6

모든 사람의 인생은 똑같은 식으로 끝난다. 각자를 구분해주는 것은
살아온 방식과 죽은 이유처럼 사소한 것들뿐이다.
—어니스트 헤밍웨이

"데이비드가 총에 맞은 것 같아요." 나는 큰 소리로 말했
다. "경찰을 불러야겠어요."

매트가 수화기를 잡더니 귀를 대어보고는 내려놓았다. "수상한
냄새가 나는데요." 매트가 말했다. "이번 일엔 우연의 일치가 너무
많아요."

"우연이라뇨? 무슨 얘길 하는 거예요? 총소리가 들렸다니까요.
데이비드가 쓰러져서 피를 흘리며 죽어갈지도 몰라요. 경찰을 불러
야 해요."

매트가 전화기를 제자리에 돌려놓았다. "당신 친구는 연기에 아
주 능한 사람이에요. 경매를 더 널리 홍보하려고 또 한 번 모험을
하는 건지도 모르죠. 1,500만 달러로는 충분하지 않았나 보군요.

돈을 더 원하는 겁니다."

매트가 전화번호를 눌렀다. 나는 안도의 한숨을 쉬었다. 매트 또한 데이비드가 망자의 대열에 합류하지 않기를 바라면서 경찰에 전화를 하고 있었다. "서두르라고 하세요." 나는 매트를 재촉했다. "데이비드가 정말로 세상의 이목을 끌고 싶었다 해도 나한테 그럴 리가 없다고요."

"데이비드가 전화를 받는지 다시 걸어보고 있어요." 매트가 말했다.

나는 매트가 상식적으로 일을 처리하지 않으리라는 걸 예상하지 못했다.

우리 세 사람은 전화기 주변에 모여서 작은 소리로 울리는 신호 소리를 들었다. 매트는 신호가 한참 동안 울린 다음에야 수화기를 거칠게 내려놓았다.

"분명히 말하는데 보험사기의 냄새가 나네요."

"경찰을 안 부를 거라면 내가 할 거예요. 데이비드가 위험에 처했다면 우리는 사후종범이 될 수도 있다고요."

내가 전화기로 손을 뻗자 매트가 내 손을 거세게 움켜쥐었다. 나는 몸싸움을 하는 대신 포기하고 손가방을 집어서 휴대전화를 꺼냈다. 하지만 달라질 건 없었다. 휴대전화는 꺼진 상태였다. 어젯밤에 충전하는 걸 잊었던 것이다.

"곤란한 상황이네요." 나는 필에게 말했다. 필은 근심 어린 동시에 화가 난 표정을 짓고 있었다.

매트가 우리 두 사람을 보며 웃었다. "맞는 말입니다. 전화기 저쪽에 무슨 일이 생겼는지 알 수가 없으니까요." 매트는 부드럽게 말했다.

"데이비드가 총에 맞았든, 아니면 이게 관심을 끌기 위한 연극이든 간에 나는 연루되면 안 됩니다. 어느 쪽이든 내 경력에 득이 안 되니까요. 필, 우리 사이에 있는 사업상의 관계를 중요하게 여긴다면 당신이나 당신의 '조사원'은," 매트는 내 쪽으로 고갯짓을 했다. "경찰에 전화를 해서도 안 되고 어떤 식으로든 아메리칸 보험사를 연관시켜서도 안 됩니다."

큰 사업을 하자면 윤리 따위는 개나 줘버리는 게 보통이다. 하지만 지금 이건 그럴 일이 아니었다. 그렇지 않은가?

매트가 일어섰다. "난 뉴욕으로 곧장 돌아가겠습니다."

"필." 나는 매트가 사무실을 나서자마자 애원했다.

"디디, 정말로 무슨 일이 벌어졌는지 우리는 아직 모르잖아? 그러니 지금은 가서 확인해봐."

"너의 이득 때문에 경찰에 신고하는 걸 지연시키는 거지……."

필이 문 쪽을 흘끗 바라보았다. "데이비드가 정말로 총에 맞았다면 경찰이 할 수 있는 거라고는 현장보존용 테이프를 두르는 것뿐이잖아?"

"젠장, 필. 사람이 죽을지도 모른다고."

"그러니 최대한 빨리 가보라니까." 필은 종이에 무언가를 썼다.

"하지만……." 내가 항변하려는데 필이 종이를 건넸다.

"그게 데이비드의 주소야. 별로 멀지 않아. 전화를 해도 경찰보다는 네가 먼저 도착할 거야." 필이 말했다.

데이비드의 주소는 알 필요가 없었다. 어디에 사는지 정확히 알고 있었으니까.

나는 문 밖으로 달려나가며 소리쳤다. "젠장, 필. 경찰에 신고해."

오 분도 걸리지 않는 곳이었다. 나는 순환로를 가득 채운 아침의 교통 정체를 물리치고 제 시간에 도착하기 위해서 거칠게 차를 몰았다. 위 한가운데가 아파오기 시작했다. 나는 기어를 바꿀 때마다 매트와 필에게 욕을 날렸다. 보험조사원 일을 하다 보니 원하지 않아도 확률적으로 분석하는 버릇이 들었다. 데이비드가 살해당할 확률은 교통사고로 죽는 경우보다 60배 낮았고, 실내 안전사고보다는 130배 낮았다. 하지만 21분마다 한 사람씩 살해당하고 있다는 무시무시한 통계도 있었다. 그리고 우리 중 누군가가 범죄의 희생양이 될 확률은 4분의 1이었다. 매트가 데이비드를 두고 연기에 능숙하다고 평가한 것은 정확할 수도 있었다. 나도 그러기를 바랐다. 하지만 내 직감은 가슴속 깊은 곳에서 거기에 동의하지 않고 있었다.

나는 요란한 소리를 내며 주차금지 장소에 차를 세우고 데이비드가 사는 건물로 뛰어들었다. 데이비드의 시체를 발견하는 광경을 머리에서 몰아내기 위해 애를 쓰면서.

데이비드가 사는 곳은 721호였다. 나는 데이비드가 사는 곳을 빼고 문자 그대로 모든 집의 초인종을 눌렀다. 그러면서 믿음직스러운 '고속 전동 만능열쇠'를 찾으려고 지갑을 뒤졌다. 작년 크리스마스에 스스로에게 줄 선물 삼아서 우편으로 주문한, 꽤 편리한 도구였다. 침입자나, 최악의 경우 살인자와 마주치는 등의 위기 상황에서는 무기 대용으로 쓸 수도 있었다.

"누구세요?" 인터폰에서 갈라진 목소리가 들렸다.

"누구요?" 잡음이 터지더니 나이 든 남성이 물었다.

바로 그때 젊은 애엄마가 분홍색 꾸러미가 든 유모차를 밀면서 안쪽에서 문을 열었다. 나는 문을 잡아당겨서 도와주고는 몸을 숙이고 엘리베이터를 향해 돌진했다. 안에 들어가면 어떤 광경이 펼쳐져 있을지 두려웠다.

데이비드의 집은 복도 끝에 있었다. 문의 손잡이를 보자 심장이 거칠게 뛰었다. 결국 만능열쇠를 쓸 일은 전혀 없었다. 손잡이에 난 흠집과 찌그러진 모양을 보아하니 쇠파이프를 사용해 억지로 연 것이 분명했다. 비록 남에게는 한 번도 얘기한 적이 없지만, 나는 일 때문에 두어 번 직접 해본 적이 있었고 그 때문에 금세 알아볼 수 있었다.

나는 부서진 손잡이를 쥐고 문을 열었다. 그러면서 경첩 쪽에 난 틈을 통해 문 뒤에 숨어 있는 사람은 없는지 살펴보았다. 그리고 안으로 들어갔다. 머릿속에서 들어가지 말라고 속삭이는 목소리가 들렸지만 무시했다.

나는 멈춰 서서 하이힐을 벗었다. 귀를 기울여봤지만 공허한 침묵만이 되돌아왔다.

오른쪽은 거실이었다. 불을 켜지 않아도 난장판임을 알 수 있었다. 가구들은 뒤집혀져 있었고 부처상은 깨졌으며 서류와 융단과 그림들은 잘게 찢어졌고 등불은 깨졌으며 베개에는 칼집이 나 있었다. 금빛 학이 아름답게 그려져 있던 동양 병풍이 쪼개진 채 그 위로 넘어진 상태였다. 그 무더기 주변에는 우리 두 사람이 어젯밤에 축배를 들었던 포도주잔이 산산조각으로 변해 흩어져 있었다.

나는 그런 짓을 저지른 사람이 근처에 있을지도 모른다는 생각에 겁이 났다. 그래서 전동 만능열쇠를 손에 꼭 쥔 채 난장판의 한가운데에서 조용히 귀를 기울였다. 하지만 들리는 거라고는 내 심장이 요란하게 박동하는 소리뿐이었다.

긴 복도에는 여러 개의 방이 있었다. 주방이 가장 멀었다. 나는 소리가 나지 않게 발끝으로 걸으며, 무엇을 보게 될지 몰라서 잔뜩 겁을 먹은 채 모든 방을 점검했다. 침실 겸 작업실로 쓰는 여분의 방도, 욕실도 하나같이 엉망이었다. 만약 침입자가 아직도 어슬렁거린다면 나는 예전에 배웠던 합기도를 이용해서 자신을 지킬 수밖에 없었다. 내가 발끝으로 걷고 있다는 걸 알았다면 합기도 강사가 가만두지 않았겠지만.

데이비드의 침실로 들어가자 어둑한 공간 속에 헝클어진 침대가 보였다. 침대는 쓰레기였다. 빨간 쓰레기.

나는 이름을 불렀다. "데이비드." 데이비드는 내가 아침에 집을 나설 때와 거의 같은 자리에 누워 있었다. 유일한 차이는 한쪽 팔이 베이지색 카펫에 닿을 정도로 늘어져 있다는 점이었다. 팔에서 핏방울이 떨어졌고, 손가락 끝 주변에는 크고 붉은 얼룩이 남아 있었다.

심장이 요동쳤다. 나는 데이비드가 살아 있기를 기도하며 다가갔다. 머리 뒤쪽에서 날카로운 고통이 느껴졌다. 시야가 흐려지고 귀가 울렸으며 무릎이 접혔다. 눈앞이 캄캄해지면서 나는 바닥에 쓰러졌다.

우리 집 식구들은 나를 보고 지나치게 현실적이라고 말하곤 했다. 엄밀히 따지면 그 말이 맞는다고 생각한다. 나는 어지러웠고 위가 뒤집힐 것 같았지만 끝내 정신을 잃지는 않았다. 합기도 강사가 의식의 끄트머리에 머무르면서 등 뒤를 붙잡히는 기초적인 실수를 저질렀다고 꾸짖고 있었다. 귀가 쾅쾅 울렸지만 나는 달려가는 발소리를 희미하게 들을 수 있었다. 그리고 나를 가격한 사람이 사라졌기를 진심으로 바랐다.

일어서려고 했다. 하지만 두 다리가 흐느적거렸다. 현기증이 치솟았기 때문에 나는 다시 바닥에 주저앉았다. 머리가 지끈거렸고 귀 뒤에서 따뜻한 액체가 흘렀다. 나는 그런 사실을 무시하고 여러 차례 깊게 심호흡을 한 다음 고통을 참으며 침대 쪽으로 천천히 기어갔다.

데이비드의 피가 사방을 적시고 있었다. 카펫 위에 떨어져 있던 피 때문에 무릎이 끈적거렸다. 나는 데이비드의 팔을 만져보았다. 살갗이 시멘트처럼 차갑고 축축했다. 피부는 진한 회색이었다. 데이비드는 죽은 상태였다.

나는 데이비드를 가까이에서 관찰했다. 데이비드는 두 발을 맞았다. 가슴의 뚫린 구멍 주위에는 피가 굳어 있었다. 또 하나의 총상은 머리에 있었다. 데이비드의 뒤쪽에는 뇌의 일부로 보이는 물질과 응고된 피가 베개를 뒤덮고 있었다. 데이비드의 눈은 공허하게 천장을 바라보았다. 머리에 있는 상처 부근의 피부에는 화약 흔적이 희미하게 남아 있었다. 가까이에서 총에 맞은 것이 분명했다.

나는 눈길을 돌리고 침을 꿀꺽 삼키고는 구역질과 공포를 누르려 애를 썼다. 범죄 현장에서 토할 수는 없었다. 침대 옆에 있는 전화기가 따르릉거렸다.

"여보세요."

나는 수화기에 대고 쉰 목소리로 말하자마자 손을 대지 말았어야 했다는 사실을 깨달았다.

"디디, 어떻게 됐어?"

"세상에, 필 너구나. 데이비드가 죽었어. 총에 맞았다고. 아파트는 엉망이고, 난 머리를 맞았어."

"너 괜찮아?"

"그런 것 같아. 조금 어지럽고 눈앞이 뿌연 게 다야. 저기, 끊어야겠어. 911에 신고를 해야 한다고."

나는 살아 있는 수신원을 호출한 다음 내가 본 것을 간략하게 설명했다.

"의사신가요?" 수신원이 물었다.

"아뇨." 나는 카펫 위로 계속 번져가는 핏자국을 보며 말했다. "보험사 직원이에요." 그렇게 말하면 더 이상 아무 말도 하지 않을 것

임을 나는 알고 있었다. 보험 관계자와 길게 얘기하는 걸 좋아하는
사람은 아무도 없었기 때문이다.

대답이 마음에 들지 않는다면 처음부터
바보 같은 질문을 쏟아내지 마라.
—어니스트 헤밍웨이

경찰은 유타 주를 뒤덮었던 메뚜기 떼처럼 데이비드의 아
파트를 습격했다. 시카고에서 살인 사건이 벌어지는 일은 드물지
않았다. 그리고 경찰들은 그처럼 끔찍한 일을 맡으면서도 제정신을
유지하기 위해서 구태의연하고 기분 나쁜 유머를 구사했다.

마침내 데이비드의 시체가 옮겨졌다. 사진사들은 피에 젖고 텅 빈
침대를 더 많이 찍었다. 수많은 얼굴들이 모여들어서 나를 면담했
다. 그들이 지역 본부로 가도록 문 쪽으로 나를 안내하는 동안에도
다른 경찰들은 측량을 계속하고 아파트 전체의 모습을 촬영했다.

나는 경찰과 함께 뒷문으로 나가서 눈에 띄게 무너져가고 있는 시
내 경찰서에 도착했다. 경찰서는 1940년대에 세워진 건물로, '친절
한 경찰'의 느낌은 전혀 받을 수 없었다. 벽의 페인트는 거친 회색

이었고 오줌과 땀과 두려움의 냄새가 났다. 나는 유리가 방탄이며 사방에 카메라가 있다는 사실을 눈치챘다. 경찰도 시대와 타협하고 있었던 것이다.

나는 오래지 않아서 시간 감각을 잃었고 맛없는 커피를 몇 잔이나 마셨는지도 잊었다. 머리가 아팠고, 데이비드가 죽었다는 사실을 받아들이기도 힘들었다. 경찰은 왜 아파트 사방에 내 지문이 묻어 있는지, 내 머리카락이 데이비드의 침대와 욕실에 있는 이유는 무엇인지 반복해서 물었다. 전동 만능열쇠를 발견하고는 내가 그걸로 아파트에 침입한 건 아닌지 의심하고 있었다. 만능열쇠를 어디에 썼느냐는 질문을 받고 나자, 완전히 무고한 사람이라 해도 심문 과정을 끝내기 위해서 극악무도한 죄를 저질렀노라고 자백할 수 있겠다는 생각이 들었다.

"밤에 그 집에 있었다는 얘기만 고집하시는데, 어디 그게 사실이라고 칩시다. 그 집에서 언제 나갔다고 했죠? 다시 말해봐요."

"대략 6시쯤이라고요. 아까 얘기했잖아요."

"밤에는 거기 있었다 이거죠. 아침 6시에 나갔고요. 하지만 그 사람을 죽이지도 않았고, 집을 뒤지지도 않았다?" 브루어 형사는 셀 수 없을 만큼 반복해서 물었다. 그가 자세를 바꿀 때마다 의자가 큰 소리를 내며 삐걱거렸다.

"아시겠지만," 형사가 말했다. "방을 뒤져본 방법만 가지고도 많은 걸 알아낼 수 있어요."

"아까도 얘기했잖아요. 난 안 죽였다니까요. 아파트를 뒤지지도 않았고요."

"그럼 신발은 왜 벗었습니까? 침입한 게 아니라면 만능열쇠는 어디에 쓴 거지요? 침실에서 전화는 왜 썼습니까? 정말로 그렇게 잘 나가는 보험조사원이라면 상황이 어떻게 돌아가는지는 알고 있어야죠." 형사는 그렇게 권고했다.

"알아요. 하지만 정신이 없었다고요. 방을 뒤져본 방식에서 뭘 알아냈다는 거죠?"

"흠, 우리가 보기엔 전문가의 소행이 아니더군요. 따라서 당신에게 불리하죠. 왜냐하면 당신 지문을 찾아냈고……." 형사는 서류를 뒤적거렸다. 내 쪽에서는 거꾸로 보였기 때문에 읽을 수가 없었다. "감식반 애들이 지문은 당신 것뿐이랍디다. 아파트로 들어가는 문하고 전화기에 묻어 있었고요. 그리고 침실 카펫에는 댁의 무릎 자국이 잔뜩 나 있었어요. 그러니 결론은 하나겠죠?"

너무나 무서웠음에도 나는 무릎 자국이 무슨 상관이 있는지 궁금했다. 커피가 목으로 넘어가질 않았다. 차가운 맥주 생각이 간절했다. 그때 문이 활짝 열렸다.

"브루어 형사시죠? 여기 계실 거라고 하더군요. 저는 필 리치입니다. 신분증은 여기 있고요."

나는 고개를 들었다. 머리를 부딪혔던 탓에 주변 사물이 셋으로 보였다.

"필," 내가 쉰 목소리로 말했다. "와줘서 고마워. 빠져나가게 해줄 거지?"

브루어 형사가 신분증을 확인했다. "변호사시군요." 그리고 필을 형식적으로 쓱 훑어보았다. "그렇다면?"

"아, 아닙니다." 필이 먼저 말했다. "전 형사 전문이 아닙니다. 재산법 쪽이죠."

"아하, 재산법이라." 브루어가 고개를 끄덕이고 웃었다. "그러니까 말하자면, 엘비스 프레슬리가 죽었을 당시에는 재산 가치가 400만 달러 정도였지만 지금은 4억 달러가 넘는다, 뭐 그런 거죠?"

"형사님. 저는 고인이 된 데이비드 반즈 씨가 총에 맞았을 때 여기 있는 디디 맥길 씨가 내 사무실에서 그 사람과 통화하고 있었다는 걸 말하려고 온 겁니다."

"그렇다면 총소리를 들으셨겠군요. 성함이……." 브루어가 신분증을 흘끗 보았다. "필 리치 씨?"

"꼭 그런 건 아닙니다. 디디 씨가 스피커폰을 켜놓지는 않으니까요. 하지만 디디 씨가 총성을 들은 직후에 전화가 끊겼습니다. 우리가 다시 걸어보니 아무도 받질 않았고요. 중요한 건 데이비드의 집에서 누군가가 전화를 끊었다는 점입니다. 디디 씨는 그다음에 사무실을 나갔고, 나중에 제가 무슨 일이 생겼나 확인하려고 전화를 걸었을 때 그걸 받은 거죠."

브루어 형사는 커다란 머리를 젖혀 천장을 바라보았다.

"변호사 양반," 브루어가 필에게 말했다. "그걸 설명하는 방법이 꼭 한 가지만은 아니지요. 어쩌면 디디 맥길 씨가 당신 사무실에서 전화를 들고 있으면서도 실제로는 데이비드 반즈 씨와 통화를 안

했을지도 모릅니다. 사무실에 가기 전에 벌써 죽인 걸 수도 있지요. 그 집에 있다가 사무실에 갔다는 건 벌써 확인했습니다."

필이 나를 노려보았다. 나는 데이비드와 밤을 보냈다는 걸 얘기하지 않은 대가를 톡톡히 치르겠다고 생각했다.

브루어가 말을 이었다. "어쩌면 전부 꾸민 일인지도 모르지요. 데이비드 씨는 통화를 한 적이 전혀 없을지도 모르고요. 아니면……."

"이봐요, 형사 양반." 필이 말을 잘랐다.

브루어가 필의 말을 가로막았다. "어쩌면 당신도 연루되어 있을지 모르지요."

필은 양손을 자신의 뒤춤에 올리고는 변호사 자세로 돌입했다. "우선, 살인에 쓴 도구는 찾았습니까? 거기에 디디 씨의 지문이 있던가요?"

"총은 못 찾았습니다." 브루어가 웃으면서 말했다. "아직은요. 우리가 찾는 건 32구경입니다. 탄환 두 개는 찾아냈고요. 85그레인' 짜리 납탄입니다. 총알이 들어간 상처는 작지만 내부에 상당히 큰 부상을 입힌 것도 그걸로 완전히 설명이 되지요. 지금은 디디 씨가 총기 소지 등록을 했는지 조사 중입니다. 그러니 본인이 직접 얘기해주면 일이 훨씬 쉬울 테고요."

"형사 양반, 그만 좀 합시다. 유통되고 있는 저가형 총기가 수백만 정 아닙니까. 디디 씨에 대한 잔류 화약 검사는 아직 안 했나요? 그리고 아파트에 침입하는 데에 썼던 도구는 어떻게 됐습니까?"

"그건 아직 못 찾았습니다, 변호사님." 브루어가 인정했다. "하지만 찾아낼 겁니다."

"형사님, 사실 디디 씨를 현장에서 발견한 건 경찰 측 아닙니까. 전화로 신고를 한 것도 디디 씨고요. 그럼 디디 씨가 범죄에 쓴 도구들을 어디에다 치웠겠습니까."

"그건 아직 제가 설명할 단계가 아니지요." 브루어는 나와 관계된 서류를 부스럭거리며 만지다가 탁 소리를 내며 닫았다.

필이 뒤춤에 손을 얹은 채 나를 보았다. "디디, 경찰이 권리는 읽어줬어?"

"아니."

"자, 그럼 디디의 머리에 난 상처는 어떻게 된 거죠?" 필은 힘이 잔뜩 들어가서는 변호사 특유의 자세로 밀어붙였다.

"어쩌면 자해한 건지도 모르지요. 디디 씨의 형사상 변호사도 아닌 재산 전문 변호사께서는 그렇게 생각하지 않으실지 몰라도요."

경찰이 나를 최우선 용의자로 단정 짓고 있다고 생각하니 몸이 떨렸다. 필은 피고 측 변호사가 아니었다. 게다가 경찰이 나에게 시간을 낭비하면 할수록 진짜 살인범은 더욱 멀리 도망갈 게 분명했다.

필이 브루어를 노려보았다. "디디 맥길 씨가 적절한 진료를 받았습니까? 그리고 기록에 남겨두기 위해서 물어보는 건데, 디디 씨를 서로 데려온 게 정확히 몇 시지요?"

브루어는 눈을 두 번 깜빡였다. 그의 입가에 걸려 있던 가벼운 미소가 살짝 뒤틀렸다.

"나를 희롱죄로 고발한다거나 그러지는 맙시다. 그저 월급을 받은 만큼 일을 하는 것뿐이니까요. 정확히 무슨 일이 있었는지 알아내야 하지 않겠습니까. 디디 씨의 진술에는 앞뒤가 안 맞는 부분이 있어요. 지금 여긴 디디 씨가 우연히 목격한 교통법 위반 사범을 다루는 자리가 아닙니다."

"아니죠. 디디 씨가 바로 무고한 목격자 맞습니다." 필이 나를 보았다. "디디, 의사는 아직 못 만난 거야?"

"그래." 나는 필이 약점을 찾아냈다는 것을 알아채고는 목소리를 분명히 했다. "필, 나 어지러워. 온 세상이 두 개, 아니 세 개로 보여. 게다가 내 머리카락은 피로 뒤덮였다고."

"알겠습니다." 브루어가 말했다. "디디 씨의 머리는 진찰해봐야겠군요."

---

9 무게의 단위, 1그레인은 약 0.06그램.

세상에는 빨리 배울 수 없는 일도 있다.
—어니스트 헤밍웨이

　　택시를 잡아타고 데이비드의 아파트에 가서 내 차를 가져
오자고 했더니 필도 동의했다. 그러는 동안에 두꺼운 안경을 쓰고
머리가 반백인 흑인 경찰의가 서둘러 달려와서 나를 살펴보았다.

　"찢어진 곳은 없군요." 경찰의가 쑤시는 부위를 눌러보더니 말했
다. "하지만 뇌진탕이 있을지도 모릅니다. 두부스캔도 해봐야 하고
요." 경찰의는 진료용 가방을 서둘러서 정리하더니 눈살을 찌푸리
면서 말했다. "이 근방에는 그런 장비가 없어요." 의사는 그렇게 말
하고 떠났다.

　브루어는 중금속과 화약이 잔류하는지 검사하기 위해서 나를 다
른 방으로 데리고 갔다.

　"반대 의사가 있습니까? 아니면 변호사를 대동하고 싶습니까?"

브루어가 물었다.

나는 아니라고 대답했다. 그러자 브루어는 내가 케네디 대통령을 죽였노라고 자백이라고 한 것처럼 씨익 웃었다.

키가 작고 체격이 땅딸막하며 주홍색 립스틱을 바른 여성 경찰이 오더니 검사를 시작했다. 브루어는 벽에 기대고는 내게서 눈을 떼지 않았다.

빨간 머리의 여경은 민첩한 동작으로 내 양 손바닥에 화학약품을 분무했다. 나는 예전에 중금속 검사 과정을 본 적이 있었다. 검사를 마치면 내가 지난 24시간 안에 총을 쥐었는지 알 수 있었다. 하지만 기술은 생후 2개월 된 아기의 기저귀보다도 빨리 바뀌기 때문에 여경이 쓰는 약품이 뭔지는 알 수 없었다.

여경은 할 일을 마치자 가져온 물건들을 모조리 쓸어 담은 다음 한마디도 하지 않고 떠났다. 그다음엔 다른 현장 감식반원이 들어왔다. 이번 사람은 갈색 눈이 커다란 젊은이로, 미소를 짓고 있었다. 얼굴엔 아직도 여드름이 남아 있었다. 그 사람은 화약 잔류 검사를 했다.

브루어가 감식반원의 어깨 너머로 흥미를 보이며 들여다보았다. "무슨 검사를 하는 거야?" 브루어가 물었다.

"NAA 검사를 하라더라고." 감식반원이 대답했다.

"잘됐네." 브루어가 고개를 끄덕이더니 내 이름이 적힌 서류에 뭔가를 더 적었다.

나는 양손을 들어올렸다. "잠깐만요. NAA 검사가 뭔지, 그리고

용도가 정확히 어떻게 되는지 알려주세요."

"알고 싶으시다는데." 브루어가 감식반원을 보며 웃었다. "당신한테는 희소식일 겁니다. 디디 씨, 이 친구는 중성자 활성 분석 시험을 할 거예요. 우리가 일반적으로 현장에서 많이 쓰는 화약 잔류 검사보다 훨씬 비싸지요. 돈이 많이 드는데도 이 방법을 쓰는 이유는, 당신 손에 미세한 양의 화약만 있어도 알아낼 수 있기 때문이라 이겁니다."

브루어는 그 말이 효과를 나타낼 때까지 기다렸다가 말했다.

"고급 총기는 잔류물을 별로 안 남기죠." 브루어가 말했다. "하지만 NAA 검사를 하면 당신 손에 뭐가 묻었든 간에 다 알 수 있다 이겁니다."

"하지만 데이비드를 죽인 게 32구경 총이고, 32구경은 정밀한 총기하고는 거리가 멀잖아요? 그런데 왜 이렇게까지 하는 거죠?" 나는 반사적으로 물었다.

브루어는 대답을 하는 대신 키가 큰 감식반원에게 고개를 끄덕였다. 감식반원은 라텍스 장갑을 끼더니 나에게 두 손을 내밀라고 말했다.

감식반원은 5퍼센트 질산 용액에 면봉을 담갔다가 내 양손에 신경질적으로 문질렀다. 그의 입에서 바비큐맛 감자칩 냄새가 났다. 용액을 손바닥뿐 아니라 화약이 잘 묻는 엄지와 검지 사이의 손금에 집중적으로 바르는 것으로 보아 숙련된 사람인 것 같았다. 이렇게 해서 뭔가가 나오면 감식반 사람들이 마루와 총알의 뒷부분에서 찾아낸 흔적과 비교해볼 것이 분명했다. 찌꺼기가 미세량만 있어도 탄환을 밀어낸 힘이 어떤 종류인지 알 수 있을 테고, 그러면 총알이 어느 회사 제품인지, 탄환이 얼마나 오래된 건지 알 수 있었다. 데이비드를 쏜 총이 정말로 32구경이라면 감식반 사람들이 총알에 남아 있는 화약을 못 찾을 리가 없었다. 32구경은 총열이 짧을 뿐 아니라 탄환이 총열 밖으로 나간 뒤에도 폭발이 계속돼서 잔류 화약이 총알에 묻기 때문이다.

"됐어." 감식반원이 말했다. "오래 안 걸릴 거야." 그가 장비를 치우고 브루어에게 물었다. "도끼 살인 사건 최근 소식 들었어?"

"아니. 하루 종일 이 사건에만 매달려 있었거든."

"돌란이라는 신참 알지. 그 녀석이 피살자의 피가 묻은 옷가지를 말리겠답시고 주차장에 널어놨어." 감식반원이 웃었다. "피 냄새를 참을 수가 없어서 젖은 것들을 햇볕에 말리려고 했는데, 바람 때문에 사방으로 날아갔지. 셔츠를 못 찾아서 아직도 밖에서 헤맨다니까."

장비를 다 치우고 나자 감식반원과 브루어는 고등학교 동창처럼 얘기를 나누면서 함께 자리를 떴다.

경찰이 데이비드의 아파트에 도착한 이래 처음으로 혼자가 된 나는 조금 전에 받은 물수건으로 두 손을 닦고 생각을 정리해보았다. 경찰은 내가 이번 사건과 뭔가 관련이 있다고 점점 확신하고 있었다. 하지만 그건 고사하고 데이비드가 죽었다는 사실조차 받아들이기가 힘들었다. 무고한 사람이 사법 체계에 걸려드는 일은 종종 있다. 그 가운데 어떤 사람은 엉망이 되기도 한다. 이번 사건은 내가 일 년 전에 연루되었던 HI-데이터 살인 사건과 기묘할 만큼 비슷했다. 나는 그런 연관성을 경찰에게 일부러 얘기하지는 않았다.

나는 엘리자베스 고모에게 도움을 청해볼까 하고 잠깐 동안 고민했다. 하지만 엘리자베스 고모라면 부캐넌 지역풍의 옷을 입고 찾아와서 경찰을 흔해 빠진 선태류나 고사리류 식물처럼 다루면서 모든 생명체를 지배하려는 사명을 수행할 게 뻔했다. 그리고 나는 더 곤란한 지경에 처할 것이 분명했다.

문이 열렸다. 브루어는 눈동자색이 평범하고 피부가 창백하며 나이가 들고 비쩍 마른 사내를 앞세우고 들어왔다.

두 사람은 작은 탁자를 사이에 두고 내 양쪽에 앉았다. "힐리 반장님이십니다." 브루어가 말했다. 브루어는 녹음기를 켰고 힐리는 녹취용 진술을 하라고 했다.

백열전구의 불빛은 차갑고 기분이 나빴다. 힐리 반장의 머리가 벗어진 부분에 전구의 불빛이 반사됐다. 브루어의 지저분한 눈썹과 때가 탄 셔츠도 번쩍거렸다. 지금 보이는 것처럼 내가 두드러진 실수를 저지른 적이 있었던가 생각해보았다.

"자, 디디 맥길 씨." 반장은 서류철을 천천히 뒤지고는 탁자 위에 펼쳐 놓으면서 입을 열었다. "본명은 대프니 디셈버 맥길이시군요. 재밌네요."

내 이름이 웃긴 게 뭐 어쨌단 말인가. 내 이름이 만들어진 과정은 아픈 과거였다. 두 집안이 화해하지 못하고 반목한 끝에 도달한 불운한 결과였다. 나를 디디라고 부르기로 결정하고 나서야 마침내 평화가 찾아왔다. 누군가 나를 감히 대피라고 부르면 나는 아직도 불같이 화를 냈다. 나는 두 사람이 그 정도로 비열하게 굴지는 않기를 바랐다.

"상세한 부분까지 모조리 진술해주시기 바랍니다." 반장이 경고를 했다. "아무리 사소하거나 중요하지 않은 거라고 해도요."

그 순간까지 필과 나는 신중하게도 우리의 고용주인 매트 킹을 언급하지 않았다. 하지만 매트와 나 자신 중에 선택을 해야 한다면 재고의 여지가 없었다. 나는 자초지종을 전부 말했고, 내근 경사에게 매트의 신병을 확보해서 진술을 하도록 데려오라고 명령하는 소리를 들었다. 매트 킹은 평생 처음으로 자유를 구속당할 처지였다.

반장은 녹음기를 껐다. 그리고 문서화해서 내 서명을 받으라고 브루어에게 지시했다. 두 사람은 나와 관련된 서류를 가지고 떠났다.

브루어가 혼자 돌아왔다. 나는 진술서에 서명했다. 브루어는 눈을 부라리며 말했다. "지금 당장은 나가게 될 겁니다. 중금속 흔적이나 잔류 화약을 찾지 못했으니까요. 하지만 아직은 용의선상에 있습니다." 브루어가 경고를 했다. "주 경계 밖으로 나가면 안 됩니다. 곧 연락하지요." 브루어는 인사 한마디 없이 빠른 동작으로 나갔다.

브루어가 떠나자 필이 들어왔다. 필은 문이 꽉 닫힌 것을 확인하고는 몸을 앞으로 숙이고 속삭였다. "도대체 매트 얘기는 왜 한 거야? 빼놓을 수도 있었잖아."

나는 말없이 앉아서 필이 탁자 주변을 도는 모습을 바라보았다.

"거짓말을 했어야 한다는 게 아냐." 필이 말했다. "그냥 매트만 언급하지 않았으면 되는 건데. 이젠 다 연루됐잖아."

"나도 안 그러려고 했어. 진짜야, 필. 하지만 하나도 빼놓지 말라고 했다고. 미안해." 나는 거짓말을 했다.

"그리고 네가 그전에 데이비드 집에 있었다는 건 또 무슨 소리야? 왜 그 얘기는 우리한테 안 한 거야?"

"필, 너도 나한테 얘기 안 하는 게 있잖아."

"디디, 이건 달라. 그 힐리 반장이란 사람은 벌써 줄거리를 짜났다고. 매트가 너를 고용해서 데이비드를 죽인 것 같다고 하더라."

"세상에."

"디디, 말 조심해." 필이 내 어깨에 손을 얹었다. "내가 아는 한 경찰은 아직 우리 얘기를 듣고 있을 거야. 내가 형사 사건 전문은 아니지만 경찰서에서는 합법적으로 사생활 보호를 주장할 수 없어."

"말도 안 돼. 매트도 용의자라고?"

"디디, 너희 두 사람 다 그래. 다른 용의자를 못 찾았거든."

"그럼 난 이제 어떡하지?"

"매트가 회사 비행기를 타고 이리로 오고 있어." 필은 내가 곤경에 처했다는 점은 무시한 채 매트 얘기만 했다. "상황이 좋지 않아. 넌 그 한복판에 있는 거고."

이 시점부터 필은 나를 도와줄 수 없을 것 같았다. 그래서 나는 주제를 바꿨다. "내 차는 가져왔어?"

"아, 맞아. 좋은 소식은 차가 여기에 있다는 거야. 나쁜 소식은 와이퍼에 주차 딱지 두 장이 끼워져 있었다는 거고. 아마 한 장당 80달러씩은 나올 거야." 필은 나와 함께 방을 나서면서 시계를 보았다. "매트한테 연락을 해봐야겠어." 필은 그렇게 말하면서 휴대전화를 꺼냈다. "참, 그건 그렇고, 경찰의랑 얘길 해봤어. 머리 검사를 받아봐야 한대. 운전하지 않는 게 좋겠어."

"디디! 디디 맥길 씨!" 우리가 나가는 도중에 누군가 불렀다. 나는 돌아보았다. 모건 페르난데즈 반장이었다.

"모건?"

"데이비드 반즈 사건 때문에 취조를 받는다는 얘길 들었거든요. 최대한 빨리 온 겁니다." 모건은 통화 중인 필에게 손을 흔들어 인사를 했다.

모건 페르난데즈는 시카고의 미결 사건 전담반을 이끌고 있었다. 처음 알게 된 것은 필 덕분이었다. 모건은 HI-데이터 사건과 관련해서 큰 도움을 주었다. 그때는 그럴 수 있었지만, 이번에는 어떨지 확신이 서질 않았다.

"힐리하고 브루어는 만나봤습니다. 살인을 저지를 사람이 아니라고 했지만 당신이 연루됐다고 믿고 있더군요. 아직 숨기는 게 있다고 생각하고 있어요."

"그럼 여긴 왜 오신 거예요? 숨긴 걸 캐내려고요?"

"이봐요, 디디 씨. 내가 그런 사람이 아니라는 건 알잖습니까."

"네, 맞아요. 미안해요. 오늘 너무 힘들었거든요. 난 아무 죄도 없어요."

"하지만 어젯밤에 거기에 있다가 오늘 아침에 시체를 발견했다고 하면 용의선상에 오르는 것도 이상하진 않죠. 그건 알고 있죠?" 모건이 고개를 숙이고 귓속말을 했다. "젠장, 디디, 형사 사건 전담 변호사가 없으면 형사들과 말을 하지 말았어야죠. 아는 변호사 있어요?"

"그 정도로 심각한가 보군요."

"소풍 가는 수준은 아닐 게 분명하죠. 칼 패트릭이라고 알아요? 실력은 최고죠. 전화해줄까요?"

"고마워요, 모건. 나도 칼은 알아요. 하지만 그 정도 수준의 변호사를 고용할 돈이 없어요."

"제가 지원해드리죠."

"그건 의지할 수 있을지 몰라도, 먼저 생각 좀 해봐야겠어요." 모건은 좋은 사람이었다. 하지만 누군가에게 신세를 지고 싶지는 않았다. 그 사람과 예전에 데이트를 한 적이 있는 사이라 해도 그랬다.

"약속하는 겁니까?"

"약속할게요."

"그리고 저녁도 같이 먹겠다고 약속해요. 보스턴 블래키에서 그렇게 훌륭한 점심식사를 한 이래 만난 적이 없잖아요."

"그건 내 잘못이 아니잖아요."

"압니다, 알아요. 내가 연쇄 살인 사건을 들고 파느라고 몇 달 동안 위스컨신과 미시간에 붙들려 있었죠. 하지만 상황이 호전되고 있고, 실마리도 잡은 상태라 지금은 자유의 몸이고 앞으론 더 그럴 겁니다. 내가 전화하도록 하지요."

필은 마침내 시원한 경찰서 건물에서 빠져나와 내가 모건과 얘기를 나누고 있는, 뜨끈뜨끈한 주차장으로 다가왔다. 신발 밑에서 아스팔트가 끈적거리는 듯했다. 나는 10시 30분에 잡혀 있던 국세청 방문 약속이 떠올라 멈칫했다. 시계를 보았다. 3시가 넘은 상태였다.

"필, 나 어떡하지? 푸상 씨가 나를 계란처럼 박살낼 거야. 그다음엔 프라이를 만들어 먹겠지. 모건 반장한테 확인서라도 받을까? 아니면 네가 확인서 좀 써줄래? 그게 좋겠지?"

필은 뺨에 붙은 모기를 손으로 때려 잡았다. "디디, 제발 좀 그렇게 호들갑 떨지 좀 마. 나라면 우선 머리 검사부터 받아보겠어."

나는 지갑에서 휴지를 꺼내 필에게 건넸다.

"고마워." 필이 모기의 피를 닦아내고 남은 휴지를 돌려주며 말했다. "운전할 수 있겠어?"

9

절대로 활동과 움직임을 혼동하지 말라.
—어니스트 헤밍웨이

오늘 하루가 악몽으로 변하고 있었다. 데이비드는 죽었고 나는 용의자가 되었다. 게다가 머리 검사를 받을 시간도 없었다. 나는 옷에 말라붙은 피를 바라보았다. 국세청과의 일을 처리하기 전에는 그걸 닦아낼 시간도 없었다.

나는 레이크 쇼어 순환로를 타고 남쪽으로 향해서 국세청 사무실로 가장 빨리 도착하는 길을 따라갔다. 그리고 피범벅이 된 데이비드의 시체를 머리에서 지우기 위해 안간힘을 썼다. 엄청난 교통 정체와 씨름을 하고 있는데 휴대전화가 울렸다. 나는 운전하면서 통화하는 걸 싫어했다. 하지만 전화를 건 사람이 필이나 매트일 수도 있었기 때문에 전화를 받았다.

"여보세요." 나는 으르렁거렸다. "중요한 일 아니면 끊을 거예요."

"디디, 나 배리예요. 배리 해리스요."

"이 번호는 어떻게 알았어요?" 배리는 컴퓨터 소프트웨어 회사를 성공적으로 운영하고 있었다. 예전에 어떤 사건을 다루면서 만난 적이 있었다. 당시 배리의 회사는 스카티가 일했던 회사와 경쟁관계에 있었다. 따라서 나는 사업적인 관계를 유지하는 동안 배리에게 사적인 전화번호는 절대로 알려주지 않았다. "여러 정보에 정통하다는 건 알지만 이 번호는 공개된 게 아닌데요."

"그거야 다 방법이 있죠. 내가 뒤져볼 수 없는 데이터베이스라는 건 없거든요. 어쨌든 당신이 필요해서 전화를 한 거예요. 여긴 지금 비상사태예요."

"무슨 일인데요?"

"누군가가 우리 회사의 최신 소프트웨어를 국제 은행 시장에 풀어놨어요. 범인이 누군지를 알아봐줘요. 당장요. 지금 이리로 올 수 있어요?"

"배리, 좀 침착하세요. 지금 운전 중인데다가 당신 말이 너무 빠르다고요. 사실 지금 국세청을 방문하는 길이에요."

전화 너머에서 웃음을 참는 소리가 들린 것 같았다. 나는 사건을 못 맡는다고 말하려 했지만, 스카티가 생각났다. 혹시 이게 스카티의 실종과 관련이 있지는 않을까? 너무 막연하다는 생각은 들었지만 국제 은행 시장은 연결점의 시작이 될 수도 있었다. 그래서 나는 생각을 바꿨다.

"알았어요. 최대한 빨리 갈게요. 오늘 남은 일정이 어떻게 되는지는 묻지 말아요." 나는 날카로운 목소리로 대답하고 전화를 끊은 다음 운전에 집중했다.

나는 버킹햄 호수를 지났다. 출렁거리는 물이 태양빛을 받아 반짝거렸다. 밤이 되어 천연색 빛이 흘러넘치면 더욱 아름다웠다. 지방에서 올라온 사람들이 아직도 여기를 시카고의 관광명소로 여기는 것도 무리는 아니었다.

나는 호수를 지나마자 밀레니엄 공원의 아래에 있는 옛 그랜트 공원의 주차장 쪽으로 방향을 틀었다. 지하의 역겨운 녹색 불빛에 익숙해지자 나는 경차들만 들어갈 수 있는 공간으로 향했다. 이곳 주차장은 아직도 시내에서 주차비가 제일 쌌다. 하지만 얼마 전에 마침내 내부 수리를 했음에도 불구하고 주차를 해놨다가 돌아와 보면 앞좌석에 시멘트 부스러기가 떨어져 있었다. 그렇다고 해도 주차료를 깎아주지 않는 것은 물론이었다.

국세청 사무실은 순환로의 남쪽 끝에 있는 옛 고층 건물의 19층에 있었다. 나는 팔로 보행자들을 밀어가며 회전문을 통과하고는 사람이 가득 찬데다가 문이 막 닫히려고 하는 엘리베이터 안으로 뛰어들었다. 칼 샌드버그[10]가 시카고를 두고 '어깨가 넓은 사람들의 도시'라고 부를 만도 했다. 보통 때였다면 그런 것도 생활의 활력소가 됐겠지만 사람들이 피 묻은 내 셔츠를 빤히 바라보는 오늘 같은 날은 그런 에너지도 부담스러웠다. 집에 가서 옷부터 갈아입는 게 순서였을지도 모르지만 이미 그러기에는 너무 늦은 상황이었다.

나는 긴 회색 복도를 서둘러 통과하고 국세청이라는 명찰이 붙어 있는 문에 도달해서 접수 담당인 왕 씨에게 도착했노라고 알렸다. 그녀는 고개를 들더니 반쯤 감은 멋진 눈길로 나를 훑어보았다. 그녀의 화장은 영화제작소의 분장실에서 한 것처럼 완벽했고 흰색 정장은 검정 머리칼과 안색을 강조해주어 멋들어진 외모를 조성하고 있었다. 내가 국세청 사무실에 들른 것이 벌써 일고여덟 번은 됐건만 왕 씨는 나를 못 알아보는 것 같았다. 어쩌면 모든 희생양들이 똑같아 보일지도 모른다는 생각이 들었다.

그녀는 잔뜩 쌓인 서류들을 뒤적이면서 밝은색을 칠한 손톱으로 책상을 두드렸다. "맥필 씨, 많이 늦으셨네요." 그녀는 내가 아니라 서류를 보며 말했다.

"맥길인데요." 내가 정정해주었다. "피치 못할 사정 때문에 늦었어요." 대기실이 회계감사를 받으러 온 사람들로 북적였기 때문에 나는 그 이상 자세한 얘기를 하고 싶지는 않았다.

왕 씨는 내 옷에 묻은 피를 흘끗 바라보았다. "흐음. 앉으세요. 만나실 수 있는지 알아보죠."

정부 기관에는 항상 딱딱하고 틀에서 한꺼번에 찍어낸 플라스틱 의자밖에 없었다. 왜냐하면 신께서 국세청이 활동하는 동안 폭행당하고 약탈당하는 희생자들에게 편히 쉴 것을 허락하지 않았기 때문이다.

나는 다시 데이비드를 떠올렸다. 데이비드는 사라졌던 헤밍웨이의 원고를 진심으로 찾고 싶어 했다. 원고가 지금 어디에 있는지, 이제 그가 죽었으니 그 운명이 어떻게 될지 궁금했다. 필이 아직도 내 얘기를 들어준다면 물어보자는 생각이 들었다.

나는 「포춘」 지의 오래된 기사를 뒤적이면서 돈을 긁어모으는 전문가들만이 알아볼 수 있는 무언가가 숨겨져 있지는 않나 찾아보았다. 그러는 동안 다른 희생자들이 하나 둘씩 불려 나갔다. 돌아온 사람은 하나도 없었다. 나는 그 사람들이 장작더미처럼 쌓여 있는 게 아니라 다른 문으로 나간 것이기를 바랐다.

내가 기다린 지도 한 시간 반이 지나고 있었다. 푸상이 오래 기다리게 하는 걸로 국세청식 고문을 하는 건 아닌지 의심이 들었다. 왕 씨에게 내가 아직 기다리고 있다고 말했더니 이렇게 대답했다. "아, 일이 있어서 나가셨는데요."

"네? 언제요?"

"약속을 다시 잡으셔야겠네요." 그녀가 일정표를 끌어당기더니 내 이름 옆에 붉은색 펜으로 X를 그리면서 말했다.

나는 일정표 위로 손을 내밀어서 왕 씨가 더 많은 X자를 그리는 것을 가로막았다. "왜 나가실 때 알려주지 않았죠? 앉아서 하루 종일 기다리게 할 셈이었어요?"

왕이 한숨소리를 냈다. 그녀는 펜을 떨어뜨리고 내 손 밑에서 일정표를 잡아당겼다.

"맥길 씨가 푸상 씨를 기다리게 하셨잖아요." 왕은 내가 일부러 그랬다는 듯 꾸짖었다. "납세자라면 약속을 어기면 안 되죠. 다들 그런다면 어떻게 되겠어요?"

나는 최대한 품위를 지키면서 사무실을 빠져나오고는 차의 덮개

위에서 시멘트 부스러기 몇 개를 털어내고 20달러의 주차료를 지불했다.

집으로 돌아오는 운전길은 그리 기억할 만한 일이 없었다. 나는 글렌디와 루실의 집에 들러 고양이를 돌봐줘서 고맙다고 인사했다. 두 사람은 내 옷에 묻은 피를 보더니 난리를 치기 시작했다. 나는 오늘 일진이 안 좋았다고 설명했다. 두 사람은 고맙게도 조용히 이해해주었다.

나는 집에 들어가서 캐벌리어와 함께 우리가 죽음을 얼마나 싫어하는지에 관해 오랫동안 대화를 나눴다. 어쩌면 나는 프랭크가 죽었을 때처럼, 그리고 스카티가 실종된 다음부터 그랬던 것처럼 동면에 들어가서 술만 퍼마시는 것을 캐벌리어가 막아주었으면 하고 바랐는지도 모른다.

음식이 입에 들어가질 않았다. 그래서 대신 반 병쯤 남은 독한 와일드 터키 위스키를 잔에 따랐다. 누군지 기억은 잘 안 나지만 헤밍웨이의 작중 인물 하나가 그런 얘길 했다. 술주정꾼은 병마개를 여는 순간 시작된다고. 오늘 밤엔 그게 누군지 제대로 떠올려볼 셈이었다.

전화가 울리자 나는 주저하다가 받았다.

"어떻게 된 거야?" 로렌이 물었다. "괜찮아? 아버지가 전화해서 데이비드 얘길 해주셨어."

로렌의 아버지는 시카고 경찰에서 차량 배치를 맡고 있었고, 시장의 귀에 들어가기도 전에 로렌에게 온갖 소식을 전해주었다.

전화 너머 로렌 쪽에서 상당히 시끄러운 소음이 들렸다. "네 목소리가 거의 안 들려." 내가 소리쳤다. "어디야?"

"위스콘신 주, 매디슨이야. 경기장이고."

"닉은 이기고 있어?"

"그건 신경 쓰지 마. 아버지가 그러시는데 네가 시체를 발견했고 주요 용의자라며? 네가 그랬어?"

"로렌 너 미쳤니. 물론 안 그랬지."

"그럼 누구야?"

"나도 몰라."

"데이비드가 성추행 고소건에 걸려 있다는 건 왜 얘기하지 않았어? 디디, 도대체 일이 어떻게 돼가는 거야? 아버지 얘기를 들어보니 넌 지금 생각보다 더 심각한 처지야. 변호사를 구해야 한다고."

"변호사는 필요 없어. 그리고 그럴 여유도……."

"더 얘기하지 마. 그냥 칼 패트릭한테 전화해. 비용은 나랑 닉이 지불할게." 로렌은 그렇게 주장하고는 전화를 끊었다.

어머니와 엘리자베스 고모 역시 소식을 듣자마자 전화를 할 것 같았다. 고모가 스코틀랜드에 있다고 해도 마찬가지였다. 나는 내일 아침까지 그러지 않기를 바랐다. 누구와도 얘기를 하고 싶지가 않았으니까. 또 전화가 왔고, 나는 자동응답기가 받도록 내버려두었다.

나는 착한 요정이 와서 집어가길 바라며 옷을 벗어 쌓아두었다. 그런 다음 에어컨 앞에 바짝 붙어 서서 깨끗하고 보편적인 공기가 캐나다의 빙하에서 나오는 바람처럼 나를 감싸도록 내버려두었다.

아버지의 말씀이 들리는 것 같았다. "조금 다치더라도 원하는 대로 하렴." 맞는 말씀이었다. 하지만 오늘 밤엔 내 소망이 우주에 있는 블랙홀을 채울 정도로 크게 느껴졌다.

나는 캐벌리어에게 먹이를 주고 신선한 물도 주었다. 나는 찬물을 틀어놓고 거품칠을 계속하면서 생각했다. 헤밍웨이는 이렇게 말했다. "어둡다고 해서 세상을 밝을 때와 달리 봐야 한다는 법은 없다. 절대로 없다!"

나는 몸을 말리고 와일드 터키를 한 잔 더 따른 다음 알몸으로 침대에 뛰어들었다. 전화가 계속 울렸다. 나는 자동응답기가 제 역할을 하도록 두고는 가르릉거리는 소리에 전화벨이 묻힐 때까지 캐벌리어를 쓰다듬어주었다.

---

10 미국 시인. 시카고라는 근대 도시를 대담하면서도 솔직하게 다룬 작품들로 유명하다.

10

고양이는 감정적으로 완전히 솔직하다.
인간은 몇 가지 이유 때문에 느낌을 숨긴다.
그러나 고양이는 그러지 않는다.
—어니스트 헤밍웨이

　　　머리가 끊임없이, 심하게 지끈거렸다. 나는 움찔하며 단잠에서 깨어나고는 희미한 꿈을 떨쳐버렸다. 알고 보니 그 지끈거림은 누군가가 우리 집 문을 두드리는 소리였다.

　캐벌리어 역시 무례한 손님 때문에 잠에서 깨어났다. 내가 가운을 입는 동안 캐벌리어는 침대에서 뛰쳐나가 소란의 원인을 조사했다. 머리가 아프고 핑 돌았기 때문에 머리를 가격당한 탓이라고 생각했다. 아니면 빈속에 와일드 터키를 너무 많이 마셔서 그랬던 건지도 모른다. 이유가 뭐든 간에 나는 평상시와 마찬가지로 무슨 일이 벌어지는 건지 모르고 있었다.

　"밖에 도대체 무슨 일이에요?" 나는 이중 잠금장치가 된 문 안쪽에서 물어보았다.

"디디 맥길 씨인가요?" 굵은 남자 목소리가 물었다.

"누구신데요?"

"배리 해리스와 함께 일하는 사람입니다. 이름은 밋치 싱클레어고요. 지금 좀 봬야겠습니다. 들어가도 될까요? 여기 서서 할 얘기는 아니거든요."

"신분증 있으세요?" 나는 정신을 집중하면서 물었다. 데이비드의 아파트에서 그런 일이 있었기 때문에 아무에게나 문을 열어줄 생각은 없었다. 내가 모르는 사람이라면 더 말할 나위도 없었다.

"네?" 상대가 더듬거렸다.

"말한 대로예요. 운전면허증을 문 밑으로 밀어 넣으세요."

작게 투덜거리는 소리가 들렸다. 하지만 결국은 플라스틱을 입힌 면허증의 한 귀퉁이가 문 안쪽으로 들어왔다. 내가 손을 내미는데 캐벌리어가 선수를 쳤다. 캐벌리어는 재빨리 발을 휘둘러서 내 손 안에 있는 면허증을 채가더니 냄새를 맡지도 않고 입에 물어서는 가장 즐겨 찾는 소파 밑 은신처로 달려갔다.

"아, 안 돼." 나는 소리를 치며 비틀거리는 걸음으로 캐벌리어를 쫓았다.

"안에 무슨 일 있나요? 맥길 씨?"

나는 무릎을 꿇고 캐벌리어를 달랬다. 캐벌리어가 내 뜻과는 다르게 고집을 피우자 악문 잇새로 욕이 나왔다. 나는 결국 소리를 질렀다. "야 인마, 내놔!" 물론 아무 소용이 없었다. 당신이 주도권을 쥐고 있다고 생각한다면 한번 고양이에게 명령을 내려보라. 나는 최후의 수단으로 난폭하게 손을 뻗으면서 캐벌리어의 털을 움켜쥐려고 했다.

"무슨 일이에요?" 문을 두드리는 소리가 점점 커졌다. "면허증을 주시죠. 저기요, 덥거든요. 들어가게 해주세요."

캐벌리어는 전 우주에서 가장 고집이 센 고양이였다. "알았다. 이번엔 네가 이겼어." 나는 추격을 포기하고 식식거렸다.

나는 진정하고 문으로 향했다. 밋치 싱클레어라는 사람을 안으로 들일 수밖에 없었다. 나는 잠금장치를 풀고 문을 열었다.

맞은편 벽에 느긋하게 기대고 있던 남자는 어머니가 언젠가 나에게 찾아올 거라고 얘기했던 '백마 탄 왕자' 그 자체였다. 키는 183센티미터가 넘었으며 얼굴은 지적이고 준수했다. 밝은 갈색 머리칼은 숱이 많았으며 관자놀이 부근에는 새치 몇 가닥이 흔들리고 있었다. 몸매는 잘 손질한 근육질이었고 비율도 좋았기 때문에 옷과 매우 잘 어울렸다.

나는 갑자기 지금의 내 모습이 어떤지 분명하게 깨달았다. 머리는 엉망이었고 신체의 나머지 부분도 저급한 생명체처럼 보일 것이 분명했다. 스코틀랜드 토박이인 엘리자베스 고모는 나에게 항상 이래라 저래라 말이 많았다. 고모는 내가 외모의 장점을 못 살린다고 꾸짖곤 했다. 특히 이 잔소리는 천 번도 넘게 들은 것 같았다. "언젠가 후회하게 될 거다. 디디 맥길, 넌 운 좋게도 메이슨 가문의 멋진 외모를 타고났어. 하지만 그래 봐야 무슨 소용이 있니? 그걸 낭비하고 있는데. 정말 끔찍하게 부끄러운 짓이란다."

밋치 싱클레어는 그윽한 갈색 눈으로 헝클어진 목욕 가운을 입은 내 모습을 오랫동안 바라보았다. 그는 꼿꼿하게 서서 머리를 젓더니 나를 지나쳐서 집 안으로 들어서며 말했다.

"문에 자물쇠가 많군요."

얼굴이 빨갛게 달아올랐다. "방범에 신경을 쓰거든요." 나는 등 뒤로 문을 잠그며 말했다.

"리글리 경기장이랑 가깝네요. 컵스 팬이신가요?"

"광적인 팬이죠."

"저도 그렇습니다. 평생 동안요." 밋치가 우호적으로 말했다.

「코스모폴리탄」지에서는 몇 년 전에 여자가 남자를 처음 만날 경우 무엇을 가장 먼저 보는지 조사를 한 적 있다. 유리한 입장에서 본 결과 밋치는 어떻게 해야 바지를 가장 효과적으로 입는지 아는 사람이었다. 장신구라고는 갈색 가죽끈이 달린 단출한 금시계뿐이었다. 나는 밋치의 굵은 손과 손목이 마음에 들었다. 그는 분명히 매력적인 남자였지만 나는 거기에 대해 생각하고 싶지 않았다. 데이비드는 죽은 지 얼마 되지도 않았고 스카티는 실종 상태였다. 그 정도면 앞으로도 오랫동안 슬퍼하기에 충분했다.

"덥네요." 밋치가 주위를 살펴보며 말했다. "오래된 건물들이 멋있긴 하지만 중앙냉방은 꼭 있어야 해요."

"그래서 무슨 일로 오셨다고 했죠?" 나는 의지와 달리 그의 몸을 구석구석 살펴보면서 솔직하게 물었다.

"일에는 순서가 있죠." 밋치는 흐트러진 내 옷차림을 주시하며 말했다. "운전면허증을 받을 수 있을까요?"

"아, 네. 그럼요. 우선 앉으시죠." 나는 밋치의 넓은 어깨와 좁은 허리를 우러러보면서 거실로 안내했다. 그러는 내내 저 빌어먹을 고양이의 입에서 어떻게 하면 면허증을 탈취할 수 있을지 고민했다.

그러자 기다리고 있던 것처럼 고양이 폐하가 소파 밑에서 머리를 내밀었다. 날카로운 앞니 사이로 그토록 찾기 힘들었던 면허증이 분명하게 삐져나와 있었다.

밋치는 책꽂이 앞에 서 있었다. 그가 책의 제목을 살펴보는 동안 나는 고양이가 바로 밑에 있는 소파 자리에 털썩 앉았다.

"역사광이시군요. 17세기 영국 관련 서적이 많네요. 흥미로운 시대였죠. 누구든지 간에 편을 정해야만 했으니까요."

배신자가 아니라면 그렇겠지. 나는 그렇게 생각하면서 오른손으로 소파 밑을 뒤져서 캐벌리어가 가진 면허증을 빼앗으려 했다. 밋치 싱클레어가 눈치채지 못하게 하고 싶었다.

하지만 너무 늦었다. 그가 앉자마자 고집쟁이 고양이가 눈에 띄는 곳으로 나오더니 밋치의 옆에 있는 쿠션 위로 뛰어오르고는 엉망이 된 면허증을 주인에게 내밀었다. 아무리 좋게 보려고 해도 캐벌리어의 잇자국이 선명하게 난 것은 부인할 수 없었다.

밋치는 입을 꾹 다물고는 면허증을 뒤집어가며 양면을 모두 확인했다. 우리 사이에 흐르는 침묵은 존슨 박사[11]가 사전을 완성할 수 있을 만큼 길었다. 밋치는 깊은 한숨을 쉬면서 단호한 동작으로 면허증을 지갑에 넣었다.

"저기요, 고양이가 한 짓은 죄송해요." 내가 말했다. "이렇게 늦은 밤중에 손님을 받은 적이 별로 없거든요."

밋치가 당혹스러운 시선을 던졌기 때문에 나는 벽난로 위의 시계를 보았다. 시간은 고작 8시 30분이었다. 나는 부끄러워서 어쩔 줄을 몰랐다. "자정이 넘은 줄 알았어요." 나는 한숨을 쉬었다. "오늘은 정말 끔찍한 하루였거든요."

나는 밋치가 다과용 탁자 위에 열려 있는 고디바 초콜릿 상자를 바라보는 것을 깨달았다. "드세요." 내가 상자를 가리켰다. "마음껏 드셔도 돼요."

"고맙습니다." 밋치는 그렇게 말하고 샴페인 트러플을 하나 집어들었다. "저도 일진이 그리 좋지는 않았거든요. 이게 저녁식사네요."

"전 아침으로도 가끔 먹어요. 어머니가 절 가지셨을 때 초콜릿이 그렇게 당겼다고 하시더라고요. 그것 때문이겠죠. 커피도 드릴까요?"

인스턴트커피를 두 잔 들고 와보니 캐벌리어가 밋치의 무릎에 자리를 잡고 앉아서 경주용 자동차처럼 그릉거리고 있었다. 어떻게 했는지는 몰라도 자신이 좋아하는 부위를 밋치가 간지럽혀주도록 하고 있었다. 흔히들 고양이는 사람의 본성을 읽는다고 한다. 나는 그 모습을 보며 긍정적으로 해석하기로 했다.

"고맙습니다. 맛이 좋네요." 밋치가 커피를 홀짝이며 말했다. "어쨌든 제가 온 건 오로지 배리 때문입니다. 원래는 이렇게 불쑥 방문하는 걸 좋아하지 않습니다만, 오늘 일찍 배리를 찾아가기로 했던 건 기억하시는지요."

"세상에. 맞아요. 완전히 잊고 있었네요. 미안해요." 상황이 요상했고 판단력도 나쁜 편이 아니었지만, 나는 밋치에 대해서 불결한 생각을 하고 있었다. 밋치는 좋은 냄새가 났다. 나는 그의 감촉이 어떨지, 맛은 어떨지 궁금했다.

"배리는 이처럼 긴급한 일을 처리할 사람이 당신뿐이라고 하더군요." 밋치가 말을 이었다. 나는 다시 현실로 돌아왔다. "배리는 하루 종일 기다렸지만 오지 않으셨고요."

"미안하다고 말씀드렸잖아요."

"그건 상관없습니다. 일을 해결하는 게 중요하니까요. 오늘 사람들을 좀 만나서 당신에 대해 알아봤습니다."

뭐라고? 잠깐만. 네가 뭔데? 그건 내가 전문이야. 조사원은 나라고.

"꽤 많은 얘길 들었죠."

나는 누군가가 나에 대해 먼저 알고 있는 것이 싫었다. 내가 상대에 대해 알기도 전에 말이다. 특히 첫 만남에서 그러는 것은 더욱 싫었다.

"그래서요?"

"평판이 좋으시더군요. 사실 아주 좋았습니다. 하지만 혼자 일하시더군요. 다른 식으로 말하면 여성의 몸으로 혼자 일하시더라고요." 밋치가 웃으면서 목청을 가다듬었다.

"거기까진 맞아요." 내가 대답했다. 내가 그의 위치였다면 나도 그처럼 아마도 이것저것을 조사해봤을 것이다.

"유감스럽게도 이 지역에서만 일하셨다는 건 큰 사건을 다뤄보지 않았다는 얘기지요. 그래서 배리가 당신을 이번 일에 적합하다고 생각한 이유를 알 수가 없습니다." 밋치가 직설적으로 말했다.

"배리에게 전화를 해서 아무 일도 해줄 수가 없다고 말씀하셨으면 합니다. 배리가 그 사실을 깨닫고 나면 진짜로 해결할 만한 사람을 고용할 수 있을 테니까요."

나는 밋치가 커피를 다 마시고 잔을 내려놓는 동안 바라보고 있었다.

"잠깐만요. 그러니까 이런 얘기죠? 배리한테 전화해서 이번 일을 못 맡겠다고 얘기하게 만들려고 저를 찾아왔다 이거죠?"

"지금은 당신 자신이 아니라 배리를 생각해주십시오. 개인적인 감정은 없습니다. 말씀드렸다시피 평판이 좋으신 건 압니다. 하지만 맥길 씨가 이번 일을 맡으실 분이라고는 생각하지 않습니다. 그리고 당신이 그러지 못할 거라는 사실을 배리가 깨닫는 데에 얼마나 오래 걸릴지도 알 수 없고요."

"그러니까 제가 이 일을 못할 거라고 이미 단정 짓고 계신 거네요?"

"죄송합니다, 맥길 씨. 모욕하려는 건 아니었습니다. 현실적으로 생각해주세요. 그저 이번 일에는 최고로 민감한 기술적 시안이 포함되어 있다는 얘기일 뿐입니다. 기술 쪽은 문외한이시잖습니까. 게다가 국가 보안과 관련되어 있다 보니 국제 은행 시장에서 암호화 기술이 부각되기 시작한 이래 연방정부에서도 배리의 뒤를 바짝 캐고 있습니다. 배리가 부정을 저질렀고 큰돈을 받고 소프트웨어를 불법적으로 공개했노라고 고소를 할 예정이고요. 시간 여유가 없다는 건 아시겠지요. '길크레스트 앤 스트래튼'에 있는 최고 실력자들을 지금 즉시 데려와서 사태를 바로잡고 싶습니다. 그쪽 사람들은 실적도 있고 뭘 해야 할지 잘 아니까요."

단정치 못한 옷차림 때문에 부끄러웠던 감정이 끓는 물에 데친 장미처럼 시들고 가시만 남았다. 내가 왜 그 일을 못한단 말인가?

"아, 하나 더 있습니다." 밋치가 입가에 살짝 미소를 지으며 말했다. "배리는 제가 여기에 온 걸 모릅니다. 그러니 말하지 말아주십시오. 아시겠죠? 배리는 당신에게 집착하고 있습니다. 이유는 모르지만요. 당신만이 이 일을 해결할 수 있다고 하더군요. 그러니 일을 맡지 않겠다고 직접 얘기하시기 전까지는 절대로 길크레스트 앤 스트래튼처럼 큰 회사에 이번 일을 의뢰하지 않을 겁니다."

나는 입술을 깨물고는 부글거리는 속을 억누르면서 충전기에 얹혀 있는 휴대전화를 가지러 갔다. 돌아와 보니 밋치와 캐벌리어는 절친한 친구처럼 굴고 있었다.

"고양이가 참 예쁘네요. 이름이 뭐죠?"

"캐벌리어예요."

"왕당파와 원두당[12] 얘기에 나오는 그 캐벌리어[13] 입니까?"

"맞아요."

"성별이 어떻게 됩니까?"

"수컷이에요." 나는 캐벌리어를 보고 얼굴을 찡그리며 말했다. "배리는 아직 사무실에 있나요?"

"예, 그럴 겁니다." 밋치는 캐벌리어의 머리를 두드리면서 전화번호를 불러주었다.

배리는 곧바로 전화를 받았다.

"안녕하세요, 저 디디 맥길이에요. 일찍 연락하지 못해서 미안해요. 밋치 싱클레어라는 분 아세요?"

밋치 싱클레어는 나를 노려보더니 캐벌리어를 사정없이 마루에 내려놓았다. "네, 지금 여기에 있어요. 우리 집 거실 소파에 앉아 있죠. 그분이 그러는데 이번 일을 하려면 길크레스트 앤 스트래튼에 있는 거물들이 움직여야 한다는데요."

밋치 싱클레어가 눈을 부라렸다.

"맞아요." 나는 배리에게 말했다. "저분은 제가 이번 일에…… 부적합하다고 생각하나 봐요."

밋치는 어깨를 펴고 광고에 나오는 미스터 클린처럼 팔짱을 꼈다. 웃고 있지 않다는 게 차이점이었다. 밋치는 알아채기 힘들 만큼 짧은 시간 동안 목부터 얼굴까지 빨개졌다가 정상으로 돌아왔다.

"아, 그래요?" 나는 기분 좋은 목소리로 수화기에 대고 물었다. 밋치는 이를 악물고 나를 노려보았다. 만약 노려보는 것만으로 사람을 죽일 수 있다면 나는 그 자리에서 시체보관소에 있는 냉동보관소로 직행했을 것이다. 엘리자베스 고모는 이렇게 말하곤 했다. '외교관 중에 스코틀랜드인은 없단다.'

"재무부에 있는 해리 말리 씨가 나를 추천했다고요? 아, 전 괜찮아요, 배리. 네, 내가 얘기할게요. 잘 자요."

나는 휴대전화를 끊고는 웃었다. "내일 아침 9시에 배리의 사무실에서 우리 셋이 만나자네요. 시간 괜찮으세요?"

밋치 싱클레어는 그 즉시 일어서더니 문으로 향했다. 나는 따라가서 잠금장치를 풀고 문을 열었다. 밋치가 나가면서 나를 스쳤다. 그런 상황에도 불구하고 그의 외모 때문에 내 가슴이 쿵쾅거렸다.

"맥길 씨." 밋치가 나를 보며 말했다. "시간을 내주시고 커피도 주셔서 고맙습니다. 정말이지 무례하게 굴 생각은 없었습니다. 맡으신 분야에서 능력이 있으시다는 것은 의심하지 않습니다. 그리고 이런 식으로 만나게 돼서 유감이라고 생각합니다. 저는 해리 말리가 누군지, 그 사람이 왜 당신을 추천했는지는 모릅니다. 하지만 이번 일이 시급하다는 건 우리 둘 다 알고 있지요. 당신은 얼마 안 가서 실패할 겁니다. 지켜보고 있겠습니다. 배리를 위해서라도 너무 늦게 그러지 않았으면 좋겠네요."

옥스포드 영어사전 개정판에는 615,000개의 단어가 들어 있었다. 하지만 나는 밋치에게 해줄 말을 떠올리지 못했다. 나는 가운을 더욱 단단하게 여몄다. 다리 사이로 바람이 불어서 따끔거렸다. 오늘은 싸움에서 이겼지만 결국은 질지도 모른다는 생각이 들었다. 그 일이 내 전문 분야가 아니라는 말은 맞는지도 모른다. 하지만 인정할 생각은 전혀 없었다. 밋치가 나의 섹스 판타지와 함께 석양 속으로 떠나는 모습을 보면서 땅을 치는 한이 있더라도 말이다.

---

11 영국 시인이며 평론가인 새뮤얼 존슨을 말한다. 문학상 업적으로 박사 학위가 추증되어 존슨 박사라 불렸다. 영어사전을 자력으로 7년 만에 완성시킨 것으로 유명하다.

12 영국 청교도 혁명 시대의 의회파를 달리 이르던 말.

13 영국 역사상 '왕당파' 를 가리키기도 한다.

11

셋째 날, 화요일

나는 잠이 좋다.
내 인생은 대개 깨어 있는 동안에 엉망이 되기 때문에…….
—어니스트 헤밍웨이

　　나는 지쳐서 침대로 돌아갔다. 머릿속이 빙글빙글 돌았다. 나는 아침을 향해서 깊은 잠에 빠져들었고, 그 덕에 생각을 할 필요가 없었다. 하지만 꿈은 얘기가 달랐다. 나는 아른거리는 사막에 있었다. 제복을 입은 경관이 낙타에서 뛰어내리더니 내 몸을 수색하기 시작했다. 나는 저항했다. 경관은 단단한 몸으로 나를 눌렀다. 나는 그의 입술을 끊임없이 맛보았고 그의 손이 몸을 쓰다듬는 것을 느꼈다. 그는 밋치 싱클레어였다. 밋치는 증거물을 양보하라고 말했다. 저 멀리 어디선가 왕 씨가 준비는 됐는지 물어보았다. 내 피부는 갑자기 데이비드의 피로 축축했다. 데이비드가 차가운 시체의 손으로 내 뺨을 쓸었고, 나는 얼어붙었다.

　눈을 떴다. 캐벌리어가 내 얼굴을 핥으며 악몽의 거품들을 터뜨리고 있었다.

"어제 밋치 싱클레어한테 붙어서 배신을 했다고 미안해서 이러는 거구나." 캐벌리어는 아주 큰 소리로 갸릉거렸다. 나는 '그렇다'는 대답으로 해석하기로 했다.

헤밍웨이의 말이 맞았다. 아침이 밝았다고 한들 나아지는 것은 없었다. 데이비드는 죽었고 나는 여전히 용의자였으며 두통도 나아지지 않았다. 데이비드에 대한 감정은 혼란스러웠다. 그리고 이제는 밋치 싱클레어에게 결투를 신청했던 것도 바보처럼 느껴졌다. 나는 의지와 상관없이 밋치에게 끌렸고, 자존심과 고집 때문에 아마도 질 게 뻔한 직업적 전투를 간단히 벌이고 말았으니까.

일기예보에서는 시카고의 열기가 당분간 계속될 거라고 확언하고 있었다. 에어컨을 틀어놔도 밖이나 우리 집 안은 별 차이가 없었다. 밋치의 말이 맞았다. 중앙냉방이 필요했다. 하지만 이런 구식 건물에서는 불가능했다. 나는 냉방효율이 더 좋은 에어컨을 알아보자고 마음먹었다. 캐벌리어에게 먹이를 주고는 아침을 든든히 먹어야 한다는 생각이 자꾸 솟아오르는 것을 억눌렀다. 내가 먹을 수 있는 것은 신선하고 진한 치커리 커피 한 잔뿐이었다. 나는 현관에서 「트리뷰널」지를 집어 들고는 데이비드의 사건이 1면에 난 것을 보았다.

헤밍웨이 전문가 데이비드 반즈 피살

작성자 : 조나단 허먼

영문학 교수이자 세계적인 어니스트 헤밍웨이 학자인 데이비드 반즈 박사(38)가 월요일에 자택에서 총에 맞아 사망했다.

쿡 자치주 코로너 경찰서의 대변인인 스코트 아이더에 따르면 데이비드 반즈 박사는 두 발을 맞았으며 집 안은 엉망이었다고 한다. 총격을 목격한 사람은 없으며 경찰은 집중적으로 수사를 시작했다.

시립 대학의 영문과 교수인 데이비드 반즈 박사는 성희롱 사건으로 고소를 당한 상태였다. 동료인 베스 모이어는 이로써 모든 혐의가 종결되길 바란다고 했지만 재판은 계류 중이다.

믿을 만한 소식통에 따르면 데이비드 반즈 박사는 1922년에 유실된 헤밍웨이의 소설과 시를 새로 발견했다고 주장했다고 한다.

아메리칸 보험사는 해당 원고를 보험에 가입시켰다고 밝혔다. 원고는 곧 브레스머 갤러리에서 경매에 오를 예정이다.

시립 대학 임원진들은 다음 주에 추모 행사를 가질 계획이다.

시신은 어제 이른 시각 보험조사원인 디디 맥길이 발견했다.

어제의 분노와 공포와 충격과 슬픔이 한꺼번에 그대로 밀려왔다. 이제야 로렌이 왜 성희롱 얘기를 했는지 알 수 있었다. 하지만 내가 아는 데이비드라면 여성의 주의를 끌기 위해서 성희롱을 할 필요가 전혀 없었다. 우리가 함께 있는 동안 두 사람이 모든 일에 대해서 뜻이 맞는 것은 아니었다. 하지만 데이비드는 활력과 생기가 넘쳤다. 나는 데이비드와 또 한 번 심각한 사이가 되기 직전이었다.

누가 데이비드를 죽였을까? 이유는 뭘까? 헤밍웨이의 원고 때문일까 아니면 성희롱 건 때문일까? 그도 아니면 제3의 이유가 있을까? 로렌의 말이 맞았다. 아마도 경찰은 여전히 나를 최우선 용의자로 꼽을 것이다. 풀어줬다고 해서 달라지진 않았을 것이다. 엘리자베스 고모의 말처럼, 직접 해답을 찾아 나서려면 신중을 기해야 했다.

나는 채널을 돌렸다. 어디에서나 데이비드의 피살 사건 얘기였다. 더위 얘기는 유행이 지났다. 언론이 다 그렇듯이 성희롱 고소 얘기가 문학적인 발견을 덮어버리고 있었다. 시체를 찾은 사람이 나였으므로 그런 소용돌이가 나에게 덮치리라는 점도 알고 있었다. 나는 한동안 방송을 보다가 가슴이 아파서 꺼버렸다.

캐벌리어는 어젯밤 일을 사과하기 위해서 내 뒤를 계속 졸졸 따라다녔다. 마음속 깊은 곳에서 배리의 일에 관한 한 밋치 싱클레어의 말이 맞았다는 생각이 들면서 몸이 움츠러들었다.

"지금 이 상황만으로도 감당이 안 된다고." 나는 캐벌리어에게 위로의 뜻을 전했다. 캐벌리어는 처음으로 내 말에 귀를 기울이는 것 같았다.

오늘 회의에서는 더 능력 있어 보여야 한다는 생각이 들어서 나는 모카 실크인 엘렌 트레이시 블라우스에 바닐라색 실크 치마를 골랐다. 그리고 패션의 신에게 잘 보이기 위해서 폭이 넓은 허리띠와 지난번 생일에 엘리자베스 고모가 선물로 주었던, 재규어가 웅크리고 있는 모양의 초고가의 핀을 선택했다. 내가 선물의 포장지를 풀 때 고모는 목표를 정하라고 말했다. "그 목표 중에는," 고모가 덧붙였다. "좋은 남자를 사로잡는 것도 있어야 해. 디디, 지금은 21세기 아니니. 요즘 남자들은 건방지고 수다스럽기만 한 여자는 싫어한단다." 나는 그때 아무 말 없이 웃기만 했다. 고모는 내가 평생에 걸쳐 입담에 의지하고 살리라는 걸 알고 있었다. 아버지 때문에 일찌감치 생긴 버릇이었다. 아버지는 어떤 상황에서든 말로 빠져나올 수만 있다면 절대로 희생양이 되지 말라고 경고했다. 이제는 엘리자베스 고모도 내 건방짐이 반사적이며 오래된 습성이라는 걸 알고 있었다. 자전거를 타거나 차를 몰거나 사랑을 나누는 것처럼 말이다.

나는 옷매무새를 마무리하기 위해서 아끼던 나인 웨스트의 은색 힐을 꺼냈다. 남은 문제는 하나뿐이었다. 거울 속 내 모습이 둘로 보였다. 그래도 속 상태보다는 훨씬 나아 보였다. 어젯밤에 마신 와일드 터키는 고통을 잠재우는 효과는 있었지만 아침에는 아무 도움도 되지 않았다.

자동응답기에서 빨간 불이 반짝였다. 재생버튼을 눌러보니 필이 그리 기운차지 않은 목소리로 오늘 2시에 긴급한 회의가 있으니 기운을 차렸으면 좋겠다고 말했다. "매트가 돌아왔어." 필이 말했다. "너하고 해결해야 할 일이 있대."

필, 고마워 죽겠다. 딱 그게 필요했어.

나는 아스피린 세 알과 복합 비타민제를 삼키고 나머지 녹음을 들었다. 인터뷰를 하자는 기자들의 전화가 여섯 통이었고, 나에게 일을 주곤 하던 변호사 던에게 전화를 해야 했으며, 어머니와 탐 조이스의 목소리도 있었다. 너무나 고맙게도 엘리자베스 고모는 아직

소식을 못 들은 것 같았다.

나는 던의 전화번호를 눌렀다.

"소식 들었어요." 던은 단도직입적으로 말했다. "당신을 희생양으로 삼는다는 소문도 있으니 조심해요."

"고마워요, 던. 걱정 마요. 잘 해나가고 있으니까."

"잘됐네요. 뭐든 필요한 게 있으면 말만 해요. 그건 그렇고, 일 좀 해줘요."

"글쎄요, 지금도 할 일이 산더미인데."

"아주 간단해요. 오크 브룩에 있는 그라우 제분소에 가서 보안 체제만 평가해주면 돼요."

던은 말을 멈추더니 숨을 내쉬고는 말을 이었다. "내가 부탁을 하는 적은 거의 없잖아요. 당신한테 맡기겠다고 앤한테 약속했단 말이에요. 앤이 그쪽 감독협회에 있는데, 당신이 해주지 않으면 상황이 안 좋아져요."

앤은 부자에 매력적이고 정치성이 강한 여성으로 던의 부인이었다. 앤은 여러 자선단체를 후원하고, 아주 자신감이 넘치며, 어떤 단추를 눌러야 원하는 바를 이룰 수 있는지 아는 사람이었다. 그리고 무엇보다도 나는 앤이 마음에 들었다.

"당신이 이번 일을 못 해내면 상황이 안 좋아진다는 거죠?" 내가 웃었다.

"디디, 제발요. 부탁 좀 들어줘요. 우리 두 사람한테 다 중요한 일이에요. 게다가 지금처럼 살인 사건에 얽혀 있을 때에 건설적인 일을 해내면 머리도 정리가 될 거고요."

"알았어요. 그거라면 설득력이 있네요. 뭐가 필요한지 얘기해줘요. 맞춰볼 테니까요. 지금으로선 그게 최선이겠네요."

"역시 도와줄 줄 알았어요. 상황은 이래요. 지난 몇 달 동안에 제분소에 침입한 사건이 세 번 있었어요. 제분소 쪽에서 보안 문제를 해결하지 않으면 중부상해보험에서는 꼬리를 말 거예요. 내가 알기로 그쪽은 아주 구식이거든요."

"내가 하기에는 큰일 아닌가요."

"디디, 이건 공짜로 돈을 버는 일이에요. 평가하고 추천만 해주면 돼요. 현재 체제를 점검하고 실질적으로 개선할 수 있게 구체적인 추천안을 세워서 나한테 넘기면 돼요. 보험사가 우리 편으로 넘어오도록 말이죠. 하지만 이번 주말까지 거기에 가야 해요. 이번 건이 취소되면 상당히 비싼 돈을 내지 않는 한 다른 곳에서도 보험을 들 수 없으니까요. 내 말을 믿어요. 지금 쉬운 돈벌이를 소개하는 거예요."

읽은 적이 있었다. 그라우 제분소는 일리노이에서 가동 중인 제분소 가운데 가장 오래되었다. 그리고 탈주노예들이 지하철로를 타고 북쪽으로 가장 멀리 도망칠 수 있는 종착지였다. 던의 말이 맞았다. 그리 심각한 일은 아닌 것 같았다.

"알았어요. 당신과 앤에게 신세진 것도 있으니 맡을게요."

"좋아요. 공장은 9시까지 연대요. 그리고 무슨 일이 있어도 이번 주말까지는 끝내야 해요. 보고서는 내 사무실 이메일 주소로 보내줘요. 됐죠? 그리고 필 리치가 맡은 황당한 사건 얘기 들었어요?"

"요즘엔 모든 일이 다 황당하게 보여요. 뭔데요?"

"뭐냐면 말이죠. 어떤 여자가 남편을 죽였어요. 고의적 살인으로 삼 년에서 십오 년에 해당하는 징역형을 선고받았죠. 이 여자가 갑자기 죽은 남편의 전 고용주를 고소했어요. 유족 지원금을 안 준다는 이유로요. 세상에, 난 법체제가 너무 마음에 들어요. 디디, 잊어버리면 안 돼요. 이번 주말이 가기 전에 보고서를 작성해야 해요. 참, 앤이 안부 전해달래요."

나는 전화를 끊고 듬직한 검정색 다이어리를 열어 2시에 필과 매트를 만나기로 한 약속 옆에 그 일을 적어 넣었다. 그리고 어머니에게 전화를 걸었다.

"디디, 다들 널 걱정하고 있단다." 어머니는 평상시와 마찬가지로 화제를 돌려서 표현했다.

"내가 살인죄로 체포됐을까 봐 걱정하신다는 거예요, 아니면 살인을 저질렀을까 봐 걱정하신다는 거예요?" 가장 친한 친구뿐 아니라 어머니까지도 내가 살인과 연루되었을 거라고 믿는 걸까?

"디디, 말이 너무 심하구나. 나도 그 비열한 데이비드 반즈란 놈이 너한테 얼마나 큰 상처를 줬는지 안다. 그리고 부캐넌식 고집이 머리를 쳐들었을 때 네가 얼마나 성질을 부리는지도 알지. 넌 엘리자베스 고모랑 아주 똑같거든."

친족과 친지 관계란 속일 수가 없다. 내가 보기에도 엘리자베스 고모와 나는 너무나 닮았다. 하지만 그건 어쩔 수 없는 일이었다.

"디디, 들어보렴. 너한테 도움이 되는 얘기일지도 모르니까." 어머니가 말을 이었다. "방금 책을 하나 읽었단다. 『성공의 두 번째 법칙 : 베푸는 기술』이라는 책이야. 이 책에서 그러는데 모든 관계는 주는 것 아니면 받는 거라는구나. 올라갈 때가 있으면 내려올 때도 있고, 나간 건 들어오는 법이라는 얘기지. 주는 건 받는 것과 같기도 하고. 잘 생각해보렴, 알았지? 이걸 염두에 두면 더 오래 살 수 있다고 하니까."

나는 평균 기대수명이 1900년에 49세였다가 오늘날 77.9세로 늘어나 건 식생활 개선과 의약품 덕분이지 어머니가 지금 영웅시하고 있는 디팩 초프라 때문이 아니라고 대꾸하려다가 참았다. 나는 남들에게 무얼 믿어야 할지 얘기하는 사람이 아니었다. 내가 바라는 건 남들도 그래 주는 것뿐이다. 최근 어머니와 글렌디와 루실은 디팩 초프라의 '성공으로 가는 영혼의 일곱 가지 법칙'을 학습했다. 사랑하는 이들이 그걸 연구하는 궁극적인 목적은 자신들이 아닌 나의 성공이었다. 그들은 내 연애생활을 걱정했다. 특히 연애를 너무 안 하는 게 문제라고 생각했다. 그리고 그 일곱 가지 법칙이 나를 '잘 돌아가도록' 해줄 거라고 믿었다. 나는 이미 첫 번째 법칙을 지키고 있다. 순수한 잠재력의 법칙 말이다. 나는 양자 수프[14]와 나 자신을 동급으로 놓고 있고 자신의 진짜 본질을 이해하고 있다. 따라서 죄책감이나 공포나 불안정을 단 한 번도 느껴본 적이 없다. 그리고 세 번째 법칙에서 일곱 번째 법칙까지는 무서워하고 있었다. 하지만 적어도 중국의 풍수사상 덕분에 그런 두려움을 떨칠 수 있었다.

"아참, 일요일이 내 생일이라는 것 잊지 마라." 어머니가 일깨워주었다. "저녁 먹으러 올 거니?"

나는 완전히 잊고 있었다. "당연하죠."

"오냐. 그리고 수선할 옷도 가져와라. 넌 바느질 싫어하잖니."

"엄마, 사랑해요." 내가 데이비드의 살인과 연루되었다는 소식을 듣고도 흔들리지 않으시는 걸 보니 기뻤다.

나는 전화를 끊고 캐벌리어에게 작별인사를 한 다음 서둘러 밖으로 나갔다. 어머니에게 멋들어진 생일 선물을 해야 한다는 사실을 기억하면서.

"쉿, 디디, 잠깐 이리 와보렴." 글렌디와 루실이 자기네 집 출입구에서 불렀다. "괜찮은 거야? 도와줄 건 없고?"

"안녕하세요. 「트리뷰널」 지를 읽으셨나 보네요."

"그럼. CNN도 보고 폭스 뉴스도 보고 WGN[15]도 봤지." 글렌디가 대답했다.

"동네 사람들이 문자 메시지도 잔뜩 보냈어." 루실이 덧붙였다. "아, 그리고 너희 어머니도 전화를 하셨더라. 걱정하고 계셨어."

두 사람뿐 아니라 연장자 클럽과 구세군에 있는 대부분의 노인 친구들은 컴퓨터 사용법을 배웠고 팜 파일럿[16]으로 문자 보내기를 좋아했다. 그들은 청소년 같았기 때문에 항상 나를 놀라게 했다.

"우리가 잘 돌봐줄게." 글렌디가 소심하게 웃었다.

"어머님 말씀이 사실이니? 죽은 데이비드 반즈라는 남자와 데이트를 한 적이 있어?"

"맞아요. 하지만 아주 오래된 얘기예요."

"어젯밤에 시끄럽던데 무슨 일 있었어? 잘생긴 남자가 너희 집 문을 두드리던데?" 글렌디가 물었다.

"그 사람은 어디까지나 일 때문에 온 거예요. 시끄러웠다면 죄송해요. 정말 아무 문제없어요. 약속이 있어서 서둘러야겠네요. 이따 봬요."

---

14 양자 역학의 관점에서 본 사물의 상태를 가리키는 용어. 여기에서는 디디가 미신에 가까운 처세술을 믿지 않고 현대 과학을 잘 이해하는 지성인이라는 의미로 쓰였다.

15 시카고 지역 뉴스 채널.

16 PDA 제품명.

12

믿을 만한 사람인지 알아보는 가장 좋은 방법은
정말로 그 사람을 믿어보는 것이다.
—어니스트 헤밍웨이

배리 해리스의 사무실은 순환로의 중심지에 있었다. 오래
된 동시에 전통에서 벗어난 건물이었다. 그 부근에 주차하는 것은
만만치 않았고 특히 주차단속이 심했다. 따라서 딱지가 붙으면 반
드시 벌금을 내야 했다. 나이 많은 시카고의 시의원이나 판사가 사
정을 봐주던 좋은 시절은 오래전에 지나갔다. 이제는 교황이 사면
장을 내려줘도 소용이 없었다.

나는 두 구역 떨어진 고급 주차장에 차를 세워두고 배리의 사무실
까지 걸었다. 평상시라면 번화가를 속보로 걷는 일이 즐거웠다. 하
지만 며칠 동안 계속 더웠기 때문에 거리는 숨이 턱턱 막혔고 사람
들은 불만으로 가득했다. 테니스화를 신고 빠르게 걸음을 옮기던
여성들은 남성보다 더 거칠게 타인을 어깨로 밀치며 몸을 움직였

다. 나는 힘겹게 회전문을 통과해서 배리의 사무실이 있는 건물로 들어갔다. 그리고 디팩 초프라의 책을 읽어볼까 진지하게 고민했다. 어쩌면 내 옷이 주름투성이이고 머리가 엉망인 게 스스로를 알지 못해서 그럴 수도 있다는 생각이 들었기 때문이다. 게다가 배리를 어떤 식으로 도와줘야 할지 아무 생각도 떠오르지 않아서 그렇기도 했다.

배리가 있는 옛 건물은 지난 오십 년 동안 거의 변한 게 없었다. 상당수의 전기 장치들을 개선했다는 점만 뺀다면 말이다. 구식 엘리베이터의 문은 아직도 무거운 접이식이었다. 나는 주차표를 다시 확인하고는 속으로 기도를 하면서 배리가 있는 층의 번호를 눌렀다. 바깥문에는 반투명 유리판이 있었고, 그 위에는 검은색으로 '주식회사 컴퓨터 솔루션'이라고 적혀 있었다. 안으로 들어가자 대머리에 바짝 마르고 두꺼운 안경을 쓴 남자가 다가왔다.

"저는 허먼 막스라고 합니다. 배리의 사무실을 관리하고 있죠." 허먼 막스는 벽시계를 올려다보면서 손을 내밀었다.

"제가 늦은 건 아니죠?"

"무려 이 분이나 일찍 오셨네요." 허먼이 웃었다.

사무실의 에어컨이 최저 온도로 돌아가고 있었기 때문에 나는 즉시 기운을 차렸다. 지금 막 내린 커피의 향기도 도움을 주었다.

"방금 자모코 셀렉트라는 커피를 새로 만들었는데요." 내가 관심을 가진 걸 알아차리고는 허먼 막스가 말했다. 그리고 비싼 커피포트를 가져와 잔을 채웠다.

내가 한 모금을 마시자 허먼은 자신의 잔을 치우더니 머리를 긁으며 말했다. "시체를 발견하셨다면서요."

"막스 씨, 이 커피 정말 맛있네요."

"아, 알겠습니다. 얘기하고 싶지 않으시군요. 불법 복제 문제 때문에 오셨죠." 허먼이 안경을 매만지며 말했다. "이리 오시죠. 높은 분들에게 안내해 드릴게요."

허먼은 배리의 사무실로 들어가는 문을 열었다. 배리가 일어서더니 나에게 의자를 내밀었다.

"어서 와요, 디디. 커피는 허먼이 가져다줬군요. 좋아요, 일을 시작합시다."

배리는 언제나 힘이 넘쳤다. 항상 두 가지 일을 동시에 하고 있었다. 그는 생각하는 속도만큼이나 빠르게 말을 했다. 나는 배리가 하던 일로 얼른 되돌아가고 싶어 한다는 것을 눈치챘다. 그의 사무실에는 다양한 전자 장비가 즐비했다. 그중에는 최신식의 이동용 대형 화면도 있었고 여러 가지 스캐너도 있었다. 책상 옆에는 국제회의를 할 때 쓰는 컴퓨터와 비디오카메라가 있었다. 배리는 고객과 얘기할 때 절대로 사무실을 나가지 않았다.

"어제는 미안했어요." 나는 사과를 하고 탁자에 잔을 내려놓았다. 커피가 몇 방울 떨어졌다. 나는 앉아서 밋치 싱클레어의 시선을 최대한 피했다. 아직도 데이비드가 살해당했다는 사실이 생생했고, 머리는 쿵쿵 울렸다. 그럼에도 불구하고 환한 낮 시간에 가까이에서 보니 밋치가 너무나 잘생겼다는 생각이 들었다. 그런 내 자신이 싫었다. 밋치는 치노 바지와 짙푸른 블레이저를 입고 있었다. 흰 셔츠는 단추로 여미는 식이었다. 칼라 쪽은 열려 있었다. 아직 입도 열지 않았건만 밋치가 가까이에 있다는 사실 자체가 불편했다.

"소개는 할 필요 없겠죠." 배리가 말했다. 그의 입술 위로 가벼운 미소가 재빨리 스쳐 지나갔다. 배리는 빠른 동작으로 문을 닫고는 탁자의 건너편에 앉았다.

"맞아요." 나는 밋치를 정면으로 바라보며 말했다. 밋치의 매혹적인 갈색 눈은 나를 관통해서 내 뒤쪽을 보고 있었다. 그 시선은 우리가 서로에게 끌리고 있을 거라는 나의 망상을 단숨에 터뜨려버렸다.

"안녕하세요." 밋치가 차갑게 말했다.

"두 사람 다 그만하죠." 배리가 갑자기 말했다. "서로 중립을 지키고 힘겨루기 하느라 시간을 낭비하지 맙시다." 배리는 내가 흘린 커피를 손수건으로 닦고는 말을 이었다. "디디, 무슨 일이 있었는지는 오늘 아침에 들었어요." 배리가 몸을 앞으로 기울이며 관심을 보였다. "어쩌면 당신한테 도움을 청하기에는 좋은 때가 아닌지도 모르겠네요. 오히려 안 그러는 게 맞지 않나요."

"배리, 고마워요. 난 괜찮아요. 내가 시체를 발견했기 때문에 관심을 두고 있는 거예요. 살인 사건과 관계가 있어서 그런 게 아니라요. 믿어도 돼요. 금세 잠잠해질 거예요."

나는 말을 하면서도 그게 진실인지 거짓인지 확신할 수 없었다. 그냥 알 수가 없었다. 하지만 만약에 스카티에게 무슨 일이 일어났는지 알아볼 수 있는 가능성이 조금이라도 있다면 어떡해서든 이번 일을 맡아야 했다.

"그럼 상황이 정확히 어떻게 돌아가는지 얘기해주시겠어요?"

"알았어요, 디디. 당신 뜻에 따르죠. 한마디로 말해서 문제가 한둘이 아니에요. 거금을 잃는 건 물론이고 사업 자체를 그만둬야 할지도 몰라요. 게다가 이 일을 당장 해결하지 않으면 감옥에 갈 수도 있죠. 문제는 밋치가 얘기한 그대로예요. 국제 통화 기금 용으로 유료 프로그램을 개발했는데 그게 공개 시장에 풀렸어요. 어디서 흘러나갔는지 모르는 상태고요."

"제일 처음 등장한 곳이 어딘데요?" 나는 수첩을 꺼내며 물었다.

"세계 경제 시장 전반에서요." 배리가 말했다. "유럽 전역과 중동과 카리브해 쪽이었어요. 연방 수사 기관에서는 마약 자금과 무기 밀매 자금을 세탁하는 쪽에 쓰였다고 보더군요. 진실이야 아직 아무도 모르고요."

"그것 때문에 정부 쪽에서 이 프로그램 문제에 집착하는 건가요?" 내가 물었다.

"그것도 그렇지만, 그 프로그램이 절도와 부당 변경과 감시를 막기 위해서 개발됐기 때문이죠. 밋치, 비전문적인 용어로 설명 좀 해드려."

"한번 해보지." 밋치가 불편한 태도로 어깨를 추슬렀다. 야만인에게 글을 가르치라는 지시를 받은 옥스퍼드 대학의 교수 같았다. "이소프트웨어는 한 컴퓨터에서 다른 컴퓨터로 돈과 정보를 안전하게 전달합니다. 아주 독보적인 프로그램이에요. 아직까지 시장에서 이런 물건이 나온 적은 없죠. 특징은 두 가지예요. 우선 전송과 동시에 정보가 암호화돼요."

밋치가 말을 멈췄다. "암호화가 뭔지는 아시겠죠."

"내용을 보려면 따로 풀어야 한다는 거잖아요."

"맞아요. 송금의 보안을 확보하는 거죠. 두 번째로, 고급 소프트웨어들은 다들 독자적인 해독용 열쇠를 가지고 있어요. 그래야만 수신하는 컴퓨터에 별도의 해독 소프트웨어가 없더라도 내용이 나타날 수 있죠. 우리가 만든 프로그램의 경우 별도로 지정한 컴퓨터만 암호화 열쇠를 받을 수가 있고 내용도 풀 수 있어요."

"궁금한 게 있는데요." 내가 말했다. "그 프로그램을 국제 통화 기금 주도 하에 개발했다면 연방 수사 기관은 왜 당신들을 캐는 거죠? 그 프로그램을 쓰면 전송을 엿볼 수 없다는 건 알고 있잖아요?"

"디디, 우리는 그 프로그램을 미국 산하의 은행에만 팔았어요." 배리가 반대 의견을 냈다. "연방 기관에서 언제든지 검사할 수 있는 은행 말이에요. 그런데 국제 시장에 풀렸기 때문에 길길이 날뛰는 거예요. 게다가 이 기술이 국가 안보에 매우 중요하다고 보고 있거든요. 우리 소프트웨어가 세계 곳곳에 퍼졌기 때문에 온갖 법을 다 어겼다고 하더군요."

"몇 카피나 흘러나갔죠?"

"합법적인 건 열 개예요." 배리가 밋치를 바라보았다. 밋치가 고개를 끄덕였다. "그리고 우리한테서 소프트웨어를 사간 대형 은행

들은 하나같이 금괴와 다이아몬드를 보관하는 금고의 옆 보관실에 그걸 숨겨두고 있죠."

"흠, 어쨌든 누군가가 그 가운데 하나를 복사했잖아요." 내가 주장했다.

"멋진 추론입니다, 셜록 홈스 씨." 밋치가 말참견을 했다. "배리, 봤지? 이분은 관련 기술 문제도 모르고 있다고. 그런데 이번 일을 어떻게 해내겠어?"

"저기," 배리가 부드럽게 말했다. "이번 일은 '장미의 전쟁[17]'이 아니야. 디디, 그 프로그램은 그냥 컴퓨터 앞에 앉아서 간단히 복사할 수 있는 게 아니에요. 그러려면 특별한 장비와 아주 특수한 지식이 필요해요. 은행에 있는 사람들은 그럴 수가 없죠."

나는 화를 내며 밋치를 노려보았다. "어쨌든 누군가 그랬잖아요."

밋치는 참지 못하고 눈살을 찌푸리며 손가락으로 탁자를 두드렸다. "배리, 이래서 '길크레스트 앤 스트래튼'에서 최고 인력들을 데려와야 한다니까."

나는 감정을 상하지 않기로 마음먹었다. 이건 어디까지나 일이었다. "배리, 어쩌면 밋치 씨 말이 맞을지도 몰라요." 나는 인정했다. 흘깃 보니 밋치가 긴장을 풀고 악물었던 이를 풀었다.

"결론적으로," 나는 계속 밋치를 바라보며 말했다. "길크레스트 쪽과 내가 동등한 선상에서 일을 할 수도 있겠죠." 나는 상큼하게 미소를 지었다. "이기는 쪽이 전리품을 챙기면 되고요."

"아뇨." 배리가 말했다. "그건 말도 안 돼요. 거긴 닳고 닳아서 사무실에나 처박혀 있는 개자식들밖에 없으니까요. 내가 감옥에 들어가서 이십 년은 살아야 첫 번째 성과를 올릴 걸요. 재무부에 있는 해리 말리가 당신이야말로 이번 일에 적임자라고 했어요, 디디."

"인터넷을 통해서 문제의 프로그램 사본을 빼낼 수 있는 사람은 없을까요?"

"불가능합니다." 밋치가 대답했다. "우선, 우리 회사는 보안이 철저해서 컴퓨터를 해킹할 수 없어요. 게다가 인터넷에 연결된 컴퓨터에는 프로그램이 들어 있지 않아요."

"흠, 요새 해커들은 아주 기막힌 일도 가능하다던데요."

"그건 맞는 말이에요. 어떤 해커들은 전자 장비를 가지고 못하는 일이 없죠. 설거지만 빼고요." 배리가 말했다. "하지만 프로그램이 들어 있는 컴퓨터는 독립돼 있기 때문에 그 누구도 접속할 수가 없어요."

"음, 당신 사무실 인원 가운데 프로그램이나 그걸 복사할 수 있는 장비에 손댈 수 있는 게 누구죠?"

"나, 밋치, 피터스, 힐리어드뿐이에요. 아, 허먼도 있네요. 그게 다예요. 하지만 다들 오랫동안 알고 지낸 사람들이니까 내 일생을 걸고 믿을 수 있어요."

나는 밋치를 찌를 듯이 쳐다보았다. "고객들은 어때요?"

배리와 밋치가 함께 웃었다.

"여기 오는 사람은 없어요." 배리가 말했다.

"우리가 그리로 가거든요." 밋치가 덧붙였다.

"거의 대부분의 일을 전화로 처리해요." 배리가 책상 옆에 정성껏 마련해놓은 장비를 가리키면서 설명했다. "보세요. 나는 인터넷을 통해서 화상회의를 해요. 설사 어떤 CEO가 나를 고용하려고 방문한다 해도, 그 사람들은 비트와 바이트도 구분할 줄 몰라요. 장비를 어떻게 다뤄야 하는지 아는 사람은 아무도 없죠."

"이 사무실의 보안이 어떤 식인지 완전히 알아야겠어요."

"그건 밋치가 자세히 알려줄 겁니다. 사무실 전체의 보안은 아주 탄탄해요. 화재경보를 포함해서 모든 게 컴퓨터에 연결돼 있죠. 이번 일을 하는 동안 밋치가 전적으로 당신을 돕도록 할게요. 여기 밋치의 휴대전화 번호가 있어요. 밋치가 24시간 내내 대기하면서 기술적인 의문을 전부 풀어줄 거예요. 함께 일하면서 아무 문제도 없었으면 좋겠네요."

밋치가 나를 흘낏 바라보았다. 그는 토할 것 같은 얼굴이었고, 나도 좋아서 펄쩍 뛰고 싶은 심정은 아니었다.

"배리, 마음에 걸리는 게 있어요." 나는 화제를 바꿨다. "내가 범인을 찾아낸다고 해도 불법 복사본은 여전히 밖에 나돌잖아요. 피해는 벌써 봤는데 왜 이렇게까지 하는 거예요?"

"그건 걱정하지 않아도 돼요." 배리가 두 손을 꽉 쥐며 열정적으로 말했다. "그 프로그램의 업그레이드 버전을 만들어뒀어요. 기존 것과는 호환이 되지 않죠. 새 버전은 허가를 받은 은행에만 배포할 거예요. 수신 쪽 프로그램이 일단 새 버전으로부터 정보를 받으면, 옛 버전에서는 더 이상 아무것도 받아들이지 않게 돼요."

"그거 기술적으로 대단한 거죠?"

"물론이죠." 배리가 동의했다. "새 소프트웨어가 합법적으로 작동하기 시작하면 다른 불법 복사본은 차단당할 거예요. 그러면 상처도 치료하는 셈이죠. 옛 버전들은 더 이상 쉽사리 전송을 할 수가 없어요."

밋치가 끼어들었다. "이번 새 버전을 배포하기 전에 어디서 유출이 됐는지 알아내고 근절해야 해요." 밋치가 크게 한숨을 쉬었다. "그러지 못하면 구멍만 더 깊이 파는 셈이죠."

"디디, 일을 맡아줄 거죠?" 배리가 물었다.

나는 수첩을 열고 몇 가지를 적어 넣었다. "보안 상태를 전부 살펴보고 나서 결정할게요."

"좋아요." 배리가 수긍했다. "밋치, 디디 씨를 네 방으로 데려가서 모든 걸 설명해줘. 알았지?"

"시키는 대로 해야지." 내가 수첩에 내용을 추가하는 동안 밋치가 일어서더니 문 밖으로 나갔다. 나는 기록을 끝내고는 사무실을 나가는 대신 밋치가 밖에 있는 상태에서 문을 걸어 잠갔다.

"갑자기 뭘 하는……." 내가 돌아서서 마주 보자 배리가 말을 하다가 말았다. 나는 입술에 손가락을 대고 수첩에서 종이를 뜯어서 배리의 코앞에 들이밀었다. 거기엔 이렇게 적혀 있었다. '조용히 해요. 사무실이 도청당할 수도 있으니까요.'

나는 지갑에서 전자도청 수색기를 꺼내서 배리의 사무실과 장비 전부를, 천장부터 바닥까지 검사했다. 배리는 나를 막으려고 했다.

나는 일을 끝내고 장비를 가방에 넣은 다음 앉았다.

"도청장치는 없네요. 그래도 확실히 해두고 싶었어요."

"안심했다니 다행이네요. 하지만 전혀 그럴 필요가 없었어요. 내가 아침마다 똑같은 일을 하니까요. 밋치가 그 얘기도 했을 텐데요."

"여자는 직접 확인하고 싶은 일이 있는 법이에요. 배리, 밋치를 얼마나 잘 알고 있어요? 함께 일한 지 얼마나 됐죠?"

"디디, 밋치는 우리 회사의 사원인 동시에 문제 해결의 일인자예요. 실력이 최고죠. 같은 배를 탄 지 6개월 됐어요. 밋치가 없는 동안 어떻게 일을 했는지 모르겠네요. 어젯밤에 밋치하고 죽이 잘 맞지 않았다는 얘긴 들었어요. 하지만 밋치는 내가 보증해요. 그는 당신만큼 똑똑해요. 당신만큼 유머 감각도 있고요. 당신처럼 직설적이기도 하죠. 당신은 그렇다는 걸 숨기고 싶겠지만요."

"흠, 어쨌든 당신네 프로그램을 복사한 사람이 있어요. 밋치일 수도 있죠. 밋치는 내가 이 일을 맡는 걸 왜 그리 싫어할까요?"

"밋치는 아주 지적이고 완벽주의자예요. 당신에 대해서는 전혀 모르고요. 지금 상황은 완전히 잘못된 것처럼 보이는 관점에서 관찰할 필요가 있어요. 재무부에 있는 해리 말리는 바로 그런 점에서 당신이 최고라고 얘기한 거예요."

나는 스카티가 실종된 이래 정보를 캐내려고 해리 말리를 계속 괴롭혔다. 해리는 나를 지긋지긋하게 여겼다. 그러니 해리가 나에 대해서 정확히 뭐라고 말했는지 궁금했다. 그리고 예전에 사건에 휘말리느라 오래된 연합 건물 잔해에 파묻혀버린 100달러짜리 커프

스단추 대신 새걸 구입했는지도 궁금했다.

"이봐요, 디디. 밋치 얘기는 그만해요. 이번 일을 맡을 거예요?"

"두 가지를 약속해주면 그럴게요. 첫째, 당신 사무실에 소형 비디오 카메라를 설치하게 해주세요. 2.4GHz 무선 송신이 가능한 초소형 컬러 카메라가 있거든요. 그걸 저기에," 나는 천장을 가리켰다. "스프링클러 끝에 설치할 수 있어요."

"그건 안 돼요. 프로그램이 이 방에서 복사되지 않은 건 확실해요. 내가 항상 여기에 있거든요."

"배리, 지금은 아무것도 확신하면 안 돼요."

"디디, 내 사무실에 감시 카메라를 두지 않은 건 그게 오히려 유출을 일으키는 수단으로 악용될 수 있기 때문이에요. 게다가 아직도 밋치를 의심하고 있다면 그건 완전히 틀린 생각이에요. 지금까지 불법 복제본이 어디에 있는지 추적해온 게 바로 밋치예요. 난 내가 고용한 사람들을 믿을 의무가 있어요."

"여기에 감시 장비를 설치할 수 없다면 난 일을 안 맡을 거예요. 하나만 고르세요." 나는 자리에서 일어났다.

배리가 나를 노려보았다. "왜 협박당하는 기분이 들까요."

나는 잠긴 문을 열고 걸어 나가려고 했다. "배리, 내가 컴퓨터에 연결할 때는 아무 컴퓨터나 쓰지 않아요. 그리고 혼자서만 움직일 거예요. 들어와서 영상도 혼자만 볼 거고요. 나만요. 그러면 되겠어요?"

"알았어요. 좋을 대로 해요." 배리는 편치 않은 얼굴로 말했다.

"설치해요. 하지만 마음에 들진 않네요."

"그리고 아무한테도 얘기하지 않겠다고 약속하세요. 허먼 씨께도요. 특히 밋치는 안 돼요."

"정말 심하네요. 키우는 고양이도 의심하겠어요."

"자주 그래요. 이봐요 배리, 미안해요, 하지만 그런 식이 아니면 아무 소용이 없어요." 나는 몸을 돌렸다.

"잠깐만요. 알았어요, 알았다고요. 오늘 밤 10시에 이리로 와요. 그때 설치해요. 두 번째 조건은 뭔데요?"

"지난 5개월 동안 당신이 통화한 기록을 봐야겠어요. 허먼 씨한테 얘기해서 내가 가져갈 수 있게 사본을 만들어 두라고 하세요."

"알았어요. 하지만 내가 자신하는데, 지금 잘못된 생각을 하는 거예요."

"배리, 질문이 하나 더 있어요. 다른 일인데요."

"해봐요."

"제리 프릴링하고 접촉하면서 스카티 스튜어트에 대해서 들은 얘기 없어요?"

"전혀요. 디디, 알다시피 여기엔 아날로그 기기가 아주 많이 있어요. 음…… 컴퓨터 시험 방법론 얘긴데요. 어쨌든, 스카티에 관한 정보를 찾을 수 있는지 그 장비들을 전부 돌려봤어요. 걸린 게 없었고요. 게다가 그쪽은 우리 경쟁자예요. 이게 일 문제인지 사적인 문제인지 물어봐도 되죠?"

"공적인 건 아니에요." 나는 분명하게 말했다. "그냥 궁금해서요.

그게 다예요."

나는 가슴이 답답한 상태로 사무실에서 나왔다. 그게 얼마나 사적인 일인지는 절대로 얘기할 수 없었다. 내가 나타나자 밋치가 노려보았다. "무슨 일이에요?"

"계약 얘기를 했어요." 나는 무덤덤하게 얘기했다. "이제 보안 관련 사항을 알려주시겠어요?"

밋치가 불쾌한 표정으로 나를 보았다. 그는 한마디도 하지 않고 나를 자신의 사무실로 안내하더니 복잡한 최첨단 보안 시스템을 자세히 알려주었다. 밋치는 분명하고 간단하게, 종합적으로 설명을 했다. 그는 머리가 좋았고 내가 묻기도 전에 답을 해주었다. 또한 암호화 프로그램을 구입한 은행과 관계자들의 이름 같은 기밀 사항도 제공했다. 내가 밋치와 일대일로 일을 함께 하려면 그 정도는 시작에 불과했다. 그리고 나는 항상 그 관계를 유지하자고 계속 다짐했다. 내가 이번 일을 맡은 데에는 스카티에 관해 알아보자는 이유도 있었다. 그 목적은 달성할 수 없었지만 그래도 한 가닥 희망은 버리지 않았다. 밋치는 섹시하고 지적이고 아주 매력적이었다. 하지만 나는 스카티를 뒤쫓고 있었다. 게다가 문제의 소프트웨어를 복제한 게 밋치일 수도 있었다. 그게 사실이라면 배리는 첫 번째 목적을 달성하기도 전에 밋치의 사지를 찢으려 들 것이다.

"그리고 겪으신 사건은 유감스럽게 생각합니다." 내가 사무실에서 나오자 밋치가 말했다. "시체를 발견한 사건 말입니다. 어젯밤에 얘기해주지 그랬습니까. 그럼 그런 말은 안 했을 텐데 말이죠."

"생각은 마찬가지잖아요."

"도와드리려고 이러는 건데요?"

"도움에도 종류가 있겠죠." 나는 그렇게 말하며 걸어 나왔고 밋치는 문을 거칠게 닫았다.

허먼은 지나치게 무덤덤한 표정으로 통화 기록을 건네주었다. 그의 눈에서는 아무것도 읽어낼 수가 없었다. 인사를 하면서 나는 본능적으로 느꼈다. 허먼 역시 내 능력에 의구심을 품고 있었다.

나는 주차장에서 허먼이 준 통화기록을 재빨리 훑어보았다. 그리고 외국 번호나 다른 주의 번호를 골라 전부 적어두었다. 배리에게 말해서 그 자신이나 직원들이 걸지 않은 통화가 있는지 확인시킬 참이었다. 배리에게 말하지 않은 게 하나 있었다. 나는 최근에 내 휴대전화에 '전화스파이 프로'를 설치해두었다. 첨단 기술이었지만 아직은 불법이 아니었다. 언제든 그렇게 될 가능성은 있었지만. 그 장치를 이용하면 다른 휴대전화의 통화기록을 볼 수 있었고, 저장되어 있는 사진과 문자 메시지도 볼 수 있었다. 심지어 해당 전화가 전화를 받거나 걸 경우 나에게 전화를 걸도록 해서 통화 내용을 실시간으로 들을 수도 있었다. 대상이 되는 전화기에는 아무것도 설치할 필요가 없었다. 단지 큰 문제가 하나 있다면 이번 경우에는 감시해야 할 휴대전화의 주인이 밋치라는 점이었다. 나는 꼭 필요한 경우에만 '전화스파이'를 썼고, 지금이 바로 그런 상황이었다. 나는 입술을 깨물면서 밋치의 휴대전화 번호를 대상으로 설정했다. 그리고 배리가 주로 쓰는 컴퓨터에 입력되는 모든 문자를 기록할 수 있는 '입력 기록 장치'를 설치하는 것도 잊지 않도록 메모를 했다. 그 컴퓨터에는 문제의 소프트웨어가 들어 있었다. 물론 배리가 그 사실을 모르도록 해야 했고, 동의를 얻을 수도 없었다. 그렇다 해도 배리네 사람들은 금세 알아챌 게 분명했지만. 얼마나 빨리 잡아내는지를 봐야 그 회사의 보안체계가 하루 단위로 어느 정도나 작동하는지 제대로 알 수 있었다. 그리고 우편으로 '휴대용 거짓말 탐지기'를 주문해야 하는지 진지하게 고려해보았다. 전자만물상닷컴은 정말로 구세주였다.

나는 주차비로 20달러를 내고 내 사무실로 신속히 돌아왔다. 아직 제대로 된 계획은 없었다. 내가 정말로 배리의 문제를 해결하는데에 도움이 될까? 아니면 방해만 될까? 만약 내가 '입력 기록 장치'와 '전화스파이'를 사용했다는 사실을 배리가 안다면 일이 더 악화될 수도 있었다. 배리는 나를 절대로 용서하지 않을 것이다. 적어도 입력 기록 장치를 쓴 이유는 설명할 수 있을 것 같았다. 어느 정도는. 그리고 최소한 이런 활동을 하는 동안만이라도 나는 데이비드는 물론 스카티와 관련된 우울한 일들을 잊을 수 있었다.

---

17 1989년 작 미국 영화 제목. 마이클 더글라스, 캐서린 터너 주연. 부부가 목숨을 걸고 싸우는 코미디물로 동명 소설을 영화화한 작품이다.

13

남자를 파멸시킬 수는 있어도 굴복시킬 수는 없다.
—어니스트 헤밍웨이

내 조그마한 사무실은 순환로 안쪽의 '너도밤나무 빌딩'에 있었다. 연합 은행 건물에 있던 옛 사무실과는 그리 멀지 않았다. 비록 그 건물은 일 년 전에 철거됐지만 말이다. 새 연합 은행 건물은 거의 완공단계였다. 하지만 재정 문제가 엉망이었기 때문에 나는 거기에만 의존할 수 없었다. 나는 경제가 불황을 겪어 모든 사람들이 경영을 축소하느라 비워진 소형 사무실 가운데 하나를 임대했고, 당분간은 거기에 있을 생각이었다. 적어도 임대료는 상식적인 수준이었다. 임대 문제에 있어서 나쁜 점은 임대주인 조지 보겔을 참고 견뎌야 한다는 사실이었다. 자물쇠에 열쇠를 꽂아 넣자 조지 보겔이 성가신 지니처럼 갑자기 옆에서 튀어나왔다.

"디디 씨, 찾아다니고 있었어요."

나는 그 목소리를 알고 있었다. 조지는 결벽증이 있었다. 오늘만큼은 사무실을 청소하라는 잔소리를 절대로 듣고 싶지 않았다.

조지는 사원에 들어간 삼손처럼 문틀에 기대어 섰다. 그는 바짝 다가서는 것을 좋아했다.

"오늘은 정말 사장처럼 보이네요." 조지는 내 어깨를 장난처럼 감싸면서 말했다.

우리는 절대로 눈을 마주치지 않았기 때문에 조지와 얘기하는 건 쉽지 않았다.

"조지, 나는……."

조지는 내 사무실의 문을 안으로 밀고 불을 켰다. "무슨 일이 있었는지 들었어요. 시체를 발견했다면서요. 도와줄 일이 없나 알고 싶었어요. 자, 안에 들어가 있으면 안전할 거예요."

"이럴 필요는……."

조지는 내 어깨 너머로 사무실 안을 보았다. "디디, 정리 좀 해놔야 해요. 오늘 인터뷰하자고 언론에서 몰려올 거예요. 헤밍웨이가 지금 얼마나 유명한 이슈인지 알잖아요. 그러니 쉽게……."

"조지." 나는 조지를 문 밖으로 몰면서 단호하게 말했다. "난 언론사 사람들은 절대 안 만날 거예요. 그러니 못 들어오게 보안 좀 신경 써주세요. 알겠죠?"

"물론이죠." 조지가 대답했다. "원하시는 대로 할게요. 그런데 왜 대중에 노출되는 걸 싫어하세요? 그 사람을 죽이지 않았잖아요?"

주변 사람들 중에서 내가 살인을 할 수도 있다고 여기는 사람을 또 하나 찾아냈다. 앞으로 몇 명이나 더 있을까?

"그 얘기는 할 수 없어요." 내가 말했다. "게다가 일도 해야 하고요." 나는 재빨리 뒷걸음질 치고는 문을 닫고 내 뜻을 분명히 하기 위해 잠갔다. 적어도 오늘 하루만큼은 조지가 다시 오지 않기를 바라면서.

머리를 두드리는 두통이 어제에 이어 또 찾아왔다. 이제는 뱃속이 울렁거리기까지 했다. 정말로 뇌진탕을 일으켰는지도 모른다. 나는 전화를 걸어서 머리 스캔에 돈이 얼마나 드는지 알아봐야 한다고 메모했다. 서랍 깊숙한 곳에서 애드빌[18] 약병을 끄집어내고는 남아 있는 세 알을 물과 함께 털어 넣었다. 그리고 필의 사무실에서 다시 연락이 오기 전에 전화를 걸어봐야 할 곳의 목록을 작성했다.

나는 약효가 나타나기를 기다리면서 책상 위에 발을 올리고 맵퀘스트[19]를 통해서 시립 대학으로 가는 최적의 경로를 찾아보았다. 데이비드 사건에 대해 조사하려면 거기야말로 출발지로 적합한 장소였다. 나는 오늘 늦은 시각에 들르기로 마음먹었다. 경찰은 다른 조사를 제쳐놓고 나에게만 집중할 게 분명했다. 미행을 붙였을지도 모르는 일이었다. 아니면 GPS 추적장치를 이용할 수도 있었다.

나는 기운을 내고 무시무시한 국세청에 전화를 걸어서 왕 씨와 통화를 했다. 왕 씨는 푸상이 나가서 들어오지 않았으며 언제 올지도 모른다고 했다. 내가 할 수 있는 거라고는 메시지를 남기는 일뿐이었다.

나는 서류를 뒤져서 '시카고 보안 주식회사'의 번호를 찾아냈다.

그리고 전화를 걸어서 회장인 지미 리 야보로우와 통화를 하고 싶다고 말했다. 지미 리와는 가정과 사무 보안의 최첨단 장비를 공개하는 시연장에서 만난 적이 있었다. 지미 리는 지난주에 나를 고용해서 이른바 '정말 어려운 문제'를 풀어달라고 말했다. 허위 경보에 관한 건이었다. 그의 회사는 시카고 북부에 있는 '모나크 케어'라는 거주시설에 최첨단 보안 설비를 제공하는 업체 선정 과정에서 치열한 경쟁을 뚫고 선정된 바 있었다. 모나크 케어는 급속도로 확장을 거듭할 뿐 아니라 화려함을 자랑하는 시설이었다. 지미 리는 컴퓨터가 관할하는 보안 경보 시스템에서 왜 자꾸 잘못이 일어나고 허위 경보가 다수 발생하는지 조사해달라고 했다. 그런 경보가 몇 번 발생하자 모나크 케어 측에서는 비용 부담을 지미 리의 회사에게 떠넘기려고 했다. 따라서 지미는 파산하기 전에 문제를 해결하고 싶어 몸이 달아 있었다. 나는 운이 좋게도 데비이드가 살해당하기 전 토요일에 해답을 찾았다. 하지만 그게 벌써 백만 년 전의 일인 것 같은 느낌이 들었다.

마침내 지미가 전화를 받았다. "지미 리 씨? 저 디디 맥길이에요."

"맥길 씨? 무슨 일입니까? 그 노인 관련 문제 때문에 정보가 더 필요하면 매니한테 얘기하시지요. 상세 자료는 매니한테 다 있으니까요. 기다려요. 전화를 돌려줄 테니."

"잠깐만요. 자료는 충분해요. 문제를 해결했다고 전화를 드린 거예요."

"예? 그럴 리가요." 지미 리는 웃음을 터뜨렸다. "일을 드린 지 며칠밖에 안 됐잖습니까. 그러기 전에 벌써 두 군데에서 이번 일을 조사하고 있었고요. 하지만 잘못된 게 전혀 없다고 했지요. 처음부터 끝까지 모조리 조사해봐도 왜 자꾸 경보가 울리는지 알 수가 없다고 하던데요. 그래, 벌써 문제를 해결했다고 자신하는 근거가 뭐지요?"

"지미 리 씨. 모르는 분이 두 업체에 이미 일을 맡긴 상태에서 저한테 의뢰를 했다면 아마 불같이 화를 냈을 거예요. 결과적으로는 제가 이겼다고 확신하고 있지만요. 보너스로 200달러를 주는 건 어떠시겠어요?" 두통이 조금씩 사라지고 있었다.

"만약 정말로 당신이 이겼다면 큰 거 두 장을 받을 가치가 있겠지요. 하지만 확률은 높지 않을 겁니다. 만약에 당신 설명이 틀린다면 애기 씨한테 얘기해서 청구 요금 가운데 가장 비싼 항목에서 200달러를 삭감할 겁니다." 지미가 한 번 더 웃었다. "당신이 이길 가능성은 없어요."

"지미 리 씨, 헤밍웨이가 한 말이 있어요. '가능성이 다가 아니다. 노력이 있어야 한다.' 어쨌든 이번 일도 직접적인 노력의 결과예요. 얘기 들으실 준비는 됐나요?"

"도대체 헤밍웨이랑 이 일이 무슨 상관이 있다는 거죠? 결과가 나오긴 한 겁니까?"

"'캡틴 크런치[20]'라고 아세요?"

"디디, 술 먹었어요?" 지미 리가 물었다.

"제 정신은 아주 멀쩡해요." 내가 웃으며 말했다. "몇 년 전에 자칭 '전화광'이라던 젊은 애들이 캡틴 크런치 제품에서 경품으로 준 호루라기 소리를 이용해서 대형 전화 시스템에 침투했던 일 기억하세요?"

"아, 맞아요. 그런 일이 있었죠. 그거 꽤 큰 사건이었죠? 그런데요?"

"따라서, 셜록 홈스가 말한 대로, 모든 걸 다 제하고 남는 게 아무리 말도 안 되는 것 같아도 그게 정답이라 이거죠. 대충 그 비슷한 말이었을 거예요."

"그러니까 지금 캡틴 크런치가 허위 경보 사건 전체의 원인이라는 겁니까?"

"아뇨. 제 말은 새란 얘기예요. 새가 원인이에요."

"역시, 이제야 술주정이라는 걸 알겠네요. 시체를 발견했다는 얘긴 들었습니다. 지금 어디서 전화하는 거죠? 집인가요? 도와줄 사람을 보내드리죠."

나는 웃었다. "농담이 아니라 전 진짜 제정신이에요. 들어보세요. 모나크 케어에서 성질 더러운 미국 앵무새를 애완용으로 키우는 거 아시죠? 보신 적이 없더라도 최소한 한 번은 들어보셨을 거예요. 그 새는 중앙 현관 옆에 있는 오락실 안에, 커다란 새장 안에 들어 있어요. 아마 이름이 '할'일 거예요. 성질도 까다롭고 덩치도 크죠. 하지만 영리한 새예요."

"디디, 그 앵무새가 어쨌다는 거죠?"

"그 새 때문에 그렇게 허위 경보가 울린 거예요. 지미 리 씨, 이번 일이 해결되면 그 새를 텔레비전 광고에 내보낼 수도 있을 거예요."

"이야기를 지어내고 있군요. 내가 보안 업계에서 일한 지 이십 년이 넘었지만 그런 얘기는 한 번도 들어본 적이 없어요." 지미 리는 말을 멈추고 생각에 잠겼다. "앵무새가 범인이라고요? 확실해요?"

"네."

"어떻게 했다는 거죠?"

"그걸 아시려면 큰 거 두 장을 지불하셔야죠. 그리고 앞으로는 나를 세 번째나 네 번째 순위로 두지 마세요. 제일 먼저 전화를 하시라고요."

"알았어요. 약속하죠. 하지만 그 빌어먹을 새가 무슨 짓을 했는지 말해줘요. 어서요. 난 들을 권리가 있지 않습니까."

"자, 간단히 설명하죠. 말장난을 좀 해볼까요. 그 새는 모든 보안을 관장하는 컴퓨터에 연결하는 보안 암호를 '흉내[21]' 냈어요. 당신네 직원들이 보안 시스템을 설치하고 시험해볼 때 근처에 있었던 게 분명해요. 그리고 암호에 해당하는 음색 조합을 기억한 거죠. 새가 그 조합에 맞춰 울 때마다 경보가 작동된 거예요. 그 새는 귀가 아주 좋았기 때문에 음색을 완벽하게 흉내 낸 거예요. 예전에 전화 시스템을 속이고 공짜 전화를 걸기 위해서 쓰던 불법 장치하고 같은 역할을 한 거죠."

"말도 안 돼. 사람들한테 연락해볼 테니 기다려 봐요." 지미 리가 말했다. "그리고 아까 얘기한 보너스 말인데요."

나는 전화를 끊었다. 너무 쉽게 돈을 벌어서 조금 창피하기도 했다. 하지만 일을 하나 덜었으니 데이비드 사건에 집중할 수 있었다. 배리가 맡긴 사건은 전혀 단서가 없었다. 어쩌면 머리에 그 문제를 담아둔 채 자고 일어나면 기적처럼 해결책이 떠오를지도 모른다. 문제에 대한 해답을 꿈속에서 찾는다는 얘기도 있지 않은가. 스카티 문제가 생겼을 때에도 그걸 시도해봤지만 소득은 없었다. 하지만 지금으로서는 그게 최선의 방법이었다.

나는 녹음된 통화를 재빨리 살펴보았다. 전화를 해줘야 할 사람은 칼 패트릭뿐이었다. 내가 아메리칸 보험사로부터 첫 일을 맡고는 함께 일한 다음부터 우리 두 사람은 가끔 점심을 함께 먹곤 했다. 내가 곤경에 처했을 때 칼은 무턱대고 뛰어들어서는 나를 구해주었다. 칼은 무뚝뚝하고 난리법석을 떠는 사람이었지만 마음이 따뜻했다. 그리고 그런 사실을 들키지 않으려고 했다.

칼의 비서인 아네트가 기다리라고 하더니 몇 분 후 칼의 목소리가 들렸다. "디디, 안녕하세요."

"안녕하세요. 전화하셨더라고요."

"소식 들었어요." 칼이 말했다. "괜찮아요?"

"음, 그냥 그래요. 고마워요."

"여기저기서 당신을 변호해주라고 전화를 했어요. 처음에는 로렌 스티븐슨이 당신을 변호하라고 나를 고용했죠. 모건 페르난데즈도 똑같은 얘길 하더라고요. 당신이 나한테 의뢰비를 주는 편이 낫겠어요."

나는 아무 말도 할 수가 없었다. 로렌이 나에게 도움이 필요하다

144

고 말했던 건 진심이었다. 로렌은 자신의 돈을 썼고 모건도 칼에게 전화를 했다. 아마 상황이 내가 생각한 것보다 심각한 것 같았다.

"듣고 있어요?" 칼이 물었다.

"네. 하지만 변호사가 필요하진 않아요. 내 말을 오해하지 말아줘요. 내가 뭔가를 하게 되면 가장 먼저 당신한테 전화할 테니까요."

"디디, 요점은 이거예요. 다들 걱정하고 있어요. 소식통에 따르면 경찰이 새로운 전기를 맞이해서 진짜 살인범을 찾지 못할 경우 당신이 연루됐다는 쪽으로 다시 기울 거라고 하더군요. 데이비드 반즈하고 밤을 같이 보낸 게 사실이에요?"

"세상에, 소문 정말 빨리 퍼지네요. 내 팬티 색이 뭔지도 알고 있는 거 아니에요?"

"팬티를 안 입는다고 하던데요. 내가 소식통한테 헛돈을 쓰는 건 아니겠죠? 들어봐요. 나는 데이비드 반즈가 연루된 성희롱 사건에 관해서 조사하고 있었어요. 디디, 이거 간단한 문제가 아니에요. 경찰도 그 일을 진지하게 여기는 게 분명해요. 강의 도중에 수갑을 채우고 끌고 갔으니까요. 데이비드 반즈는 자신의 교수 경력을 걸고 싸우고 있었다는 얘기예요."

"서류에 세부 사항은 없었어요. 데이비드를 고소한 게 누구죠? 데이비드가 누굴 성추행한 혐의를 받은 거예요?"

"직업윤리나 그런 것들 때문에 세부사항을 다 알아내진 못했어요. 데이비드 반즈의 변호사는 비밀에 붙이겠다고 해도 별 얘기를 안 해주더라고요. 하지만 공개적인 기록이 워낙 많기 때문에 알아낸 건 얘기해줄 수 있어요. 데이비드 반즈는 학생의 가슴을 만지고 성적인 제안을 했다는 죄로 고소를 당했어요. 여성의 이름은 데비 매이저스예요. 나이는 열일곱이고 부모와 함께 살아요. 그리고 아마도 숫처녀일 거라고 하더군요."

"칼, 내가 아는 데이비드라면 그럴 리가 없어요. 데이비드가 바람둥이인 건 모르는 사람이 없지만 성추행이라고요? 말도 안 돼요."

"데이비드 반즈가 성추행 고소 건에 대해서 얘기를 하던가요?"

"전혀요."

"흠, 데이비드 반즈는 피해자와 학교 양측으로부터 형사, 민사, 행정상으로 고소를 잔뜩 당했어요. 그래서 최고급 법무법인에 변호를 의뢰했죠. 증거 불충분으로 형사상 고소가 기각된 게 겨우 지난주였어요. 「법률 소식」엔 실렸지만 언론들은 보도하지 않았죠. 게다가 민사와 행정 소송은 아직도 진행 중이에요."

"우린 헤밍웨이 얘기만 했어요." 내가 말했다. 그날 밤이 생생하게 떠올랐다.

"내가 수집한 정보에 따르면 당신 친구는 헤밍웨이를 그냥 연구만 한 게 아니에요. 삶까지 흉내 내려고 했죠. 술을 많이 마시고, 아슬아슬하게 살고, 거기에 더해서……."

"거기에 더해서?"

"다양한 여성과 접촉하려고 했죠." 칼이 점잖게 표현했다.

칼은 내가 직시할 수 없었던 공백을 채워주었다. 데이비드가 그처럼 바람둥이짓을 했다고 생각하니 일류 교육기관이 아니라 시립 대학에서 근무했던 이유도 설명할 수 있었다.

"몇 년 전에." 칼이 말을 이었다. "데이비드가 유명 이혼 소송에서 제삼자로 언급된 일이 있었죠. 그리고 6개월쯤 지나서 국세청에서 데이비드의 지출 계좌를 조사하기로 결정했어요. 당시 데이비드는 보스턴 대학의 정교수였어요. 그 자리를 유지하기에는 사건이 너무 컸죠. 일 년 반 뒤에는 그 자리에서 물러나라는 요청을 받았고, 시립 대학에서 영문학부의 부학장 자리를 제안했기 때문에 시카고로 왔어요. 그리고 두 달이 조금 지나서 성추행 혐의로 고소를 당했죠."

"민사 소송에 이길 확률은 얼마나 돼요?"

"오늘 아침에 들은 바에 따르면 승산이 아주 커요. 하지만 행정 청문회에서는 어떻게 될지 모르죠. 탁상 정치 때문에 모든 게 여러 해 동안 묶일지도 모르고요."

"형사 소송이 취하되면 데이비드 쪽에서 대학을 무고죄로 고소할 수도 있나요?"

"변호사가 데이비드와 함께 부당 체포로 반격을 하자는 의논을 한 적이 있다더군요. 하지만 우선 형사 소송을 먼저 해결할 생각이었어요. 헤밍웨이의 원고에 대해서는 뭐라고 하던가요?" 칼이 물었다.

"소유권 문제가 허공에 떠 있다는 사실 때문에 걱정을 했어요. 다음 날 아침에는 아메리칸 보험사에서 보험 보장의 세부 문제를 확실히 해달라고 나를 고용했어요. 필 리치의 사무실에서 통화하고 있을 때 데이비드가 총격을 당했죠. 지금은 내가 최우선 용의자고요."

"디디, 언제 들를 거예요? 경찰들이 연행할 때를 대비해서 준비를
해둬야죠."

"경찰에서 진실을 밝혀내고 나에 대해선 잊어주기를 바라는데
요."

"그런 꿈은 꾸지 말고요. 오늘 오세요. 유비무환이니까요. 참, 내
쪽 조사원들이 그러는데 데이비드의 아파트가 엉망이었다면서요.
원고를 가져간 거예요?"

"모르겠어요. 데이비드는 사람들을 만나기 전에 원고를 가져와야
한다고 했거든요. 그러니 아파트에는 없었을 거예요."

"그거 중요한 사실이군요. 원고가 어디에 있는지는 전혀 모르고
요?"

"몰라요. 어느 은행의 안전금고에 있는지도 모르죠. 보안상의 문제
가 너무 많아서 최대한 빨리 경매를 진행해야겠다고 말했거든요."

"그 원고의 가치가 어느 정도인지 짐작은 가요?"

나는 칼이 불러준 숫자를 듣고 숨이 막혔다.

칼이 동행하지 않은 상태에서는 절대로 경찰과 얘기하지 않겠다
는 약속을 여섯 번이나 한 다음에야 작별인사를 할 수 있었다.

필과 매트를 만나러 가는 동안에 칼과 나눴던 대화가 머릿속에서
끊임없이 맴돌았다. 잔류 화약을 못 찾았음에도 경찰이 나를 체포
할까? 칼이 암시했던 대로 합법적인 조력 없이 경찰과 얘기한 게
잘못이었을까? 나에게 아무 죄가 없다고 해도? 헤밍웨이의 원고가
다시 사라진다면 그 가치는 더 올라갈까? 아메리칸 보험사는 큰 보

험금을 준비하는 중일 수도 있었다. 그리고 매트는 그 일을 결코 달갑게 생각하지 않을 것이다.

---

18 항염증제의 상표 이름.

19 유명한 인터넷 지도 사이트.

20 시리얼 상품의 이름.

21 앵무새를 가리키는 영단어인 parrot에는 '흉내 낸다'는 뜻도 있다.

14

취중에 장담했던 일을 멀쩡한 상태에서 반드시 실행에 옮겨보라.
그러면 입 닥치고 가만히 있는 법을 배우게 될 것이다.
―어니스트 헤밍웨이

매트를 다시 만나는 게 두려웠다. 나는 살아오면서 수많은
실수를 저질렀다. 프랭크가 죽고 나서 매트와 함께 침대에 뛰어든
것은 커다란 실수였다. 나는 매트도 관련이 되어 있다고 경찰에게
말했고, 그 때문에 매트는 화가 난 상태였다. 이번 일을 못 맡을 뿐
아니라 그보다 더 나쁜 일이 생길 수도 있었다. 나는 필이 내 편에
서서 이런 곤란한 상황을 풀어주길 바랐다. 나는 심호흡을 하고 필
의 사무실 문을 열었다.

매트는 사무실 한가운데에 혼자 서 있었다.

"디디, 어서 와요." 매트가 섹시한 목소리로 말했다. "들어와요."
매트는 내 팔을 붙잡고 사무실 문을 굳게 닫았다.

"필은 어디에 있어요?"

"디디, 앉아요."

매트는 필의 책상 모서리에 앉아서 내 쪽으로 몸을 기울였다. 우리 두 사람의 다리가 닿았다. 매트는 평상시처럼 기분이 좋아 보였고, 다른 사람의 사무실에 있음에도 아주 편해 보였다.

"경찰한테 어쩔 수 없이 당신 밑에서 일하고 있다고 얘기했는데, 그것 때문에 화나셨죠."

"디디, 정확히 그 반대예요. 돌아갔다가 다시 왔기 때문에 기분이 안 좋은 건 사실이에요. 하지만 당신은 의무를 다한 것뿐이에요. 당신이 했던 얘기는 전부 경찰한테 확인해줬어요. 그리고 경찰이 당신을 용의자로 여기지 못하도록 최선을 다했고요. 그러니 이젠 거기서 긍정적인 결과가 나왔으면 좋겠네요. 당신, 오늘은 아주 아름다워요."

내 예상과는 전혀 달랐다. "그래야죠." 나는 무표정하게 말했다.

"디디, 이젠 제대로 얘기를 할 때예요."

"얘기할 게 없는데요." 나는 몸을 돌리면서 꼬았던 다리를 풀었다.

"아뇨, 있어요. 우리가 같이 일하는 이상 서로를 어느 정도 이해할 필요가 있어요." 매트가 내 어깨를 만졌다. "상황을 이대로 둬서는 안 돼요."

매트 킹과의 옛 관계는 내가 몸이 달아오른 채 끝났고, 나는 그 때문에 기분이 좋지 않았다. 하지만 내 쪽에서는 다 끝난 얘기였다. 나는 그렇게 얘기했다.

"그래선 안 돼요." 매트가 고집을 부렸다. "난 아직도 당신한테 미처 있어요. 잠깐만 마음을 좀 열어봐요. 휴전을 합시다."

나는 눈을 내리깔고 바닥을 쳐다보았다. 그리고 필이 돌아와서 나를 구해주기를 바랐다.

"디디, 꽤 긴 시간이었잖아요. 왜 내 전화나 편지에 답을 하지 않았죠?" 매트는 내 턱을 들어 올려서 자신의 멋진 얼굴을 들여다보게 만들었다.

"내가 보낸 꽃도 거절했잖아요. 왜 그랬어요? 우리 관계는 특별했잖아요. 당신을 사랑한다고 말했고요. 당신도 같은 마음이었잖아요. 내가 잘못 생각한 건가요?"

나는 고개를 돌렸다. 옛일이 되돌아와서 곤란한 일을 당하는 사람이 지구상에서 나 하나만은 아니라는 점이야 잘 알고 있었다. 나는 대부분의 경우 사건을 끝까지 파헤친 다음에 그걸 이용하던가, 내 것으로 만들던가, 아니면 관계자와 잤다. 하지만 매트의 경우에 나를 지배한 건 뇌가 아니라 호르몬이었다. 후회를 남기고 싶진 않았지만, 그렇다고 해서 우리 두 사람이 손을 뗐던 순간으로 다시 돌아가고 싶지도 않았다.

"그냥 내가 실수를 한 거라고 해두세요. 너무 오래된 일이잖아요." 내가 말했다. 프랭크가 죽은 다음에 매트가 나를 얼마나 활기차게 만들었던가를 생각하니 가슴이 아팠다.

"디디, 그건 하룻밤 불장난이 아니었어요. 당신도 알잖아요. 난 아직도 당신을 원해요."

"하지만 결국엔 아내와 애들한테로 돌아갈 거라는 것도 알고 있어요." 나는 완전히 지쳐서 말했다.

"그게 문제였군요." 매트가 몸을 펴고 나를 보았다. "디디, 나뿐 아니라 당신도 우리가 뭘 하는지 알고 있었잖아요."

"내가 알았다고요?"

매트는 책상 모서리에 앉은 채 내가 앉은 의자의 팔걸이에 두 손을 얹고는 자신의 몸과 아우라를 이용해서 나를 에워쌌다. "내 연인이 돼줘요. 뭐가 문제예요? 프랭크하고도 그랬다면서요. 당신이 그렇게 얘기했잖아요. 그거랑 뭐가 다르죠?"

"프랭크하고 비교하지 말아요." 나는 매트의 팔을 밀치면서 말했다.

나는 일어서서 매트를 등진 채 창가로 갔다. "프랭크하고 나는 결혼을 약속했어요. 전혀 다른 얘기라고요."

매트가 다가오더니 내 어깨를 부드럽게 쥐었다. "프랭크가 죽고 나서 그 뒤처리는 당신이 전부 했죠? 안 그래요?"

"그거야 프랭크의 의형제인 켄이 개자식이었으니까 그랬죠."

"다 잊게 해주고 싶어요." 매트가 부드러운 목소리로 말했다.

나는 스카티를 떠올렸다. 정말로 다 잊게 해준 것은 스카티였다. 그리고 이젠 스카티도 없었다. 나는 매트가 그런 사실을 몰라서 다행이라고 생각했다. 아니, 혹시 아는 건 아닐까?

"디디, 난 아직도 당신과 함께 하고 싶어요. 우린 잘 어울려요. 당신도 알잖아요."

나는 매트의 압도적인 존재감으로부터 스스로를 보호하면서 꼼짝도 않고 서 있었다. 그리고 무관심하기 위해 사력을 다했다. 여자보다 남자가 섹스를 더 원하는 법이라고 했지만, 나는 그 말을 절대로 믿지 않았다.

매트가 내 몸을 돌려 세웠다. "디디, 스스로를 좀 봐요. 당신은 보험조사원으로 살아가고 있고, 실력도 좋죠. 계속 그렇게 만들어줄 수 있어요. 하지만 그거론 부족해요. 레이크 쇼어 콘도에서 살면서 멋진 삶을 누리고, 정말로 자신을 아낄 수 있게 해줄게요. 원하면 학교로 돌아가도 좋아요. 원하는 걸 다 할 수 있다고요. 어때요?"

나는 몸을 돌렸다. 정말로 모든 걸 잊고, 좋다고 말하고 싶었다. 매트는 너무나 매력적이었다. 내 페로몬들이 벽에 마구 충돌하고 있었다. 하지만 그의 아이들을 떠올리는 한, 행복할 수는 없었다.

"매트, 그렇게는 되지 않을 거예요." 내가 마침내 말했다. 나는 문으로 다가가서 손잡이를 비틀어 열었다. 필이 맞은편에 서 있었기 때문에 나는 더 나아갈 수가 없었다.

"어떻게 된 거야?" 내가 무뚝뚝하게 물었다.

"무슨 일이야?" 필이 소심하게 되물었다.

매트가 내 옆에 서서 말했다. "몇 분 동안 사적인 얘기를 할 수 있게 해달라고 내가 필한테 부탁했어요. 필은 당신 탓에 내가 데이비드 반즈 사건에 얽혀서 화가 난 거라고 생각했죠. 하지만 이번 사건에서는 결국 함께 일을 해야 하니까. 합의점을 찾고 친구 사이로 남을 수 있을 거라고 생각해요. 내 생각이 맞지요?"

두 사람은 입을 다물고 내 대답을 기다렸다. 매트는 눈곱만큼도 불편해하지 않았다. 하지만 필은 제발 고문을 멈춰달라고 눈으로 말하고 있었다.

"아메리칸 보험사에서는 나한테 정확히 뭘 바라는 거죠?" 나는 어쩔 수 없이 승복했다.

"흠, 다들 앉아서 상황을 재점검해봅시다." 매트는 그렇게 제안하면서 우리가 주말에 파티를 계획하는 절친한 친구 사이라도 되는 것처럼 사무실 안으로 몰아넣었다.

"간단히 말해서," 매트가 입을 열었다. "우리는 헤밍웨이의 원고 건에 수반된 법적 의무로부터 스스로를 지키기 위해서 세 가지 전략을 세워놓고 있습니다."

매트는 아메리칸 보험사를 지칭하면서 충성스럽게도 '우리'라는 말을 사용했다. 회사 쪽에서 매트에게 전권을 부여한 게 분명했다. 나는 뒤통수를 맞지 않도록 조심할 필요가 있었다.

"부하직원들이 몇 가지 중요 요소들을 지정해줬습니다. 데이비드 반즈는 유언장을 남기지 않고 죽었습니다. 가까운 친인척이 없다는 건 우리한테 더 유리하죠. 데이비드는 외동이었고 부모는 작년에 교통사고로 죽었습니다. 사람을 시켜서 먼 친척까지 조사해봤습니다만, 아직까지는 유산과 관련된 소송으로부터는 자유롭다고 봐도 좋겠습니다.

두 번째로, 진본 원고의 위치를 아는 사람이 없는 걸로 보입니다. 데이비드 반즈의 변호사를 비롯해서 친구, 동료, 은행 측, 경찰까지도 원고가 어디에 있는지 모릅니다. 아는 사람이 있다 해도 아직까지는 입을 열지 않았고요. 따라서 그 원고가 정말로 사라졌다는 걸 증명할 수 없는 한 우리에게 보험금 청구를 할 수 있는 사람은 없다고 봅니다. 국내 최고의 업체한테 원고를 찾아달라고 부탁해놓은 상태입니다. 속담처럼 건초 더미에서 바늘도 찾아내는 사람들이니까 곧 발견할 수 있을 겁니다. 중요한 건 시간이지요."

"매트, 벌써 거대 업체한테 일을 맡긴 상태잖아요. 그럼 나는 왜 필요한 거죠?"

"필요해요. 앞서 얘기한 두 가지 전략이 실패했을 경우에 도와줘야죠. 원고가 가짜라는 걸 입증해서 야기될 수도 있는 어떤 책임으로부터 아메리칸 보험사를 보호할 필요가 있어요."

"하지만 당신은 이미 그 원고가 '진짜배기'라는 의견들을 받았잖아요." 나는 헤밍웨이가 기자 시절 직접 썼던 속어를 이용해서 반박했다.

"게다가 진본을 분석할 수 없다면 가짜라는 걸 어떻게 증명하겠다고 나서겠어요?" 필이 물었다.

"우선 우리가 이미 확보한 정보는 염두에 두지 말아요. 그건 묻어둘 수 있으니 그런 게 있었다는 건 아무도 모를 겁니다. 두 번째 문제에 대해서는, 데이비드가 우리한테 제공했던 조각들을 재활용하면 됩니다. 디디, 당신이 학계에 얘기하면 믿을 거예요. 당신은 문제의 산문을 컴퓨터로 분석하는 시간을 크게 단축시킬 수 있어요. 그게 헤밍웨이의 작품이 아니라는 것만 가려줘요. 그러면 돼요. 데이비드 반즈란 사람이 사라졌던 진짜 원고를 손에 넣을 확률이 얼마나 되겠어요? 내 생각에 이번 일은 처음부터 완전히 사기였어요.

그런데도 우리가 이번 일에 함께 했던 건 회사 쪽에 큰돈을, 그것도 쉽게 벌어줬기 때문이에요. 이제는 그 산문이 가짜라는 걸 증명할 필요가 있어요. 당신이라면 그럴 수 있을 거예요."

매트는 서류가방을 열더니 작은 서류를 꺼내서는 나에게 건넸다. "사무실에 얘기해서 그 원고 일부분 중에서 두 가지를 복사해뒀어요. 이거면 문학 쪽 친구들하고 같이 이번 사기극을 밝혀내는 데에 충분하고도 남을 거예요."

필이 의자에서 일어서더니 큰 소리로 한숨을 쉬었다. "디디, 그 일을 맡을 거야?"

"당신은 배경 덕분에 이번 일에 최고의 적임자예요." 매트가 말했다. "내 말을 믿어요. 이미 확인을 끝냈어요. 당신은 학자들과 동등한 자격을 가질 만큼 대학에 수준 높은 연줄이 있어요. 특히 그 서류에 언급된 전문가가 그렇죠. 원고가 헤밍웨이의 진본이 아니라고 선언한 사람 말이에요. 그 사람부터 시작하죠."

내가 뭐라고 대답도 하기 전에 매트가 손목시계를 들여다보았다. "일정이 정말 **빡빡**하네요." 매트가 서류가방을 소리 내어 닫으면서 말했다. "디디, 오늘 밤에 만나서 저녁을 먹으면서 진척 상황을 듣기로 하죠. 아메리칸 보험사에 모든 과정을 전부 보고해야 하거든요. 약속 시간은 7시로 합시다. 만날 장소는 문자로 남겨둘 게요." 매트는 책상 위에서 서류가방을 집어 들더니 문을 열었다. "서둘러야겠어요. 필, 계속 연락주세요." 매트는 그렇게 지시를 내리고는 소리 내어 문을 닫았다.

나는 이 일을 맡고 싶지 않았다. 그래서 내 의사를 밝히기 위해 가방을 들고는 필의 사무실을 재빨리 빠져나갔다. "매트, 기다려요. 난……."

"디디, 벌써 갔어." 필이 뻔한 사실을 알려주고는 머리를 저었다. "매트하고는 도대체 어떻게 돼가는 거야?"

필은 나에게 잘 대해주었기 때문에 설명을 들을 권리가 있었다. 하지만 지금은 때가 아니었다.

"가야겠어." 내가 말했다. "미안해. 나중에 얘기할게." 나는 최대한 빨리 복도를 내달렸다. 뒤에서는 길다가 필을 부르고 있었다.

나는 필의 질문을 피하기 위해 이미 사람이 넘치는 엘리베이터 안으로 서둘러 비집고 들어갔다. 그리고 필이 따라잡기 전에 문이 닫히기를 바랐다. 하지만 운이 없었다.

"잠깐만요." 전력질주를 하느라 헐떡거리면서 필이 말했다. 그는 손을 뻗어서 나를 잡아당기려 했다. "얘기 좀 하자고. 그냥 가는 게 어디 있어."

묵직한 엘리베이터 문이 필의 팔에 부딪혔다. 필이 뒤로 물러난 사이 문이 닫혔다. 필은 믿을 수 없다는 표정을 지었다.

"나중에 전화할게. 약속해." 나는 다른 탑승객들이 수군거리는 것을 무시하고 벽 쪽으로 바짝 붙었다. 궁금증에 가득 찬 사람들이 쥐 죽은 듯 입을 다물고는 나를 둘러쌌다.

나는 매트와 관련된 일을 잊고 그가 살펴보라고 주었던 원고에만 신경을 쓰려고 노력했다. 나는 이제 서류가방 안에 금세기 최대의 문학적 발견이 될지도 모르는 물건을 넣은 채 엘리베이터 안에 서 있었다. 들여다보고 싶어서 죽을 지경이었다. 나는 대혼란의 중심에 있는 셈이었다. 처음에 매트는 원고가 진본이라는 걸 증명하라고 했다. 이제는 가짜라는 걸 증명하라고 말하고 있었다. 매트는 영리했다. 따라서 온 세상을 이 잡듯 뒤지는 한이 있더라도 아메리칸 보험사가 이 사태로부터 피해를 입지 않도록 할 게 분명했다. 하지만 데이비드도 상당히 영리했다. 과연 데이비드가 이 모든 일을 꾸며낼 만큼 영리했을지는 의문이지만.

15

필의 사무실 건물 1층에 있는 루이네 샌드위치 가게에서 산 호밀빵 속에 든 햄은 포장지보다도 얇았다. 그런 주제에 가격은 너무 비쌌다. 하지만 나는 배가 고팠다. 와인을 한 잔 곁들인다면 좋았겠지만, 어제 머리를 맞아서 두통이 생긴 건지 아니면 와일드 터키를 마셔서 그런 건지 알아내기 전에는 술을 멀리하기로 마음먹었다. 일이란 늘 분명하게 처리해야 하는 법이다.

음식이라고 봐주기도 힘든 물건을 먹으면서 어떻게 해야 원고가 위조라는 사실을 밝힐 수 있을지 생각해보았다. 나는 탐 조이스에게 전화를 하지 않았다는 사실을 기억했다. 탐이 떠넘겼던 문제의 표 때문에 생긴 화가 아직도 가라앉지 않았다. 애당초 내가 이 난리에 휩쓸린 것도 그 표 때문이었다. 탐도 텔레비전에서 데이비드와 헤밍웨이의 원고와 관련된 온갖 잡소리를 들었을 게 분명했다. 탐은 희귀한 책과 원고를 다루는 일을 했다. 따라서 어느 정도 조언을 해줄 수도 있었다. 우리는 몇 년 전에 문서 위조와 관계된 사건에서 탐이 나를 도와주면서 처음으로 만났다. 탐은 작년에 로버트 번즈[22]의 공예품에 대해 너무나 중요한 얘길 해주기도 했다. 최근에는 오크 파크 도서관에서 소장하고 있는 헤밍웨이의 책과 원고를 감정한 적이 있다고 말했었다. 그러니 이번 일을 얘기해주면 흥미를 보일 게 분명했다. 나는 탐의 전화번호를 눌렀다.

"디디, 안녕." 탐이 말했다.

"그러지 마. 내가 발신자 표시 서비스 싫어하는 거 알잖아."

"아직도 그걸 안 쓴다니 어이가 없네. 넌 어쨌든 보험조사원이잖아."

"네가 전화했기에 걸어본 거야. 하지만 아직도 내가 너랑 얘길 해준다는 거에 감사해. 내가 살인 용의자가 된 건 결국 네 탓이잖아."

"뭐?"

"네가 나한테 거지 같은 표를 떠안겨서 이렇게 된 거라고. 아리스토텔레스의 말에 따르면, 그게 모든 일의 근원이야."

"아리스토텔레스는 그런 말을 한 적이 없어, 디디. 뭐라고 했냐면……"

"무슨 뜻인지 알잖아. 그 연극을 보러 가면서 모든 일이 시작됐다고. 그날 저녁에 거기서 데이비드 반즈를 만났거든."

"오호. 살해당한 사람 말이지. 그렇다면 미안하다고 해야겠네."

"그 거지 같은 표가 없었더라도 원래 이렇게 꼬일 팔자였다는 생각이 들어. 전 남자친구하고 침대에 뛰어들었는데 그 사람이 총에 맞고 내가 그 시체를 발견할 통계적 확률이 얼마나 되겠어?"

"흠, 디디 네 경우에는 그럴 가능성이 아주 높다고 얘기할 수도 있겠다."

"이것 봐, 난 지금 너랑 말을 섞지 말아야 한다는 얘길 하는 거라고." 나는 잠깐 멈췄다가 물어보았다. "지금 서점에 있어?"

"방금 새로 받은 물건들의 목록을 만들고 있었어. 살인 사건 얘길 하려고? 난 그것 때문에 전화를 했거든."

"관계가 없는 건 아냐."

"수수께끼로 둘러싸인 미스터리라. 재밌네. 넌 괜찮은 거야?"

"그렇다고 얘기할 순 없지만 그럭저럭 버티고 있긴 해. 좀 있다 봐."

나는 도시의 서부로 차를 몰아서 머천다이즈 마트 건물에서 서쪽으로 1.6킬로미터쯤 떨어진 곳으로 갔다. 탐이 몇 년 전에 이사한 곳이었다. 오프라 윈프리의 하포 스튜디오를 지나자마자 목표로 한 건물이 눈에 들어왔다. 캘리포니아풍의 2층 건물이었고, '조이스와 친구들'이란 간판이 걸려 있었다.

나는 가까운 주차장에 차를 세우고 지붕을 올린 다음 차문을 잠갔다.

문을 열자 작은 종이 딸랑거렸다. 검정 청바지와 락포트 신발을 신은 탐이 책을 잔뜩 들고 균형을 잡으며 뒷방에서 나왔다. 탐은 고개를 끄덕이며 인사를 했다.

"빨리 왔네." 탐은 서류 더미와 컴퓨터 장비가 그득한 강낭콩 모양의 책상 위에 가져온 책을 쏟아놓으며 말했다. "이사 가면서 하는 떨이 처분에서 방금 전에 이만큼이나 집어 왔어." 탐은 갈색 셔츠 앞에 묻은 먼지를 쓸어냈다.

나는 책장들을 전부 살펴보았다. "사실 네가 몇 년 전에 이사했을 때 좀 거슬렸거든. 말은 안 했지만. 그런데 이제 보니 여기가 너랑 딱 맞네."

"뭐가 거슬렸는데?" 탐은 책상 위에서 서류들이 넘어지지 않도록 바로 세우면서 물었다.

"듣고 웃지 마. 예전 가게에서는 멋진 냄새가 났는데 새 가게에선 안 그럴까 봐 걱정을 했거든. 그런데 다행히도 똑같네."

"냄새는 책에서 나지 가게에서 나는 게 아니잖아. 어쨌든 여기가 더 넓어."

"그렇지. 하지만 옛 가게는 맨해튼 빌딩 14층에 있었고 바로 건너편에 연방 유치장이 있었잖아. 죄수들이 건물 옥상에서 농구하는 걸 바라보던 거 기억나지?"

탐이 웃었다. "난 거기서 벗어나서 좋은데. 죄수들이 가끔 탈옥도 하거든."

"탈옥해서 가게에 들르기도 했어?"

"그것 참 웃기네. 경찰이 온 적은 있었어. 하지만 이리로 와서 1층에 있으니 사람들이 더 많이 찾아오지."

"늑돌이는 어디 갔어?" 탐은 가끔 미시간 북부에 사는 친구가 기르는 늑대 새끼를 봐주곤 했다. 처음에는 불안했지만 이러저런 일을 겪으면서 늑돌이와 나는 좋은 친구가 되었다.

"제 주인이 미시간으로 데려갔어. 정말 그리워. 다음 달에 주인네가 휴가를 가면 다시 이리로 올 거야. 그래서 도대체 무슨 일이야? 시체를 발견하는 바람에 심각한 문제가 생긴 거야?"

"아직은 잘 모르겠어. 데이비드 반즈에 대해서 아는 대로 얘기해봐."

"통화한 다음에 좀 알아봤어. 그 사람이 쓴 헤밍웨이 관련 논문도 읽어봤고. 사실 아주 좋은 글이었어. 하지만 그 논문과 텔레비전에서 나온 얘기를 종합해볼 때, 데이비드는 헤밍웨이의 첫 부인이 도난당했던 보물들을, 그러니까 시와 단편들을 찾아낸 것 같아. 사실이라면 대단한 일이지. 역사적인 가치로 보나 문학성으로 보나 그걸로 한몫 단단히 벌 수 있었을 거야."

"너 오크 파크 도서관에서 헤밍웨이 작품집을 많이 다뤄봤지?"

"응. 감정을 했으니까. 규모는 작았지만 아주 훌륭한 도서관이었어. 거기에 헤밍웨이의 두 번째 단편집인 『우리 시대에』의 초판본이 있다는 거 알아? 귀한 책이야. 1924년에 파리에 있는 쓰리 마운틴스 출판사에서 140부만 찍은 거라고. 그리고 1927년에 나온 『남자만의 세계』 중에서 기록에 남아 있지 않은 표지를 이용한 판본도 있어."

탐은 걸어 다니는 백과사전이었다. 탐이 아는 분야는 너무나 광범위해서 들을 때마다 놀라웠다. 무슨 말을 하려는 건지 짐작할 수 없다는 단점이 있었지만, 내용은 언제나 예외 없이 흥미로웠다.

"사소하지만 잘 알려지지 않은 사실이 있어. 『남자만의 세계』 초판본에는 두 종류가 있어. 출판사에서 무게가 다른 두 가지 종이를 사용했거든. 결과적으로 그 두 가지를 문자 그대로 무게만 가지고 구별할 수 있다 이 말이야. 얘기가 옆으로 샜네. 오늘은 무슨 수수께끼를 내려고 왔어?"

"뭣 좀 봐줄래?" 나는 서류가방에서 원고의 사본을 꺼냈다.

탐은 돋보기를 들고 사본 가운데 한 장을 벽에 붙은 빈 탁자로 가져갔다.

탐이 별갑테 안경을 걸치고 소매를 걷는 동안 나는 나머지 사본을 펼쳐 놓았다. 우리는 집중해서 읽어 내려갔고, 적막이 찾아들었다.

첫 잎사귀들

첫 잎사귀들은 이미 나무에서 떨어진 상태였다. 소년은 그 때문에 숲을 가로지르는 속도가 느려지고 위험해질 거라는 사실을 기억했다. 숲이란 공간은 늘 그랬다. 보이는 것과 실제가 달랐다. 소년은 이 숲에서 아버지와 함께, 커다란 너구리가 가재를 찾아 여울을 뒤지는 모습을 지켜보던 때를 기억했다.

"동물들이 똑똑한가요?" 소년이 물었다.

"그럴 게다. 나름대로는."

"사람만큼 똑똑해요?"

"사람하고는 다르지. 하지만 세상에서 가장 똑똑한 사람이라고 해도, 저

늙은 너구리만큼 너구리 역할을 잘할 수는 없지. 절대로."

소년은 걸음을 재촉했다. 하지만 빨리 걸어도 숲에서 머무르는 시간을 늘릴 수는 없었다. 조금 있으면 그녀가 집에서 부를 테고, 그러면 들어가야만 했다.

"가야겠네." 소년은 그렇게 말했다. 숲에서 머문 시간은 얼마 되지 않았지만 그동안에도 더 많은 잎사귀가 땅으로 떨어졌다.

탐이 사본을 들여다보던 눈을 들었다. "이게 데이비드 반즈가 찾아낸 헤밍웨이의 유실 원고 가운데 일부분이란 말이지. 흠, 정말 헤밍웨이가 쓴 것처럼 보이네."

"내가 가진 건 이게 다야." 나는 나머지 사본을 탐에게 내밀었다. 우리는 다시 머리를 숙이고 들여다보았다.

귀향

그는 할 말이 떨어지면 입을 다물곤 했다. 사람들은 그 점을 좋아하지 않았다. 다들 그가 얘기를 해야 한다고 생각하고 있었다. 그의 어머니가 아이린 얘기를 꺼냈다.

"아이린은 언제 만날 거니?" 어머니가 물었다.

"내일쯤이요." 그가 말했다.

"네 숙모랑 십즈 삼촌은 내일 돌아올 거다."

"그럼 모레 만나면 되겠네요." 그가 말했다.

그는 돌아왔고, 이제 다른 이들과 함께 거실에 있었다. 사람들은 그가 분명히 얘기를 할 거라고 생각했다. 그는 돌아왔고, 돌아온 사람은 얼마 없었기 때문이다. 4시가 됐겠군. 그가 생각했다. 중위는 그와 상병에게 여자들과 보급품에 관해서 물었다. 하지만 두 사람 모두 아무 대답도 하지 않았다. 문제의 세 여인은 제과점에서 일을 했다. 그와 상병은 일을 끝내는 세 여인을 붙들었다. 여인들은 마을에 있는 호텔에 가지 않으려고 했기 때문에 두 사람은 그들을 보급품 천막으로 데려갔다. 두 여인은 온몸에 이가 들끓었다. 그래서 그와 상병은 나머지 한 여인만을 이용했다. 하지만 두 사람은 세 여인 모두에게 선물을 주었다. 중위는 이들 다섯 사람이 천막에서 나오는 걸 본 게 분명했다. 중위는 여인들과 보급품에 대해서 잠시 질문을 하다가 결국은 그만두었다.

그와 상병은 한동안 즐거운 시간을 같이 보냈다. 하지만 결말은 이상했다. 두 사람은 배를 땅에 대고 나란히 엎드려서는 건너편 언덕에 서 있는 올리브 나무의 잎이 움직이는 것을 지켜보았다. 나무에서 날아온 총알은 딱 한 발이었다. 총알은 상병의 오른쪽 쇄골 상부를 맞췄고, 전신을 관통한 게 분명했다.

"날아갈 것 같아." 상병이 최대한 큰 목소리로 말했다. "세상에, 날아갈 것 같다고." 그리고 죽었다.

"탠시 부인 기억나?" 그의 형이 물었다. "2학년 때 그 탠시 부인 말이야."

"누구라고? 탠시 부인? 아, 그 사람." 그가 말했다.

"정말 고약한 할망구였잖아. 아, 죄송해요, 어머니." 그의 형이 말했다. 두 사람의 어머니는 못 들은 척하고 있었다.

"우리 다섯 사람이 담배를 피우다가 그 사람한테 들킨 거 기억 나? 두 번째 보일러 뒤에서 말이야. 아주 난리가 났었잖아.”

“너희가 학교에서 담배를 피운 건 몰랐구나.” 그의 어머니가 말했다.

“그 난리를 치고 나서 우리 다섯 명은 사흘 동안 학교에 일찍 가야 했잖아.”

“기억나.” 그가 말했다. 밴 두 대에 나눠 탔던 오스트리아인들은 진흙탕에 빠지자 단체로 엄폐를 벗어나서 차를 밀었다. 그러다가 총격을 받고 물러나기를 반복했다. 오스트리아인들은 만화영화처럼 머리를 불쑥 내밀었다가 집어넣고는 진흙 때문에 미끄러지며 넘어졌다. 그러다가 누군가 총에 맞아 쓰러지면 그 사람을 뒤로 잡아당겨 안전한 곳에 밀어 넣고는 나머지 사람들이 또다시 머리를 들었다가 집어넣고 넘어지고 진흙에서 뒹굴었다. 2.4킬로미터만 가면 길이 끝나기 때문에 밴을 움직일 수 있다고 해도 어차피 더 갈 곳이 없었고, 그 때문에 더 만화 같은 상황이었다. 하지만 오스트리아인들은 그 사실을 몰랐다.

“그것 참 끔찍했겠구나.” 그의 어머니가 말했다.

그처럼 무미건조한 문구를 읽어가자니 등줄기에 소름이 돋았다.

“어때?” 내가 물었다.

“정말로 헤밍웨이가 썼을 법한 글이네.” 탐이 말했다. “어디 하나 빠지지 않고. 문장은 분명하고 짧고 깔끔해. 동사들은 활동 지향적이고.”

“그리고 섹스, 전쟁, 죽음 얘기로 가득하네.” 내가 덧붙였다. “주제 면에서 보자면 「병사의 방」하고 조금 비슷하고.”

탐이 나를 뚫어져라 쳐다보았다. "그래서 이것들이 뉴스에서 얘기했던 헤밍웨이의 유실 원고 가운데 일부라 그 말이지?"

"나도 그게 사실인지 알고 싶어. 이것들 진본이야 위조야?"

"헤밍웨이 본인 식으로 얘기하자면 이것들은 '진짜배기' 같아. 그리고 코로나 타자기의 초기형으로 작성한 것처럼 보이고. 내가 제대로 알고 있다면, 헤밍웨이는 집필하는 동안에 타자기를 상당히 많이 바꿨어. 하지만 20세기 초반에는 첫 부인인 해들리가 스물두 번째 생일선물로 줬던 것 하나만 썼을 거야. 두 사람이 파리를 떠나기 전에, 1921년 7월에 준 타자기지. 그게 코로나 3번 타자기였어. 하지만 정확히 하려면 전문가의 자문을 구해야 해."

"데이비드 반즈의 얘기에 따르면 그건 이미 확인을 끝냈대."

"흠, 그럼 이젠 단어 검사를 해야겠네. 유명 작가와 문장 견본을 놓고 문체를 비교해주는 연구용 소프트웨어가 끝내주는 게 나와 있거든. 이 경우에 그 작가는 헤밍웨이일 테고."

"그것도 벌써 했어." 내가 말했다.

"그런데?"

"분석 결과에 따르면 이것들은 진본으로 봐도 좋을 만큼 훌륭하대."

"그럼 뭐가 문젠데?" 탐이 물었다.

"소유자가 살해당했을 때 원본이 사라졌어."

"아하. 짧고 간결하고 죽음이 가득하네. 그게 사라진 줄은 몰랐어."

"그리고 이제 보험사에서 그게 위조라고 밝혀달라네." 내가 설명했다.

"증명을 완료하면 모든 의무에서 간단하게 풀려난다, 이거군." 탐이 안경을 벗었다. "무슨 얘긴지 알겠어. 진본이냐 위조냐. 그게 살인의 동기가 될 수도 있겠네."

"넌 전문가잖아. 그게 위조라고 확실히 밝힐 방법이 있을까?"

"난 사건이 진행되는 도중에 뛰어든 셈이야. 게다가 넌 몇 가지 검사까지 끝냈다고 했고. 하지만 가장 먼저 살펴봐야 할 건 종이 자체야."

"그건 경매장 쪽에서 했어. 헤밍웨이가 썼을 법한 종이라는 게 그쪽에서 내린 결론이었어. 활자면 문제도 그래. 헤밍웨이는 분실한 작품들을 한 대의 타자기로 썼어."

"그럼 다음에 할 일은 종이의 무늬를 확인하거나 타자기 리본의 섬유조직 때문에 종이에 남은 독특한 잔여물질을 검사하는 거야. 그 둘 가운데 뭘 하든지 간에 원본이 있어야 하고."

"그런데 없거든."

"너한테 없는 거지. 남은 검사 가운데 뭘 하든지 대부분 원본이 필요해. 따라서 내가 도울 수 있는 게 별로 없어, 디디. 이것들은 정말로 헤밍웨이가 썼든가, 아니면 영감을 받아서 쓴 가짜든가 둘 중 하나야."

"뉴스에 나와서 그게 위조라고 장담한 교수가 있었어." 내가 말했다.

"나도 봤어. 나라면 그 사람하고 연락을 취해서 어떻게 그런 결론에 도달했는지 알아보겠어. 원본을 구할 길이 없는 상태에선 그 사람이 유일한 희망이야."

"그것도 할 예정이야. 데이비드가 그러는데 시립 대학에 있을 때 그 원고를 받았다고 하더라."

"받았다고? 그걸 그렇게 구했다고? 안 그래도 데이비드가 어떻게 찾아냈는지 물어볼 참이었는데."

"나도 무슨 얘긴지 알아. 엉터리 소설에서나 나올 법한 얘기지. 하지만 그 얘기를 들었을 땐 사실이라고 생각했어." 나는 데이비드가 말했던 것을 모조리 반복해서 들려주었다.

"물건을 받은 경로를 다시 한 번 추적해봐야 할 거야. 나한테 뭐든지 원본을 가져다줘. 그럼 도와줄 수 있으니까. 더 많은 사실을 알아낼수록 최우선 용의자에서 좀 더 벗어날 수 있을 거야." 탐이 부드러운 목소리로 말했다. "그 얘기도 뉴스에서 들었어."

"잠깐만 기다려봐." 탐은 그렇게 말하고는 다른 책상 쪽으로 넘어가서 전화를 받았다.

내가 기다리는 동안 종이 딸랑거리더니 여성 고객이 가게로 들어왔다. 매력적인 여성이었다. 키는 163센티미터쯤이었고 나이는 삼십 대 중반이었으며 분홍색 수제 실크 쿠르티를 입고 있었다. 탐은 미소를 지으면서 들어오라고 손짓했다. 여성은 손을 흔들고는 가게를 살피기 시작했다. 서점에 익숙한 게 분명했다.

나는 흩어져 있는 헤밍웨이의 원고 사본들을 빠른 동작으로 모아서 서류가방에 집어넣었다. 손님의 블라우스 장식이 아름다워서 감탄하는 눈으로 쳐다보고 있자니 그 여인이 눈을 가늘게 뜨고는 나를 바라보았다.

"죄송해요. 쳐다보려는 게 아니었는데. 옷에 감탄하고 있었어요."

"아, 얼마 전에 인도에 갔다가 산 거예요." 여인이 웃었다. "그런데 어디서 뵌 적 없던가요?"

"아닐 거예요. 전 디디 맥길이라고 해요."

"이제 알겠네요. 오늘 자 「트리뷰널」 지에서 당신 사진을 봤어요. 제가 얼굴은 기가 막히게 기억을 하거든요."

탐이 전화를 끝내고 걸어왔다. "자, 서로 소개는 끝내셨나요? 디디, 이분은 뉴베리 도서관에 계시는 데브라 예이츠 씨야. 데브라, 이쪽은 디디 맥길이에요. 옛날에 대학에 있다가 지금은 보험 사기를 때려 부수고 있죠."

데브라가 말했다. "시체를 발견했다는 그분이죠. 기사를 다 읽어 봤어요."

"데브라 씨는 레베카 론크레인이 쓴 『진짜 오즈의 마법사』를 가져가려고 오셨어. 디디, 너도 그걸 좋아할 거야." 탐은 탁자 한구석에 쌓여 있던 책 더미에서 한 권을 꺼냈다. 그리고 갈색 종이로 간단하게 포장을 했다.

"프랭크 바움[23]의 미망인인 모드 바움에 관한 책이야. 아이들이 남편한테 보내는 어마어마한 팬레터를 계속 받았지. 아이들한테 남편이 죽었다고 얘기할 수가 없어서 남편인 척하고 서명을 위조해서 대신 답장을 보냈어. 편지가 너무 많이 왔기 때문에 남편의 서명을 고무도장으로 만들어서 찍었고 그런 연극을 삼십 년 동안 했지."

"멋진 얘기죠?" 데브라는 그렇게 말하고 돈을 지불했다. 하지만 눈은 계속 나를 쳐다보고 있었다.

"그렇네요. 하지만 요즘이라면 변호사들이 절대 그러지 말라고 난리를 칠 걸요."

데브라 예이츠는 고개를 끄덕이고는 진의를 파악할 수 없는 시선으로 나를 바라보았다. 데브라는 탐에게서 책을 받아 들었다. 탐은 데브라를 문까지 배웅했다.

"비싼 책은 아니지만 기분 좋은 거래였어." 탐이 문을 닫으며 말했다. "데브라는 지난번에 아주 비싼 책을 샀지."

"그리고 너무 비싸다고 불평했어?"

"아니. 책값을 다 주셔야 한다고 설득할 필요가 없었던 건 그때가 처음이었어. 데브라가 그러더라. '책값이 얼마나 비쌌는지 잊어버려도 책의 질은 계속 남는 법이죠.'"

"데브라가 최고의 고객이라 이거잖아. 두 사람 심각한 사이야?"

"디디, 책 거래에 관해서 얘기할 때는 나한테 장난치지 마. 네 연애행각 하나만으로도 우리 두 사람 다 골치가 아프잖아. 난 관찰자 노릇만 해주기에도 기운이 모자라거든. 저녁 먹고 갈 거야? 이번엔 카사블랑카에 가서 멕시코 요리를 먹을 건데."

지난번에는 퓨리오에 갔었다. 퓨리오에서는 키안티−러시 스트리트 한 잔을 먹고 일 인당 80달러라는 바가지를 썼다. 우리는 그 가게에 두 번 다시 가지 않기로 맹세했다.

"고맙긴 한데 시립 대학에 가볼 거야. 헤밍웨이 전문가라는 교수한테서 무슨 얘길 들을 수 있나 알아보려고." 나는 손을 흔들어 작별인사를 하고 저녁식사가 맛있기를 빌었다.

---

22 영국 시인. 스코틀랜드 서민의 소박하고 순수한 감정을 표현한 시들로 유명하다.
23 미국 동화작가. 『오즈의 마법사』 시리즈의 작가이다.

16

당신이 성공한다면 그건 엉뚱한 이유 때문이다.
당신이 인기를 끈다면 그건 당신 작품 안에서
가장 나쁜 부분 때문이다. 항상 그렇다.
—어니스트 헤밍웨이

탐은 직접적으로 도와주지는 못했다. 하지만 시립 대학을
찾아가는 게 올바른 선택이라는 것을 확인해주었다. 나는 케네디
공항에서 북서쪽으로 방향을 잡고 오헤어 공항으로 향했다. 2차 대
전 때의 해군 비행사 영웅이며 알 카포네 전속 변호사의 아들이기
도 한 버치 오헤어의 이름을 붙인 공항이었다. 비록 시 당국자들은
지워버리고 싶어 했지만 오명으로 얼룩진 시카고의 역사는 여전히
남아 있었다.

시카고의 정체 시간은 일찍 시작됐다. 하지만 양방향 고속차로가
외곽 쪽으로 열려 있었기 때문에 대학에 도착하는 데에는 오랜 시
간이 걸리지 않았다. 학교는 한때 더닝 정신병원이 위치하던 시카
고의 북서쪽 경계에 있었다. 사람들은 아직도 더닝 병원의 환자였

던 울프먼 같은 사람들의 얘기를 하곤 했다. 울프먼은 보름달이 뜨면 2미터짜리 말뚝 울타리를 기어올라서 올리브 산 공동묘지에 간 다음 늑대처럼 울부짖었다. 울타리를 넘어가려다가 창끝처럼 뾰족한 말뚝에 몸이 꿰뚫린 여성 환자도 있었다. 더닝 병원이 문을 닫은 뒤 건물은 무너졌고 90년대에 새 대학이 들어섰다. 유리와 크롬으로 된 6층짜리 건물은 강낭콩 모양의 연못과 수 에이커에 달하는 아스팔트에 둘러싸여 있었다. 덩굴로 덮여 움푹 들어간 담장은 찾아볼 수 없었다.

제일 가까운 주차장에는 '교수 전용'이라고 적힌 팻말이 있었다. 나는 재빨리 들어가서 차문을 잠그고 정문으로 향했다.

나는 프랭크가 죽은 뒤로 대학에서 떠나 있었다. 그리고 17세기에 관한 내 연구를 두고 프랭크의 동료들이 줄줄이 소동을 일으켰다. 나는 적을 너무 많이 만들었고, 고통을 너무 많이 겪었다. 나는 옛 기억을 억지로 밀어놓고 문을 열었다.

온도가 너무 높은 나머지 건물 복도에서는 오래된 운동복과 비슷한 냄새가 스며 나왔다. 별다른 추리 능력이 없더라도 올 여름의 폭염으로 인해 건물 에어컨이 고장 났다는 것쯤은 알 수 있었다.

교무처의 문은 잠겨 있었다. 나는 데이비드의 사무실을 찾아 미로 같은 복도를 헤매다가 5층에서 영문과를 발견했다. 교수로 보이는 사람들은 하나같이 학생을 상대하느라 바쁘거나 전화를 붙들고 있었다. 나는 작은 사무실에 홀로 있는 여성을 발견하고는 열려 있는 문을 두드렸다. 문에는 '제퍼스/코드'라는 이름이 붙어 있었다.

여성은 서류에서 눈을 떼고 나를 보았다. "무슨 일이시죠?"

"제퍼스 씨인가요?"

"그래요." 여성이 굵은 목소리로 말했다.

제퍼스는 덩치가 큰 여성이었다. 머리는 붉고 짧았으며 피부는 하얗고 진한 립스틱을 바른 게 화장의 전부였다. 복장은 몸에 잘 맞지 않는 청바지와 드레스 셔츠였다. 제퍼스는 동부 연안 쪽 억양을 썼다.

"전 디디 맥길이라고 해요. 데이비드 반즈의 친구고요. 저랑 잠깐만 얘기 좀 하실 수 있을까요."

"그 바보 같은 형사들한테 벌써 잔뜩 얘길 했는데요."

"데이비드하고 전 대학원에 같이 있었어요. 데이비드의 시체를 발견한 것도 저고요."

"아, 그렇군요. 아침 신문에서 이름을 본 기억이 나네요." 제퍼스가 일어서더니 책상 옆에 있던 의자를 끌어와서 권했다. 그리고 엉망으로 쌓여 있던 서류들을 한데 모았다. "잠시만요. 이것 좀 치우고요."

"방해해서 죄송해요."

제퍼스가 살짝 미소를 지었다. "이 수준 낮은 시험 문제들을 잠시 잊으면 제 정신 건강에도 도움이 되겠죠. 이게 얼마나 한심한지 상상도 못 할 거예요. 요즘 애들은 고전을 안 읽거든요. 걔들은 셰익스피어하고 같은 세기에 글을 쓴 사람이 월트 휘트먼인지 월트 디즈니인지도 몰라요. 말라비틀어진 회색 뇌세포에 담아두는 거라곤 스포츠하고 연예계에 관련된 잡지식들뿐이죠. 더러운 사내애들이 생각하는 거라고는 깨끗하고 손바닥만 한 여자애들 바지 속에 손을 집어넣는 게 전부고 여자애들이 생각하는 거라고는……."

제퍼스가 한숨을 쉬었다. 그녀의 얼굴 표정은 어두웠다.

나는 최근에 열여덟 살부터 스무 살까지의 젊은이들을 상대로 했던 설문 조사의 결과를 떠올렸다. 대상자 가운데 미국 독립전쟁의 발발 시기를 오십 년 이내로 맞춘 사람은 32퍼센트에 불과했다. 나는 시험 문제를 가리켰다. "고생이 많으시네요. 저라면 그 꼬맹이들의 목을 졸라버렸을지도 몰라요."

"데이비드에 관해서 알고 싶은 게 있으시다고요." 제퍼스는 갈색 눈을 작게 뜨고 돋보기안경을 만지작거리면서 나를 가늠했다. "어쩌다 시체를 발견하게 됐어요?"

"데이비드는 총에 맞을 때 저랑 통화하고 있었어요. 그래서 데이비드의 아파트로 달려갔죠. 데이비드랑은 여러 해 만에 다시 연락이 됐거든요. 시카고에 와 있다는 것도 이틀 전에야 알았어요. 최근에 데이비드가 어떻게 지냈는지 좀 알고 싶은데요."

제퍼스의 얼굴에서 긴장이 사라졌다. "다들 학교에 있을 때는 좋은 친구였다가 밖으로 나가면 연락이 끊기는 것 같아요."

제퍼스와 내가 있는 방은 작았으며 책상 두 개와 의자 두 개가 전부였다. 답답한 공기와 제퍼스가 쓰는 화이트 린넨 향수 때문에 폐쇄공포증이 생길 것 같았다.

"어디 아프세요?" 제퍼스가 내 팔에 손을 대며 물었다.

"너무 덥네요. 방이 오그라드는 것 같아요."

"여기가 좀 좁긴 하죠." 제퍼스가 말했다.

"에어컨에 문제가 있나 봐요." 내가 말했다. "건물은 그렇게 오래되지 않았는데요."

제퍼스가 웃었다. "학교를 다 짓기 전에는 임시로 트레일러에 있기도 했어요. 에어컨이 없다고 해도 그 시절로 돌아가는 것보다야 훨씬 낫죠. 그건 그렇고, 제 이름은 도로시 제퍼스예요. 콜라 좀 드릴까요?"

나는 사양했다. 제퍼스는 재빨리 보통 콜라를 가져왔다. "학생들을 상대하느라 지칠 때를 대비해서 당분이 있는 음식을 늘 쌓아두죠."

제퍼스는 그렇게 얘기하고 나서 잠시 입을 다물었다.

"불쌍한 데이비드." 마침내 제퍼스가 다시 입을 열었다. "너무 안됐어요. 베스는 늘 우리 중에서 데이비드가 가장 총명하다고 생각했죠. 정말로 남다른 면이 있었어요."

"대학원 때도 그랬어요." 내가 동의했다. 그리고 베스라는 사람이 언론에서 인용한 그 사람과 동일인물인지 궁금해졌다.

"그냥 두뇌 회전이 빠른 게 아니라 정말로 머리가 좋았죠. 게다가 재치도 있었어요. 그리고 치마만 둘렀다 하면 누구든지 쫓아다녔죠. 딱 하나 죄가 있다면 눈치가 전혀 없다는 거였어요. 우리 과의 다른 사람들은 종신 재소자 생활에 적응을 했지만 데이비드는 재능이 있었고 원하는 걸 해나가는 추진력도 있었죠."

"종신 재소자라뇨?"

제퍼스가 콧소리를 내며 웃었다. "우리는 관에 실려 나갈 때까지 여기에 있을 테니까요. 하지만 데이비드는 달랐어요. 강의를 대단하게 여기지 않았죠. 그리고 매력적인 불손함을 무기로 삼아서 다른 사람들의 생각 따위는 완전히 무시하면서도 살아남을 수 있었어요."

"데이비드랑 제일 가까운 건 누구였어요?" 내가 물었다.

"마틴 스위니하고 헤밍웨이 공연을 진행했죠." 제퍼스가 킁킁거렸다. "데이비드는 그걸 두고 '사기 약장수 쇼'라고 불렀어요."

나는 입술을 깨물었다. 내가 그 연극을 봤다는 걸 알았다면 제퍼스는 그런 식으로 얘기하지 않았으리라.

"두 사람은 그걸 '진짜 헤밍웨이'라고 불렀죠." 제퍼스가 말을 이었다. "데이비드는 사람들이 헤밍웨이의 소설을 읽고 싶어 하지 않는다고 주장했어요. 그냥 헤밍웨이의 성생활과 운동 경력에 관심이 있을 뿐이라는 거예요. 서구 문명한테는 미안한 얘기지만 데이비드의 말이 맞아요. 데이비드는 마틴한테 수염을 기르고 복장과 행동을 헤밍웨이처럼 하라고 했죠. 그게 제대로 먹혀들었어요. 그러다 보니 이제 마틴은 자신이 연기하던 인물에 빠져서 나오려고 하질 않아요. 자신을 '파파'라고 불러달라고 하는 거죠."

"그 사람이랑 얘기를 할 수 있을까요?"

"마틴은 헤밍웨이에 관해서 얘기하는 걸 좋아해요. 하지만 데이비드가 죽고 나서 크게 상처를 입었죠. 오늘 오전에도 데이비드랑 계획했던 나머지 프로그램을 혼자서 못해 나갈 것 같다고 하더라고요."

"데이비드가 헤밍웨이의 유실 원고를 발견했다는 얘기는 들으셨나요?" 내가 물었다.

"아, 모르는 사람이 없죠. 하지만 믿을 수는 없네요." 제퍼스가 말했다. "제 생각엔 뭔가 웃기는 일이 진행되는 것 같아요. 전 여성학 과정을 수료했거든요. 그리고 고등학교 때 이후로는 헤밍웨이를 읽지 않았어요. 당연한 얘기지만 전 헤밍웨이를 좋아하지 않아요. 작품은 전부 쓰레기 같은 마초물이고, 여자에 대해서는 눈곱만큼도 모르는 작가니까요."

나는 제퍼스와 생각이 달랐다. 『해는 또다시 떠오른다』에서 나오는 브렛을 나는 좋아했다. 하지만 내 생각을 입 밖으로 꺼내지는 않았다.

"어떤 면에선 그런 발견이 아주 중요할 수도 있겠죠. 데이비드도 유명해졌을 테고요." 제퍼스가 말했다.

"그런데 데이비드는 왜 교수단에게 그런 발견을 공개적으로 밝히지 않았을까요?" 내가 물었다.

제퍼스는 큰 소리로 웃었다. "그런 얘길 하는 걸 보니 관료들이랑 싸워본 적이 없나 봐요. 이 학교 교무처는 데이비드가 죽었다 해도 그 원고를 가지겠다고 끝까지 싸울 거예요."

"그 원고가 진본이라고 생각하세요?" 내가 물었다. "데이비드와 마틴이 그렇게 친한 동료 사이였다면 왜 마틴은 그 원고가 위조라고 생각했을까요?"

"다들 그걸 이상하게 생각했어요. 직접 물어보세요. 마틴이 남은 학기 동안 데이비드의 강의를 맡고 있으니까요. 가까운 곳에 있을 거예요."

나는 도로시 제퍼스에게 보험사 일을 하고 있노라고 얘기하지 않았고, 그럴 생각도 없었다. 그래서 주제를 바꿨다.

"경매가 진행되고 소식이 알려진 다음에도 데이비드가 여기에 남아서 강의를 했을 거라고 생각하세요?"

"아무도 모르죠. 베스는 그럴 거라고 생각했지만요."

"과에 있는 사람들은 다들 데이비드하고 사이가 좋았나요?"

"어제 경찰이 와서 하루 종일 그걸 묻고 다녔어요. 정말 경찰 쪽하고 관계없는 사람 맞아요?"

"맞아요. 그냥 데이비드에 관해서 알아보는 거라고 말씀드렸잖아요."

"흠." 제퍼스가 말을 멈췄다. "'빅 빌'하고는 사이가 안 좋았어요. 데이비드가 성추행 건으로 고소를 당한 건 알고 있죠?" 제퍼스가 물었다.

나는 고개를 끄덕였다.

"하지만 어떤 취급을 당했는지는 모를걸요? 어느 날 아침 10시에 강의를 하는데 경찰이 쳐들어와서는 학생들이 보는 앞에서 수갑을 채우고 끌어다가 경찰차에 태웠어요. 그게 말이 돼요?"

내가 아는 데이비드라면 분명히 격노했을 것이다. 지난밤에 그 일에 대해 나에게 한마디도 하지 않은 것도 당연했다.

"끔찍하네요." 내가 말했다. "기다려줄 수도 있었을 텐데. 데이비드가 정말로 성추행을 저질렀을까요?"

"데이비드가 살아오면서 어느 순간 성추행을 저질렀으리란 건 분명하죠. 남자란 다 그러니까요. 그리고 데이비드는 가끔 자신이 존경하는 인물, 그러니까 파파 헤밍웨이처럼 행동하기도 했어요. 하지만 항상 여자들이 먼저 데이비드에게 달려들었다고요. 우리 과에서 그 학생 얘기를 믿는 사람은 아무도 없어요." 제퍼스는 생각에 잠겨서 목걸이에 달린 작은 진주를 문지르며 얘기를 계속했다. "걔는 남자한테 인기 있을 애가 아니었어요. 하지만 일단 문제를 제기했으니 교무처에서는 규정대로 따라야 했죠."

"데이비드가 재판에서 승소했을 거라고 생각하세요?"

제퍼스는 일어서더니 작은 책상 주변을 돌았다. "베스가 앞장서서 데이비드 편을 들었어요. 우리도 최선을 다해서 데이비드를 지지했죠. 하지만 교무처에서는 우리 말을 듣지 않았어요. 내가 무죄라는 확신도 없는 사람을 변호하려고 애를 쓰는 것처럼 대했죠. 교무처에서는 데이비드를 두고 마녀사냥단을 조직했어요. 데이비드도 맞서 싸우기로 했고요. 내 생각인데 데이비드가 학과장 후보로 나선 것도 그 때문일 거예요. 베스가 설득했고 내가 지지를 했죠. 현 학과장인 빌 버틀러를 만나본 적 있어요?"

"아뇨."

"다들 그 사람을 '빅 빌'이라고 불러요." 제퍼스가 콧소리를 냈다. "솔직히 어이가 없는 사람이에요. 최근에 높은 자리에 오른 카우보이처럼 옷을 입고 행동해서 그런 별명이 붙었어요."

"별로 좋은 사람이 아니란 얘기죠?"

"야망도 있고 머리도 좋은 사람이에요. 무슨 일이든 간에 교무처랑 한 배를 타죠. 강의 규모를 늘리고, 서류 작업도 늘리고, 시험을 표준화하고…… 그런 쓰레기 같은 짓을 하면서 교수들을 조금씩 팔아먹는 거예요. 그래서 늘 긴장이 끊이질 않아요. 보르지아 집안사람들도 여기에 와서 한 수 배우고 가야 할 걸요. 빅 빌하고 교수진이 내놓는 의제 중에 공통적인 게 단 하나도 없다고 말하면 무슨 뜻인지 아실 거예요."

"당신하고 베스는 데이비드가 이길 가능성이 얼마나 된다고 봤어요?" 도로시 제퍼스는 눈을 반짝이면서 베스를 서너 번 언급했다. 나도 그 사람에 대해서 알고 싶었다.

"베스 생각은 모르겠네요. 직접 물어보세요. 난 가능성이 높았다고 봐요. 당선됐다면 과를 제대로 돌아가게 하는 강력한 학과장이 됐을 거예요. 하지만 성추행 건 때문에 타격이 컸죠. 젊은 여교수들 가운데 몇 사람이 놀랍게도 데이비드를 배신하고 빅 빌을 지지했어요. 다른 사람들 대부분은 의리를 지켰고요. 베스도 포함해서요. 그 젊은 여자들은 도저히 이해를 못 하겠어요. 얼마나 멍청하면 빅 빌한테 속겠어요. 뇌가 있기만 해도 그 사람이 가짜라는 걸 알 수 있는데 말이에요."

제퍼스는 큰 소리로 한숨을 쉬었다. "개인적으로는 데이비드가 여기서 빅 빌을 괴롭힐 무기를 잔뜩 모으길 바랐어요. 이제 데이비드가 사라졌으니 남은 건 광대들뿐이지만요." 제퍼스가 씁쓸하게 덧붙였다.

"베스라는 이름을 여러 번 언급하셨죠. 오늘 자 신문에서 인용한 베스 모이어스가 그분인가요?"

"맞아요. 베스하고 데이비드는…… 좋은 친구 사이였어요."

"두 사람이 애인이었단 뜻인가요?"

"그런 말은 안 했는데요."

도로시 제퍼스가 흥분했다. 갑자기 복도가 소란스러워지면서 방해를 받았기 때문에 나는 다행이라고 생각했다.

제퍼스가 걸어가서 문을 열었다. 복도에서 덩치가 크고 정장 차림에 카우보이 장화를 신은 사람이 어리고 예쁜 여자에게 팔을 두르고 있었다. 여자는 훌쩍거렸다.

"네 잘못이라고 생각하면 안 돼." 덩치 큰 사내가 부드러운 목소리로 말하며 여자를 진정시키려고 했다. "네 잘못이 아니란다."

"도와드릴까요?" 제퍼스가 말했다. "물이라도 갖고 올까요?"

카우보이 장화를 신은 사내는 여자에게서 눈을 떼고 그제야 우리를 쳐다보았다. 사내는 기다란 꽁지머리를 하고 있었고, 끄트머리가 은색으로 빛나는 끈 모양의 넥타이를 하고 있었다. 전 세계 어디에서나 멋이 없는 걸로 통하는 물건이었다. 그는 여자가 어깨에 기대어오는 동안 거북스럽게 몸을 움직였다.

"아뇨. 별일 아니에요. 고마워요, 도티." 남자는 점잔을 빼며 말하고는 여자를 복도 끝으로 재빨리 데려갔다.

제퍼스는 상대가 도티라고 부르자 딱딱하게 얼어붙었다.

"저 사람이?" 내가 물었다.

"우리의 허수아비 학과장이죠."

"눈에 띄는 사람이네요." 내가 인정했다.

"가짜라고 했잖아요. 말 그대로예요." 제퍼스가 다가오더니 속삭였다. "조사를 해봤어요. 우선 저 사람은 텍사스 출신이 아니에요. 아마 가본 적도 없을 걸요. 브루클린에서 태어났고 최고 학력은 뉴욕 시립대 졸업이에요. 억양하고 복장은 살아오면서 꾸며낸 거라니까요."

"왜 그런 연극을 할까요?" 나는 어떡하면 호의를 유지한 채로 데이비드와 베스에 관한 얘기로 돌아갈 수 있을까 고민하면서 물어보았다.

"좋은 질문이에요." 제퍼스가 말했다. "저 사람은 군중 속에서 돋보이기 위해서 저런 인물을 꾸며낸 거예요. 그리고 빅 빌로 변신하자마자 지위가 급상승했죠. 비비 꼬인 사람이에요. 개인적으로, 저 사람은 좀 미쳤다고 봐요."

하버드의 대학원생 하나가 시카고의 선거구 하나를 조직하기 위해서 노숙자 연기를 했다는 얘기가 떠올랐다. 어쩌면 그런 사람들은 생각보다 많을지도 모른다. "그 여자애는 누구죠?" 내가 물었다.

"데비 매이저스예요. 데이비드를 성추행 혐의로 고발했던 학생이죠. 도대체 무슨 일이 있는 건지 모르겠네요."

"뭘 보고 무슨 일인지 모르겠다는 거예요?" 등 뒤에서 귀에 거슬리는 목소리가 물었다.

"아, 베티." 도로시 제퍼스가 몸을 돌리며 말했다. "깜짝 놀랐잖아요. 이분은 데이비드의 옛 친구인 맥길 씨예요."

"안녕하세요. 전 베티 애브라마위츠예요." 베티가 큰 소리로 말하면서 아령 운동을 하듯 내 손을 쥐고 흔들었다. "데이비드 일은 참 안됐어요." 베티는 제퍼스를 바라보았다. "베스를 찾고 있는데요."

"베스요? 오늘 베스를 찾는 사람이 많네요. 난 못 봤어요." 제퍼스가 나를 보았다. "베티는 교무처에 있어요. 학과장 경선에서 데이비드를 떨어뜨리려고 했죠. 그렇죠, 베티?"

"그 얘기를 왜 또 꺼내요. 데이비드가 떠났으니 끝난 거잖아요. 하지만 데이비드를 단념시키려고 한 건 사실이에요. 설사 죄가 없다고 해도 성추행 소송에 걸렸다는 사실은 사라지는 법이 없으니까요. 게다가, 데이비드는 완전히 무죄라고 확신할 수 있는 사람이 어디 있겠어요?" 베티는 지갑에서 티슈를 꺼내더니 눈썹에 묻은 땀을 닦았다.

"하지만 데이비드가 낙선하지는 않았을 거예요." 베티가 도로시의 책상 옆에 있는 쓰레기통 속에 티슈를 떨어뜨리면서 말했다. "데이비드가 지난주에 나를 부르더니 빅 빌이 텍사스 출신이 아니라는 사실을 알아냈다고 했거든요. 그걸 공개할 작정이었죠."

"학교에서 빅 빌의 약력과 성적 증명을 조사했을 텐데요?" 내가 물었다.

"음……." 베티가 주저했다. "이제는 학교 정책이 바뀌어서 하나도 빠짐없이 조사를 해요. 어쨌든 빅 빌이 지원을 하면서 이력을 속였다는 건 알고 있어요." 베티가 단호하게 말했다.

통계적으로 볼 때 빅 빌 같은 사람들이 다수에 해당한다. 구직 지원자의 72퍼센트가 한 가지 이상의 거짓말을 한다. 그리고 대부분 무사히 넘어간다. 하지만 도로시와 베티에게 통계 얘기를 꺼내는 것은 신중한 행동이 아니었다. 나는 그 대신에 경력을 속인 게 그토록 중요한 문제인지를 물었다.

베티가 말했다. "내 생각에는 빅 빌이 사기꾼이라는 사실을 데이비드가 폭로했다면 빅 빌은 그 자리에서 죽은 목숨이었다고 봐요. 학교에서 경력을 속이는 것만큼 심각한 일은 없으니까요. 그러면 성희롱 고소건이 있더라도 데이비드가 학과장 선거에서 이겼을 거예요."

베티의 말이 맞을 것 같았다. 텍사스 출신이 아니라는 사실만으로 누군가를 협박할 수는 없었다. 하지만 성적 증명을 위조했다가 들키면 경력은 단숨에 변기 속으로 직행하게 마련이었다.

"마운트 홀리오크 대학의 역사교수가 퓰리처상을 탔던 일이 있잖아요." 도로시 제퍼스가 끼어들었다. "이름은 기억이 안 나지만요. 베트남 참전 용사라고 거짓말을 해서 사과까지 했지만 무급 정직 처분을 받았잖아요. 결국 석좌 교수 자리에서 물러났죠."

나는 도로시와 함께 사라진 헤밍웨이의 소설에 대해 얘기하고 있었노라고 말했다. 베티와 도로시는 학문적 연구가 뒤따르면 데이비드의 별이 다시 한 번 단숨에 떠오를 거라고 생각했다.

"데이비드가 왜 우리한테 원고를 받았다는 얘기를 안 했는지 정말 모르겠어요." 베티 애브라마위츠가 말했다. "상당한 칭송을 들었을 테고 원고도 안전을 보장받았을 텐데 말이죠. 이제 원고가 정당하게 우리 소유가 됐지만 그래도 법정 공방을 벌여야 하잖아요."

"그게 왜 학교 소유죠?" 내가 물었다.

"원고가 여기 주소로 배달됐다는 걸 우리 쪽 변호사가 알아냈어요." 베티가 설명했다. "따라서 문제의 인물이 원고를 데이비드에게 보낸 건 어디까지나 이 대학에 재직했기 때문이라는 게 확실하죠. 민간 기업에서 벌어지는 연구 계획이 다 그렇듯이 우리 쪽에서 일한 사람이 생산한 건 전부 우리 소유예요. 전적으로 합법적인 결론이죠. 우리가 이길 거예요. 의심의 여지가 없어요."

"베티는 교무처로 가기 전에 계약법을 가르쳤어요." 도로시가 끼어들었다.

"데비 매이저스는 빅 빌과 얼마나 가까운 사이일까요?" 내가 물었다.

베티가 입을 오므렸다. "모르죠. 이상한 점은 없었어요. 참, 베스를 찾아야 하는데." 베티는 인사도 없이 급한 걸음으로 갑자기 복도를 걸어갔다.

"어떻게 생각하세요?" 도로시가 물었다. "정말로 대학이 헤밍웨이의 원고 소유권을 가질 것 같으세요? 이제 데이비드가 그렇게 됐으니……."

"베스 씨 얘기를 하고 있었죠." 내가 말을 막았다. "만나보고 싶은데요."

"베스의 방은 복도 저쪽에 있어요. 125호예요. 하지만 아까 베티가 말한 대로 거기에는 없을 거예요." 도로시 제퍼스가 손목시계를 들여다보았다. "이런, 수업이 있는데." 도로시는 책상에서 문서들을 끌어 모은 다음 이미 꽉 차서 울퉁불퉁한 서류가방에 끼워 넣었다.

"베스 씨의 일정은 아시나요? 아니면 어디에 메시지를 남기면 되는지 아세요?" 내가 물었다. 도로시는 맨 아래 서랍에서 뭉툭한 지갑을 뽑아들었다.

"미안해요." 도로시가 책상을 잠갔다. "교무처에 물어보세요. 가봐야겠어요."

도로시는 나를 방 바깥으로 몰아내고는 문을 잠그고 급하게 복도를 달렸다.

17

숨이 막힐 것 같은 복도를 헤매다가 WGN-TV에서 본 적이 있는 리포터가 내 쪽으로 오는 것을 발견했다. 카메라맨이 그 뒤를 바짝 쫓고 있었다. 나는 제일 가까운 사무실로 쑥 들어갔다. 리포터 일행이 나를 스쳐갔다. 더 이상은 얼굴을 알리고 싶지 않았다. 그들이 사라진 다음 나는 복도를 계속 걸어가다가 팻말을 하나 발견했다. '영문과 부학과장 데이비드 반즈.' 리포터는 여기서 나온 게 틀림없었다. 나는 복도를 다시 한 번 살펴보았다. 사람은 거의 없었다. 나는 후임자인 마틴 스위니가 벌써 자리를 잡았을지도 모른다는 생각에 문을 두드려보았다. 대답은 없었다.

손잡이를 돌려보니 잠겨 있었다. 이미 경찰이 모든 걸 조사해 갔겠지만 나는 참견하길 좋아하는 성격인 데다가 직접 확인하고 싶었

다. 불법으로 침입하자고 결정하는 데에는 단 일 초도 걸리지 않았
다. 나는 지퍼로 잠긴 지갑 한구석에서 믿음직한 만능열쇠를 꺼냈
다. 경찰이 이 도구를 돌려준 건 하늘의 도우심이었다. 자물쇠에 만
능열쇠를 넣고 천천히 돌리자 문은 마술처럼 열렸다. 나는 들어가
자마자 문을 닫았다.

내 작업환경은 별로 깔끔하지 않았다. 비첨에 있는 건물주인 조지
는 늘 그걸로 잔소리를 했다. 하지만 한눈에 보기에도 데이비드의
사무실은 도가 지나쳤다. 정리정돈을 못하는 사람이라 해도 봐줄
수 있는 수준이 아니었다. 폭풍이 쓸고 지나간 것처럼 종이들이 흩
어져 있었다. 책상 위든 바닥이든 책꽂이 위든 컴퓨터 책상이든 모
조리 서류투성이였다. 경찰이 그렇게 해놓은 건 절대로 아니었다.
경찰이 뒷정리를 안 하긴 하지만 그렇다고 난장판을 만들지는 않
았다.

데이비드의 컴퓨터는 학생들이 제출한 에세이 더미에 깔려 있었
다. 나는 컴퓨터를 켜고 화면이 밝아질 때까지 모니터를 들여다보
며 사용할 준비가 되기를 기다렸다. 잔뜩 긴장하고 있었기 때문에
문에서 열쇠가 돌아가는 소리가 나자 나는 황급히 컴퓨터에서 떨어
졌다. 사무실 문이 활짝 열리고 체구가 건장한 남자가 왈칵 들어
왔다.

"누구시죠? 여기서 뭘 하는 겁니까? 어떻게 들어왔죠? 혹시 학생
인가?"

몸집 좋은 남자는 흰 수염을 자랑스럽게 정돈한 상태였고 카키색

반바지와 샌들 차림으로 캐주얼한 모습이었다. 양말은 신고 있지 않았다. 커다란 허리띠 버클에는 독일어로 '신이 우리와 함께 하신다'고 적혀 있었다. 지난밤에 헤밍웨이 역을 했던 사람이라는 것을 단박에 알아볼 수 있었다.

"자." 남자가 윽박질렀다. "얘길 할 겁니까 아니면 경비원을 부를까요?"

나는 경찰과 또 한 번 실랑이를 벌일 기분이 아니었다. "전 디디 맥길이라고 해요. 마틴 스위니 씨 맞죠?" 나는 미소를 지었다. "하루 종일 찾아다녔어요."

남자는 사무실 안쪽으로 들어와서 나를 자세히 관찰했다.

"절 아시나요?" 마틴이 물었다. 그리고 나서 난장판을 알아챘다. "자, 도대체 무슨 짓을 한 거죠?"

"누가 여기를 쓰레기장으로 만들었나 봐요." 나는 그렇게 대답하고 도로시 제퍼스에게서 마틴이 데이비드의 수업을 맡을 거라 들었다고 말했다.

"어떻게 들어왔습니까?" 마틴이 책상 주변을 돌며 물었다.

"전 아메리칸 보험사에서 일해요." 나는 마지막 질문을 회피하려고 그렇게 말했다. "여긴 막 도착한 참이고요." 거짓말은 하지 않았다. 그저 얘기 안 한 부분이 있었을 뿐이다.

"나를 만나려는 이유가 뭡니까?" 마틴은 데이비드의 책상 위에 있는 잡동사니 속에서 전화기를 끄집어내며 물었다. 마틴은 수화기를 들고 버튼을 몇 개 눌렀다.

"경비실이죠? 마틴 스위니입니다. 네. 음, 지금 데이비드 반즈의 사무실에 있어요. 네, 거기 맞아요. 네, 경찰이 어제 왔다 간 건 알고 있고요. 여기가 엉망이란 말입니다. 당장 올라와 보세요, 알았죠?" 마틴은 수화기를 난폭하게 내려놓았다. 컴퓨터 화면에는 아직도 하얀 눈이 내리고 있었다. 마틴은 모니터를 끄고 물었다. "복도에서 이 방을 나가는 사람을 보지 못했나요?"

"못 봤어요."

"아메리칸 보험사에서는 나를 왜 찾는 거죠?" 마틴이 물었다. 마틴의 카키색 반바지 왼쪽 다리에 묻은 기름 자국이 눈에 들어왔다.

"아메리칸 보험사에서 데이비드와 보험을 체결한 물건, 그러니까 헤밍웨이의 원고가 어디에 있는지 확인하라고 절 고용했어요. 그래야 할 재정적인 이유가 어마어마하게 크다는 건 당연한 얘기고요. 혹시라도 그 원고가 어디에 있는지 아시나요?"

"이보슈, 누님, 나도 알고 싶어 죽겠수."

나는 생판 모르는 사람이 누님이라고 부르는 게 싫었다. 헤밍웨이가 여성 지인을 그런 호칭으로 부르곤 했다는 거야 알고 있었지만 그래도 싫었다.

"그리고," 마틴이 말을 이었다. "설사 그게 헤밍웨이의 표현대로 '진짜배기'가 아니라 해도 이제는 아주 중요한 물건이 됐지요."

"신문에서 그 말씀을 인용한 걸 봤어요. 다른 전문가들은 그게 진본이라고 하는데 당신은 무슨 근거로 그게 헤밍웨이의 글이 아니라고 그렇게 확신하시는 거죠?"

"난 경험이 많아서 가짜가 등장하면 냄새로 알 수 있죠. 데이비드는 좋은 친구였지만 이 일에 있어서만큼은 안 믿어요. 데이비드가 사기극을 벌이고 있었다고 생각합니다."

"어떤 사기극인데요?" 내가 물었다.

"헤밍웨이의 미발표 원고 일부로 양념을 쳤지만 나머지는 다 가짜라고 봅니다."

"오." 내가 말했다. "그거 끝내주는데요. 하지만 보통 손이 가는 일이 아니잖아요. 그런 일을 꾸밀 만한 능력이 있었다고 보세요?"

"그거야 모르죠. 하지만 사람들이 본 거라고는 작품의 극히 일부뿐이잖아요. 어쨌든 간에 누군가 갑자기 나타나서 1922년에 같은 가방 안에 들어 있다가 사라진 원고를 한꺼번에 보냈다는 건 황당무계한 얘기예요. 그게 도대체 누구죠? 데이비드와 나는 미시간뿐 아니라 여기 오크 파크까지 샅샅이 뒤져봤어요. 그 가방은 헤밍웨이가 첫 부인과 결혼한 지 고작 일 년 만에 없어졌죠. 더 찾아볼 데도 없다고요. 내 의견은 뭐냐면, 데이비드가 거짓말을 했다는 거예요. 간단명료하죠."

마틴 스위니는 문 쪽으로 걸어가더니 물었다. "아메리칸 보험사에서 원고를 못 찾으면 어떻게 되죠?"

"마틴 스위니 씨, 회사도 그걸 걱정하고 있어요."

"파파라고 불러요. 다들 그러니까."

"아직은 권리청구를 한 사람이 없어요. 하지만 앞으로 청구가 발생했는데 원고가 없을 경우, 아메리칸 보험사는 계약에 명시된 보험금을 지불해야 해요."

"그럼 데이비드가…… 오, 참 빨리도 왔네요. 이 난장판 좀 봐요." 마틴은 복도를 급히 달려오고 있는 제복 차림의 대학 경비원에게 말했다.

"도난물품이 있습니까?" 경비원은 큰 눈으로 모든 상황을 둘러보며 주머니에서 수첩을 꺼내고는 말했다. 명찰에는 '오리츠'라는 이름이 적혀 있었다.

"여기 뭐가 있었는지는 모르겠네요. 교무처에서 이 방 열쇠를 받은 게 고작 오 분 전이니까요. 어제 경찰에서 물품 목록을 작성하지 않았나요?"

"이 사람은 누구죠?" 오리츠가 나를 가리키며 문 앞을 가로막았다.

"내가 들어왔을 때 이 여자가 안에 있었어요." 마틴이 말했다.

경비원은 수첩을 한 장 넘겼다. "설명해보시죠." 경비원이 나에게 말했다.

나는 도로시 제퍼스와 만난 얘기를 자세히 했다. 그리고 문이 열려 있었다고 하고는 마틴 스위니가 오기 고작 몇 초 전에 방에 들어왔다는 말을 반복했다. 오리츠는 질문을 이어갔다. 끝날 때쯤이 되자 그는 나에 대해서 주치의보다도 잘 알게 되었다.

"됐습니다. 두 분 모두 가셔도 됩니다." 오리츠는 그렇게 말하고는 송수신 가능한 무전기를 꺼내서 상대방에게 사무실을 봉쇄하라고 지시를 내렸다.

마틴이 고개를 끄덕였다. 나는 그가 잡음 속에서 중얼거리는 소리를 들었다. "이런 상황이라면 당연히 그래야지."

오리츠가 내민 서류에 마틴이 서명을 마치자 내가 말했다. "더 세부적인 얘기를 나눠볼까요. 아메리칸 보험사가 원고를 찾지 못하면 보험금 부담을 줄이기 위해서 그게 가짜라고 증명하려 들 거라는 건 당연히 짐작하시겠죠."

"어떻게 도와드릴까요?"

"원고의 분석 결과를 알려주시고 납득할 수 있도록 설명해주세요. 아메리칸 보험사에서 자문료를 드리도록 제가 조치할 수 있을 거예요." 물론 매트를 설득할 수 있을 때의 얘기였다.

"재밌겠군요. 유감스럽게도 지금 당장은 바쁘지만요. 내일 오크파크에서 보죠. 강의하고 세미나 일정이 빡빡하거든요. 하지만 헤밍웨이 재단 건물에서 만날 수 있을 겁니다. 3시 어때요? 삼십 분은 낼 수 있으니까요."

"고마워요. 그때 뵙죠."

"무슨 일이야? 경비가 왜 왔지?" 잿빛 머리칼에 몸매가 날씬한 여자가 뒤에서 다가왔다.

"아, 베스." 마틴이 여자의 어깨에 팔을 두르면서 말했다. "누가 데이비드의 사무실을 뒤졌나 봐."

잿빛 머리의 여인이 내 쪽을 가리켰다. "누구시죠?"

"디디 맥길이에요." 나는 손을 내밀었다.

여인은 악수를 받지 않았다. "그러시군요."

"맥길 씨는 그저⋯⋯." 마틴이 말을 하려는데 오리츠가 끼어들었다.

"스위니 교수님, 전 가서 보고를 해야겠습니다. 아, 안녕하세요, 모이어스 교수님." 오리츠는 베스 모이어스에게 미소를 짓고는 몸을 돌려서 긴 복도를 걸어갔다.

그토록 더웠건만 베스는 소매가 없는 딸기색 옷을 입은 것만으로도 시원해 보였다. 오른쪽 가슴에 달린 나비 모양의 칠보 핀이 노랗고 파랗게 빛났다. 살짝 풍기는 향수 냄새는 기분이 좋았다. 나는 베스에게 다가갔다. "베스 모이어스 교수님, 뵙고 싶었어요."

"왜요? 데이비드 때문에요?"

"데이비드와 저는 오래전에 친구였거든요. 그래서……."

"저도 다 알아요." 베스가 나비 핀을 만지면서 냉랭하게 말했다. "데이비드가 당신을 찾아다녔다는 것도 알고요. 당신과 만난 날 살해당하고 시체로 발견된 게 과연 우연일까요?"

"그건 사실이 아니에요." 내가 항의하려는데 강의시간이 끝나면서 시끄러운 학생들이 복도를 가득 채웠다.

"조용한 곳에서 얘기할 수 있을까요?" 나는 베스에게 물었다.

"전 그러고 싶지 않은데요. 경찰 말고는 누구와도 얘기할 의무가 없으니까요."

"음, 법적으로야 그렇지만 당신은……."

베스는 나를 옆으로 밀어내고 재빨리 빠져나갔다.

나는 마틴에게 손을 흔들면서 말했다. "내일 봬요." 그리고 베스와 기분 좋은 향수 냄새를 따라 복도를 걸어갔다. 베스는 내가 따라잡자 몸을 돌리고 소리를 질렀다. "그만 따라와요. 당신은 날 괴롭힐 권리가 없어요. 데이비드가 왜 당신을 찾아다녀야만 했죠? 데이비드는……." 베스가 울기 시작하자 호기심이 많은 학생 몇이 베스의 주변으로 모여들더니 나를 저주하는 눈빛으로 쳐다보았다.

"전 그냥 데이비드에 관해서 몇 가지 물으려는 것뿐이에요. 저를 왜 그렇게 싫어하시죠? 데이비드를 죽인 건 제가 아니에요."

"당신은 그렇게 말하겠죠. 하지만 난 안 믿어요." 베스는 몸을 돌려 옆문 쪽으로 서둘러 걸어갔다. 나는 뒤를 따랐다. 눈물이 그치면 진정하고 얘기할 수 있기를 바라면서.

18

개인적인 비극은 잊어라.
누구든 인생은 처음부터 엉망이었으니까…….
—어니스트 헤밍웨이

학교는 주간과 야간 강의시간의 경계를 맞이해서 고요했다. 오후가 되니 호수에서 불어오던 바람도 느낄 수 없었고 기온은 매우 높았다. 주차장 전역은 쥐 죽은 듯 고요했으며 축축한 공기가 가라앉아 있었다.

이제는 빠져 나간 차가 많았다. 베스는 남아 있는 차 사이를 능숙하게 요리조리 빠져나가서 목표인 푸른색 새턴 스테이션 왜건으로 향했다. 베스는 뛰지는 않았지만 나를 피하는 게 분명했다. 그래도 나는 베스가 차에 올라타서 문을 거칠게 닫는 순간 따라잡을 수 있었다.

나는 차창을 두드렸다. 하지만 베스는 시동을 걸고 내 쪽으로는 시선도 주지 않았다. 새턴의 엔진이 으르렁거렸다.

"베스." 내가 불렀지만 베스의 차는 매연을 내뿜고 빠르게 후진했다. 나는 베스의 차를 쫓아가며 소리쳤다. "기다려요."

베스의 차에서 커다란 기계음이 나는 걸로 보아 엔진을 최고 속도로 올린 게 분명했다. 새턴은 후진으로 도로에 나갔고, 멈추거나 전진하지 않았다. 그 대신 계속 후방으로 가속하며 속도를 올렸다. 엔진 소리가 요란했다. 기어가 고장 난 건 아닌지 궁금했다. 나는 베스를 한 번 더 소리쳐 불렀다. 차는 길을 건너서 잔디가 난 완충지대를 넘어갔다.

베스가 탄 차는 계속 후진하면서 잔디밭을 빙글빙글 돌았고, 넓게 잘 가꾸어놓은 곳에 바퀴 자국을 깊이 파놓았다. 나는 차의 앞창을 통해 베스를 보았다. 차가 저수지 둑 위에서 팔을 늘어뜨리고 있는 거대한 버드나무를 향해 속도를 높이자 베스의 눈과 입이 알파벳 O 자처럼 완벽하게 동그래졌다.

"베스." 내가 소리를 질렀다. 베스의 차는 나무와 충돌했다. 시카고 번화가의 교차로에서나 들릴 법한 소리가 났다. 이처럼 고요하고 전원풍인 장소와는 전혀 어울리지 않았다. 충돌하며 생긴 가속도 때문에 새턴의 전면부가 공중에 떴다. 앞바퀴는 돌고 있었다. 바퀴가 헛돌자 차의 엔진이 최고 속도로 올라가며 비명을 질렀다. 버드나무의 가지가 차의 문 안에 끼어 있었다. 나는 차가 천천히 내려가다가 탁한 저수지 물속으로 뒤집히며 들어가고, 버드나무 가지가 부드럽게 흔들리는 모습을 겁에 질린 눈으로 바라보았다. 차는 바퀴를 위로 한 채 퍽 소리를 내며 물을 튀겼고, 엔진이 내던 비명이 갑자기 그쳤다.

"사람 살려요! 도와주세요!" 그럴 사람이 있는지 살펴볼 겨를이 없었다. 나는 지갑을 떨어뜨리고 하이힐을 벗어 던진 다음 새턴의 타이어가 깊게 파놓은 자국에 걸려 넘어지는 것을 필사적으로 피하면서 경사면을 달려 내려갔다.

저수지의 수면에 퍼지는 무지갯빛 속으로 뛰어드는데 가스 냄새가 났다.

자동차란 빨리 가라앉는 물건이었다. 대개는 이삼 분쯤 걸렸다. 베스의 차는 뒤집혀 있었기 때문에 검은 물속으로 더 빨리 들어갔다. 나는 팔을 뻗어서 문의 손잡이를 잡았다. 차 내부에서 공기가 나오자 퍽 하는 소리가 크게 났고, 내 몸도 갑자기 빨려 들어갔다.

나는 손을 놓지 않고 차의 문을 억지로 열 힘을 얻으려 했다. 운전석 유리창은 깨져 있었고 문은 충돌 때문에 심하게 찌그러져 있었다. 날카로운 버드나무 가지가 사방에서 삐져나와서 내 얼굴과 뺨을 찔렀고, 그 때문에 힘을 줄 곳이 없었다.

물이 탁했기 때문에 차 내부에서 보이는 거라고는 베스가 입은 옷의 밝은 경계선뿐이었다. 나는 깨진 차창 안으로 손을 뻗어서 베스를 밀었다. 뒷좌석 쪽으로 보내기 위해서였다. 베스가 안전벨트를 매는 모습은 못 봤기 때문에 몸을 빼낼 수 있을 것 같았다. 하지만 베스는 꼼짝도 하지 않았다.

숨을 쉬기 위해서 수면으로 올라가야 했다. 나는 세 번 크게 숨을 쉬었다. 아직도 가스 냄새가 났다. 나는 포기하지 않을 셈이었고, 다시 물속으로 들어갔다. 물은 더 이상 부글거리지 않았고 부유물들이 가라앉으며 시야가 넓어지기 시작했다. 바닥에 갇혀 있는 공기를 제외한다면 차를 가득 채운 것은 물뿐이었다. 버드나무 가지와 학생들의 과제물과 빈 쥬스병에 둘러싸여 떠 있자니 「햄릿」에 나오는 오필리어가 된 기분이었다.

나는 깨진 차창을 통해 앞좌석으로 돌진했다. 베스는 한쪽 다리를 운전대 위에 올려놓은 채 누워 있었다. 다른 다리는 운전대 밑에 끼어 있었다. 치마는 위로 들려 있었고 허벅지에 난 상처에서는 피가 나고 있었다. 좌석 사이에 낀 한쪽 팔에는 거미줄처럼 긁힌 상처가 잔뜩 나서 붉은 문신처럼 번들거렸다. 베스의 머리는 피투성이였다.

나는 베스를 붙들고 차창 밖으로 꺼내려고 했다. 무언가가, 다시 보니 베스의 신발 한 짝이 운전대에 걸렸다. 나는 옷을 찢으며 한 번 더, 강하게 잡아당겼지만 베스는 풀려나지 않았다. 베스의 날카로운 나비 핀이 내 팔을 찔렀다. 나뭇가지와 유리와 금속들이 다 같이 나를 방해했다. 나는 겁에 질려서 베스를 놓고 차창 밖으로 빠져나가려 했다. 산소가 필요했다.

나는 수면으로 올라와 헐떡이다가 가솔린을 한 모금 들이켰다. 누군가가 내 허리를 붙잡고 물가로 끌어당겼다.

"괜찮아요?" 나를 구해준 사람이 물었다. "구급차를 불렀어요."

"차 안에 사람이 있어요." 나는 헐떡거리면서 기침을 했다. 가스 때문에 속이 좋지 않았다. "구할 수가 없었어요."

"이제 우리한테 맡겨요." 그 사람이 말했다. 호기심 어린 군중이 입을 다물고는 우리를 둘러쌌다. 누군가 혼잣말을 했다. "자살이에요?"

19

소방서 구급대원이 나를 신속하게 둘러보고는 현장을 떠났다. 베스는 없었다. 다시 말해서 검시관이 오고 있다는 뜻이었다. 나는 이틀 동안에 두 구의 시체를 발견한 셈이었다. 이 일을 두고 경찰이 뭐라고 할지를 생각하자 긴장하지 않을 수 없었다.

나를 구해준 사람이 경비원인 오리츠라는 사실을 금세 알 수 있었다. 내가 살아 있다는 건 희소식이었다. 오리츠가 나를 두고 베스가 죽기 직전까지 싸우던 사람이라고 지목한 건 나쁜 소식이었다. 이제 나는 단순한 목격자가 아니라 용의자였다.

경찰이 나에게 질문을 하면서 관심을 둔 건 베스와 말다툼을 벌였는지, 이유는 뭐였는지 확인하는 것뿐이었다. 경찰은 왜 베스를 따라갔는지, 왜 그녀를 해치려고 들었는지 물었다. 나는 베스가 속도를 냈을 때 새턴에서 이상하게 날카로운 소음이 났다는 점을 강조했다. 나는 좌절하면서도 함께 주차장에 가보자고 경찰과 소동을 피웠다. 경찰은 나를 체포할 단계가 아니었기 때문에 마지못해서 동의하고 나를 따라 나왔다.

"베스는 여기에 주차를 했어요." 나는 어두운 아스팔트 위에 액체가 고인 곳을 가리키며 말했다.

"베스가 새턴에 타고 후진했을 때 이 웅덩이를 봤어요. 분명히 물이 아닐 거예요." 나는 그렇게 주장하면서 무릎을 꿇고 맑은 액체에 손가락을 담갔다. 로션처럼 부드럽고 미끈거리는 느낌이었다. 킁킁거려보니 용제의 냄새가 났다. 맛으로 확인할 필요도 없었다.

"브레이크 오일이네요." 내가 말했다. "확인해보세요."

지휘격인 경찰이 내 행동을 따라했다. 그 사람은 맛을 보고 뱉어냈다. 그리고 눈을 가늘게 뜨면서 말했다. "그런 것 같군요. 하지만 그게 희생자의 차에서 나온 거라고는 확신할 수 없죠."

"그래요. 흠, 연못에서 새턴을 끌어내면 브레이크 라인을 제일 먼저 살펴보세요. 내 짐작대로라면 끊어져 있을 거예요. 범인이 누군지는 몰라도 바로 이 자리에서 잘라낸 거고요." 나는 아스팔트 위에 있는 흔적을 가리켰다. "이건 조금 샌 정도가 아니라 아예 바다라고요." 나는 셜록 홈스의 대사를 떠올렸지만 입 밖으로 꺼내지는 않았다. '하나를 제대로 추론하면 다음 추론이 반드시 뒤를 따르지.' 이건 절대로 사고가 아니었다.

그들은 나를 경찰차로 데려갔다. 나는 거기서 마틴 스위니와 빅 빌과 도로시 제퍼스와 베티 애브라마위츠가 구경꾼들 앞쪽에 모여 수군거리는 모습을 보았다.

경찰은 빠른 속도로 차를 몰아 빠져나오면서 최근에 특수기동대가 당한 사고에 대해서 떠들었다. 나는 듣고 있지 않았다. 그 대신 어떻게 하면 베스의 차를 후진 상태로 고정시키고 엔진 회전을 고속으로 유지할 수 있는지 생각해보았다. 베스가 살해당한 것은 분명했고 베스와 데이비드의 죽음에는 연관성이 있었다. 경찰이 그 둘을 연결하는 인물이 바로 나라고 단정 지을 것 또한 분명했다.

20

　방탄유리 너머에서 책상에 앉아 근무 중인 경관의 명찰에
는 모어 경장이라고 적혀 있었다. 모어는 움푹 들어간 눈으로 나를
노려보았다. 그가 책상 뒤쪽 벽에 붙은 1급 수배자 포스터에 있는
얼굴과 대조해보기 위해서 내 외모를 기억에 새기고 있다는 확신이
들었다.

　"그 여자가 공식적인 진술을 하기 전에 357번 양식을 적어내라고
해. 그리고 나서 라이틀 부서장에게 보내. 알았지?" 나를 차에 태우
고 데려온 경관이 말했다.

　"10시 4분" 모어 경장이 말했다. 그는 무표정한 얼굴로 나를 바라
보며 볼펜을 세 번 딸깍거렸다. 그리고 오른쪽 맨 위 서랍에서 서류
를 꺼내서는 유리창 밑으로 밀어 넣었다.

"적어요."

나는 357번 양식을 적어 내고 기다렸다. 뼛속까지 모범시민인 나는 칼 패트릭을 불러야 하는지 고민했다. 어떡하면 모어 경장 몰래 빠져나갈까 생각하고 있는데 '경찰 관계자 전용'이라고 적힌 문이 열렸다.

"디디 맥길 씨? 전 라이틀 부서장입니다. 이리 오시죠."

나는 엄청나게 반짝거리는 검정 구두를 신은 작은 발에 감탄하면서 뒤를 따랐다. 우리는 사무실 사이의 미로를 구불거리며 빠져나가서 부서장의 이름이 붙은 방으로 들어갔다. 부서장은 책상 옆에 있는 의자를 가리켰다. 내가 본격적인 조사에 앞서 처음으로 받아 본 환대였다.

"디디 맥길 씨, 당신이 희생자와 말다툼을 벌였다는 목격자들의 진술을 열 건 이상 확보했습니다. 그리고 희생자의 차를 따라 나가셨다고요."

라이틀은 그 사실이 홰에 올라간 닭처럼 자리를 잡을 때까지 기다렸다.

"혹시나 당신을 용의자로 올리는 데에 그것만으로 부족할까 싶어서 방금 전에 제18 관할서에 있는 브루어 형사와 통화했습니다. 바로 어제 또 다른 사체를 발견하셨다고요. 이름이……." 라이틀은 안경을 쓰고 서류에 손을 얹었다. "반즈군요. 데이비드 반즈. 맞습니까?"

"네. 제가 데이비드의 시체를 발견했어요."

"이틀 동안에 시체가 두 구라. 대단한 기록이군요, 맥길 씨."

"나는 데이비드나 베스의 죽음과 아무 관련이 없어요."

"하지만 데이비드의 죽음에 관해서 베스 씨와 얘기를 나눈 건 맞지요?"

경찰은 벌써 그것까지 알아냈다. 나도 나에게서 최우선 용의자의 냄새를 맡을 수 있었다. 칼 패트릭에게 전화를 걸어야만 했다. 칼은 무슨 일이 있어도 경찰 앞에서는 아무 말도 하지 말라고 했다. 경찰의 행동강령은 나와 다를 것이며, 아마 진실과도 다를 것이라고. 하지만 말로 이 상황을 빠져나갈 수도 있을 것 같았다.

"그럼 나는 왜 물에 뛰어들어서 베스를 구하려고 한 거죠?" 내가 말을 뱉었다. "그러다가 죽을 뻔했거든요."

"당신이 물속에서 정확히 뭘 했는지는 알 수 없죠. 어쩌면 피해자를 꺼내려던 게 아니라 물속에 두려고 했던 건지도 모르고요. 이걸 보시죠." 라이틀은 조금 전에 내가 적었던 서류를 가리키고는 또 다른 양식을 꺼냈다. "우리도 여기저기 알아볼 수밖에 없었어요. 그뿐 아니라 당신이 대학에 있는 데이비드 반즈의 사무실에 침입해서 거길 뒤졌을지도 모른다는 보고를 방금 받았습니다." 라이틀은 작은 안경 너머로 나를 바라보았다. "그게 사실입니까?"

"내가 가기 전에 누군가가 거길 난장판으로 만들었어요." 나는 기가 꺾여서 얘기했다. 칼이라면 이런 상황에서 나를 어떻게 꺼내줄지 궁금했다.

라이틀이 눈을 가늘게 뜨고 나를 유심히 살펴보았다. "다시 한 번

묻겠습니다. 베스 모이어스와는 도대체 어떤 사입니까?"

"벌써 말했잖아요. 오늘 처음 만났다고요. 그런데 현장에서도 경찰한테 얘기했지만, 난 이 사건이 자살이나 사고는 아니라고 확신해요. 누군가 브레이크 라인을 자르고 계속 후진하도록 조작했다고요. 범인은 내가 아니라고요. 변호사를 불러주세요."

21

칼 패트릭은 나와 함께 경찰서 밖으로 나왔다. 칼은 기분이 좋지 않았다.

"디디, 내가 백 번은 넘게 말했잖아요. 경찰한테는 아무 말도 하지 말라고요. 기소 절차를 밟지 말아달라고 설득하느라고 죽을 뻔했어요. 기소 항목만 해도 살인에서부터 불법 침입까지 다양했다고요."

"고마워요, 칼."

"내가 무슨 생각을 하는지 알아요? 경찰이 화난 진짜 이유는 당신이 브레이크 라인을 검사해보라고 명령했기 때문이에요. 경찰서로 데려온 아줌마 중에 당신처럼 건방진 사람은 처음 본다고 말하는 경찰도 있었어요. 나도 그렇게 생각한다고 말하고 나서야 당신을 꺼낼 수 있었다고요."

"걱정 말아요. 도시 밖으론 안 나갈게요." 나는 칼에게 다시 한 번 고맙다고 말하고 작별인사를 한 다음 택시를 잡아타고 내 차를 가져오기 위해 대학으로 돌아갔다. 미국의 정의가 뿜어내는 냄새와 소리에서 멀어지자 너무나 고마웠다.

나는 택시 요금을 지불하자마자 어기적거리며 대학 건물 안으로 들어가서 가장 가까운 화장실을 찾았다. 아직도 경찰 몇 명이 건물에 남아서 조사를 하고 사진을 찍고 있었다. 내가 직접 탐문을 해보고 싶었지만 경찰이 있었으니 좋은 때가 아니었다. 어차피 오늘 밤에는 배리의 사무실에 감시 장비를 설치하러 가야 했다.

배리의 사무실에 도착했을 때는 별로 수다를 떨 기분이 아니었다. 나는 이를 악물고 곧바로 초소형 카메라를 설치하는 일에 착수했다.

"난 아직도 내키지가 않네요." 배리가 항의했다.

나도 마찬가지였다. "알아요, 배리." 나는 동의하면서도 설치를 계속했다.

카메라는 11시가 넘어서야 간신히 작동하기 시작했다. 나는 배리가 화장실에 가는 틈을 타서 그가 사용하는 컴퓨터의 키보드와 본체 사이에 입력 기록 장치를 빠짐없이, 서둘러 설치했다. 그 장치만 있으면 모든 컴퓨터에서 입력되는 글자를 기록하고 인터넷 사이트와 대화 내용과 이메일 발송을 편리하게 추적할 수 있었다. 그러면서도 컴퓨터 콘센트가 뽑히거나 정전으로 전기가 나가더라도 내용은 유지할 수 있었다. 내가 쓰는 장치는 컴퓨터의 자원을 따로 사용할 필요도 없었을 뿐더러 기계 자체의 크기는 고작 5센치미터에 불과했다. 나는 배리가 그토록 많은 장비에 조그마한 첨가품이 있다는 사실을 눈치채지 못하기를 바랐다. 내가 무슨 짓을 하는지 알게 된다면 배리는 본질적이고 중요한 정보를 얻게 해줬다고 고마워하는 게 아니라 사생활을 침해했다고 죽이려 들 게 분명했기 때문이다.

나는 11시 40분이 돼서야 그곳을 떠났다. 배리는 그때까지도 일을 하고 있었다.

22

위기가 닥쳐도 우아함을 지켜라.
—어니스트 헤밍웨이

캐벌리어는 하루 종일 혼자 있어도 기분 좋게 지내는 고양이하고는 거리가 멀었다. 따라서 나도 집에 들어가면서 따뜻하게 받아줄 거라고는 기대하지 않았다. 하지만 캐벌리어가 1층으로 내려와서 현관을 거니는 모습을 보자 머릿속에서 위기 상황이라는 경보가 크게 울렸다. 나는 캐벌리어를 안아 올리고 나서 그 녀석이 큰소리로 야옹거리는 이유를 알았다. 우리 집 문이 조금 열려 있었다.

나는 문을 걷어차서 활짝 열어놓고 안을 살펴보았다. 가구는 뒤집혀 있고 종이와 잡동사니가 사방에 널려 있었다. 캐벌리어는 나와 함께 피해 상황을 점검했다. 꼬리는 곧추세우고, 자신은 무슨 일이 일어났는지 목격한 인물이라고 야옹거리면서.

다 살펴보고 나자 화가 머리끝까지 치솟았다. 나는 손가방에서 빨간 휴대전화를 꺼낸 다음 라이틀 부서장에게 전화를 걸었다.

"도대체 경찰이란 게 뭐하는 사람들이죠?" 내가 물었다. "수색영장을 보여주세요. 그리고 당신들이 무슨 권리로 내 고양이를 겁에 질리게 한 거죠? 우리 집이 난장판이라고요. 배상청구를 하겠어요. 당신네 서를 고소할 거고요. 시장님께 전화도 할 거예요. 그것뿐만 아니라······."

"디디 맥길 씨, 잠시만요." 라이틀이 내 말을 끊었다. "우린 당신 집을 뒤진 적이 없어요. 영장을 청구한 적도 없고요. 지금 도둑이 들어다는 얘깁니까?"

"영장을 발부한 적이 없다고요? 이게 경찰 짓이 아니란 얘기예요?"

"조사반을 파견해서 보고서를 작성하게 하지요."

이제 나는 도심 범죄 통계의 한 예가 되었다. 통계에 따르면 18초에 한 번 꼴로 어딘가의 아파트가 털리고 있으니까. 우리 집이 털렸다는 사실이 나를 최우선 용의자에서 제외시켜주고 어느 정도 이득이 될 거라고 생각하자 분노가 조금 식었다. 그다음에는 겁이 났다. 이건 우연의 일치가 아니었다. 처음에는 데이비드의 집이 습격을 받았고 그다음은 그의 사무실이었으며 이제는 내 차례였다. 결론은 확실했다. 누군지는 몰라도 헤밍웨이의 원고를 가진 사람이 나라고 생각하고 있었다.

두려웠다. 나는 그런 기분을 좋아하지 않았다. 캐벌리어를 안고 토닥거리면서 그런 행동으로 우리 둘의 머리에서 기분을 편하게 해주는 뇌파가 나오기를 바랐다.

나는 경찰을 기다리는 동안 잡동사니를 들추며 두통을 재워줄 아스피린이나 애드빌 혹은 팸프린이 있나 뒤졌다. 범죄 현장을 들쑤신다고 해서 경찰이 신경을 쓸 것 같지는 않았다. 경찰이 이런 짓을 한 범인을 잡을 확률은 거의 없었다. 원래 도둑을 맞았을 때 경찰이 할 수 있는 일은 별로 없으니까.

나는 뒤집혀져 있던 캐벌리어의 튼튼한 물그릇을 도로 채워주었다. 그리고 깨진 밥그릇 대신 아름답게 금테를 두른 스태포드샤이어 접시를 찾아다가 놓아주었다. 몇 년 전에 엘리자베스 고모가 너그럽게도, 충동적으로 주었던 아름다운 세트 가운데 하나였다. 그 접시가 깨지지 않아서 다행이었다. 하지만 이걸 고양이 밥그릇으로 쓰는 걸 고모가 안다면 어떻게 될지는 생각하기도 싫었다.

캐벌리어가 물을 핥는 동안 나는 손대지 않고 냉장고에 넣어 두었던 소 옆구리살 스테이크를 조금 잘랐다. 캐벌리어는 잠시 의심하면서 킁킁거리더니 남김없이 게걸스럽게 먹어 치웠다. 고양이가 집을 지키는 데에는 칼로리가 많이 필요한 게 분명했다.

신경이 너무 곤두서다 보니 십 분도 지나지 않아 제복을 입은 사람 둘이 초인종을 누르자 화들짝 놀라지 않을 수 없었다. 한 명은 키가 컸고 눈매가 날카로우며 콧수염을 깔끔하게 기른데다가 잘생긴 흑인 경찰이었다. 명찰에는 배일러 경관이라고 적혀 있었다. 또한 사람은 아메리칸 인디언이었다. 이름이 너무 길어서 읽을 수가 없었다. 두 사람은 우리 집 정문을 살펴보느라 정신이 없었다.

"강제로 침입한 흔적은 없네." 아메리칸 인디언 쪽이 문의 모서리를 손으로 훑으면서 말했다. 이름은 파모니코트였다.

"자물쇠도 다 정상이야. 멀쩡하네." 흑인 형사인 배일러가 동의하면서 말했다. "여기로 침입하진 않았군."

"집 뒤쪽 창문으로 들어온 것 같아요." 내가 알려주었다. 두 사람은 나를 따라 부엌으로 왔다.

"맞네요." 파모니코트가 손가락으로 가리키면서 동의했다. "유리가 깨졌네요. 증거죠."

"요 며칠간 온갖 종류의 범죄를 다 겪으셨다면서요." 배일러가 말했다.

"잠깐만요." 내가 말을 막았다. "두 분은 강도 사건을 조사하러 온 거지 나를 고발하려고 온 건 아니잖아요. 난 절대로 이런 자작극을 벌이지 않아요. 게다가 우리 고양이가 현관에서 어슬렁거리고 있었다고요. 난 절대로 그런 짓을 하지 않아요."

두 사람이 웃었다. "개인적인 감정이 있는 건 아닙니다." 배일러가 그렇게 말하고 다른 경찰에게 말했다. "어이 대장, 이건 공식보고서에 넣자고."

"대장이요? 저분이 경찰서장이란 말이에요?" 나는 두 사람이 나를 체포하러 왔나 싶어서 겁을 먹으며 물었다.

"저 친구가 메노미니 부족의 추장이거든요." 배일러는 자신의 말에 혼자 웃으며 말했다. "걱정 마세요. 저 친구가 이 집에서 연기 신호를 보내지는 못하게 할 테니까요."

"농담이 다 끝났으면," 파모니코트가 무표정한 얼굴로 말했다. "다시 일을 시작하자고. 여기 이분과 고양이를 위해서 할 일이 있는지도 찾아보고."

"우린 이분이나 고양이를 도우러 온 게 아냐." 배일러가 파모니코트의 어깨를 치며 말했다. "경찰서 일을 하러 온 거지." 배일러는 스프링으로 묶은 작은 수첩에 꽂혀 있던 펜을 뽑았다. "지금 이게 발견 당시 그대로인가요, 아니면 손을 대셨습니까?" 배일러가 종이를 넘기며 물었다.

나는 아스피린과 캐벌리어의 밥그릇을 찾아 뒤졌다는 얘기를 했다. 캐벌리어가 딱 맞는 순간에 끼어들더니 야옹거렸기 때문에 우리 세 사람은 깜짝 놀랐다. 어쩌면 캐벌리어는 영어를 알아들을지도 모른다.

"다 설명해주시죠." 파모니코트가 명령조로 말했다.

"없어진 보석이 있나요?" 배일러가 수첩에 뭔가를 적으며 물었다.

"보석은 별로 없어요." 내가 말했다. "사방에 흩어지긴 했어도 다 있는 것 같네요."

"비싼 주화나 우표는요?"

"없어요."

"전자기기는요?"

"텔레비전하고 오디오뿐이에요. 비디오레코더가 있고요. 컴퓨터가 한 대, 킨들이 한 대요. 다 남아 있는 것 같네요. 비싼 건 없었어요."

"이건 뭡니까?" 파모니코트가 무릎을 꿇고 3×2×1인치 크기의 부서진 은색 상자를 들어올렸다. 파모니코트와 배일러가 그 물건을 검사하는 동안 나는 뒤에서 훔쳐보았다. 은색 상자 위에는 '감정 탐지기 TNF-100A'라고 적혀 있었다. 내려다보니 리튬 배터리도 박살이 나 있었다. 젠장맞을. 범인이 누군지는 몰라도 비싼 휴대용 거짓말 탐지기를 부숴버린 것이다.

질문이 끝나자 배일러 경관이 근처를 치우고는 파모니코트와 함께 뒤집힌 소파를 제대로 세우고 앉았다.

"여기서 관련 사실들은 잔뜩 찾았습니다만." 배일러가 수첩을 두드리며 말했다. "한데 모아보니 별 게 없네요. 누군가가 침입했다는 단서도 깨진 유리뿐이고요."

"도난품이 없고 전문가의 소행으로 보이지 않는다는 사실도 있지요." 파모니코트가 냉담하게 말했다.

"범인들이 노릴 만한 게 또 있나요?" 배일러는 내가 해부를 기다리는 개구리라도 되는 것처럼 쳐다보았다. "약물이라든가요?"

"내가 가진 약은 아스피린하고 애드빌하고 팸프린뿐이에요. 아까 얘기했잖아요."

"정말 직접 벌이신 일은 아니지요?" 파모니코트와 배일러가 흥미를 숨기지도 않고 나를 바라보았다. "여러 사람들하고 문제가 많으시다고 들었거든요. 이런 일이 생기면 도움이 조금 될지도 모르죠."

우리 집이 난장판으로 된 모양새가 데이비드의 사무실 및 아파트와 아주 똑같다고 말해줄 수도 있었다. 하지만 나는 그러지 않았다. 경찰서에 또 한 번 들를 생각은 없었으니까.

"대장, 지문을 뜰 필요가 있을까?" 배일러가 물었다.

"아니. 그래도 하는 게 낫겠지. 명령은 명령이니까." 파모니코트가 일어섰다.

"어쩌면 지문이 나올지도 모르죠." 배일러가 수첩을 소리 나게 닫으며 내 쪽으로 윙크를 보냈다.

"이게 강도짓이라면 정말 운이 좋으신 거예요." 배일러가 장비를 꺼내며 말을 이었다.

"가져갈 만한 물건이 없어서 그렇다는 거예요?"

"아뇨. 이 집 냉장고에서 음식을 꺼내다가 파티를 벌인 다음에 사방에 오줌하고 똥을 싸지 않아서 그렇다는 거죠." 파모니코트는 지문 채취용 은회색 가루가 덮인 표면을 크고 부드러운 솔로 털며 설명했다.

"진짜 주거침입인 경우엔 점점 더 그런 경향이 있죠." 배일러가 그렇게 덧붙이고는 지문이 있음직한 곳에 투명한 채취용 도구를 사용했다. "짐승 같은 놈들이죠."

파모니코트가 집 뒤쪽의 창문을 커다란 솔로 문질렀다. "그놈들은 영역을 표시하는 거예요. 요샌 세상이 점점 이상해진다니까요."

"으, 여기 덥네요. 중앙냉방 좀 쓰시죠." 배일러가 불평을 했다.

"그러게." 파모니코트가 맞장구를 쳤다. "너무 습해서 지문을 뜨기가 힘드네."

나에게 더위는 별로 중요하지 않았다. 이번 침입 사건이 우연이 아니라는 점이 무서웠다. 난장판의 규모가 크다는 사실이 새삼 가습을 찔러왔다.

배일러가 지문 채취 도구를 정리하는 동안 파모니코트는 조사하는 내내 대단한 흥미를 보였던 캐벌리어에게 손을 뻗어 쓰다듬어주었다.

"일단은 끝났으니 가보겠습니다." 파모니코트가 그렇게 말하고 문으로 향했다.

"경찰 보고서를 작성하는 데에 이틀이면 될 겁니다." 배일러가 알려주었다. "도난품이 생각나면 전화하세요." 배일러가 그렇게 덧붙이고 또 한 번 윙크했다.

"외출을 자제하시고 여길 치우시는 게 좋겠습니다. 누구한테나 해당되는 말이지만요." 문을 닫는데 파모니코트가 조언을 했다.

나는 난장판의 규모에 질려 하면서 커다란 목재 빵 도마를 찾아냈고 그걸 깨진 창문 위에 끼운 다음 재활용품 수거 용기로 고정시켰다.

아직도 입안에는 메스꺼운 가솔린 냄새가 가득했다. 팔과 손과 얼굴에는 작은 상처가 무수히 많았고 긴장과 스트레스 때문에 목과 등이 아팠다. 나는 살아 있는 의학적 재난의 표본이었다. 캐벌리어도 제 구역이 파괴되는 과정을 목격했기 때문에 흥분이 가라앉지 않아 안절부절못하고 있었다. 게다가 우리 둘 다 부엌에 쏟아진 음식들이 열기와 만나며 빚어내는 냄새를 싫어했다.

나는 마침내 자동응답기를 찾아냈다. 놀랍게도 비상용 배터리가 정상으로 작동하고 있었다. 메시지는 여덟 개였다. 기자가 남긴 게 여섯이었고 최대한 빨리 전화를 달라고 남긴 매트의 메시지가 있었다. 나머지 하나는 어머니였다. 어머니는 지금 즉시 엘리자베스 고모에게 전화를 하라고 했다. 고모는 여느 때와 마찬가지로 내가 위험에 처했다는 예감을 느낀 것 같았다. "고모가 그런 걸 느끼면 괴상한 일이 생긴다는 걸 알잖니. 그러니 조심하렴." 어머니가 덧붙였다. "아, 그리고 사귀는 남자가 있으면 일요일 저녁 식사에 데려오려무나."

나는 오늘 밤 엘리자베스 고모와 얘기를 나눌 수도 없었고 매트와 의논하고 싶지도 않았다. 두 가지 다 내일 해도 되는 일들이었다. 그래서 메시지를 전부 지우고 난장판 속에서 반바지와 러닝셔츠를 찾아냈다. 술을 마시고 싶었지만 안 깨진 술병이 없었다. 어차피 또 한 번 숙취에 시달리고 싶은 생각도 없었다. 나는 쓸 만한 시트를 끄집어내서 침대에 올리고는, 지치고 풀이 꺾인 상태로 기어들어갔다.

23
넷째 날, 수요일

　　잠에서 깨니 이틀 연속으로 머리가 지끈거렸고 마음은 지친 상태였으며 악운이나 그보다 더한 무언가가 내 뒤를 쫓고 있다는 기분이 들었다. 찌는 듯한 더위도 요 며칠과 다를 게 없었다. 에어컨 앞에 바짝 서 있어도 그리 나아지지 않았다.

　　나는 고양이가 다치지 않도록 깨진 유리와 잡동사니를 골라내고 냄새를 풍기는 쓰레기를 치웠다. 그리고 난장판을 뒤져 옷가지를 찾았다. 네이비블루색 치마와 흰색 상의를 꺼내고 보니 코끼리가 깔고 앉은 것 같았다. 하지만 옷을 다리는 건 나중 문제였다. 뒤쪽 유리창을 수리하는 일만 해도 오늘 하루를 다 잡아먹을 것 같았다.

　　나는 광고지를 뒤져서 '밥네 유리가게'를 골랐다. 가격은 상당히 비쌌다. 비상사태였기 때문에 어쩔 수가 없었다.

배리와 관련된 사건은 그냥 기다리는 수밖에 없었다. 다행이었다. 살인 두 건과 가택 침입 두 건을 조사해야 했으니까. 그러다가 확실한 실마리를 하나라도 찾을 수 있다면 모든 사건의 주모자가 누군지 알아낼 수 있었다. 나 자신을 변호할 길은 그것뿐이었다.

초인종이 울렸다. 나는 밥네 유리가게가 정말 빠르다고 생각하면서 도어뷰로 들여다보지도 않고 문을 열었다.

문 앞에 서 있었던 것은 쌍둥이 자매였다.

"경찰이 오는 걸 봤어. 어제 너희 집에 무슨 일이 있었는지도 들었고. 그래서 도와주러 왔지." 글렌디가 그렇게 얘기하면서 김이 나는 유리 커피포트를 갖고 들어왔다.

루실은 계란 스크램블, 토스트, 오렌지주스, 연어가 조금 담긴 은쟁반을 위태롭게 들고 뒤를 따랐다. 나는 연어가 캐벌리어의 먹이이기를 진심으로 바랐다.

"진수성찬이네요. 어쩜 이럴 수가." 나는 그렇게 말하면서 두 사람이 커피포트와 쟁반을 내려놓도록 커피 탁자를 뒤집어 놓았다.

나와 캐벌리어가 음식을 먹어 치우는 동안 글렌디와 루실은 집 안을 돌아보면서 난장판을 조사했다. 우리는 배가 고팠고, 적어도 내가 먹은 음식은 맛이 있었다.

쌍둥이 자매는 구경을 마치더니 머리를 저었다.

"캐벌리어가 다 먹으면 우리 집으로 데려가야겠다." 글렌디가 말했다.

"정신적으로 상처를 입었을 거야." 루실이 지적했다. "여기가 정리될 때까지 안정이 필요해."

"게다가 넌 조사하느라고 돌아다닐 거잖니." 글렌디가 결론을 내리고 고양이를 안았다.

두 사람이 캐벌리어를 데리고 나가는 동안 나는 모든 게 잘될 거라고 안심을 시켰다. 나 자신도 거의 그렇게 믿고 있었다.

밥은 약속을 충실하게 지켜서 이 분 뒤에 도착했다.

"운이 좋으신 거예요. 첫 번째 일을 하러 나갈 참이었거든요. 하지만 여기부터 들렀죠. 급하신 것 같아서요."

그러시겠지. 게다가 이쪽 수리비가 훨씬 더 클 테니까.

"가택 침입이 30초에 한 건씩 벌어지고 강도 사건이 18초마다 일어나다 보니까," 밥이 말을 이었다. "혼자서는 다 감당할 수가 없더라고요. 그래서 지금도 직원 열 명이 일하러 나가 있죠."

밥은 도구를 꺼내더니 자신감 있고 예술적인 동작으로 흙손을 놀리면서 부서진 부분을 고쳐나갔다.

"도둑맞은 물건은 뭐예요?" 밥이 물었다.

"거의 없어요."

"운이 정말 좋으시네요. 훔쳐갈 게 없으면 불을 지르거나 쓰레기를 뿌려놓기도 하거든요. 불을 내거나 부아가 치밀게 하거나. 그러니 정말 운이 좋은 거예요."

"경찰도 그렇게 얘기하더군요."

"이젠 범죄자도 범죄자가 아니에요." 밥이 말했다. "요즘엔 하나같이 권력놀음이라니까요."

밥이 일을 하는 동안 나는 자동차 정비공인 디터에게 전화를 했다. 디터는 자동차에 관한 일이라면 뭐든지 전문가였고 내 미아타를 멋진 상태로 유지해주었다.

"디디, 무어가²⁴ 문제예요?"

나는 어제 있었던 일을 얘기하면서 덧붙였다. "주차장에 브레이크 오일이 잔뜩 흘렀더라고요. 거기서 브레이크 라인을 자른 게 분명해요. 그런데 차를 후진하자마자 엔진이 최고 속도로 움직인 이유를 모르겠어요."

"흠. 디디, 그 차가 몇 년 식이죠?"

연식은 몰랐지만 자동차 얘기를 못 하는 게 싫었다. "파란색이라면 알겠어요?" 나는 어떡하면 너무 창피하지 않을까 고민하면서 농담을 던졌다.

"올해 새로 나온 모데리 아니면 티브이 케이블이겠구먼요."

"무슨 얘기예요? 케이블 티브이라뇨?"

"하, 농담을 좋아하는구먼요. 아뇨. 티브이 케이블이라는 건 조절판 케이블을 마라는 거예요. 오래된 GM 차에는 엔진 위에 있는 조절판사고 변속기를 조저라는 케이블이 있거든요. 알죠?"

나는 몰랐다.

"독일산 차는 그런 문제가 없죠."

"디터, 조금 더 자세히 설명해주세요."

"흠, 티브이 케이블은 속도에 따라서 언제 움지겨야 하는지를 변속기한테 알려주는 역할을 해요. 그걸 조작하면 후지늘 했을 때 변속기를 조절하는 게 아니라 조절파니 열리게 만들 수 있죠."

"그래서 후진을 했을 때 속도가 올라간 거군요."

"마자요, 아가씨. 이제 알아들었군요."

"그런 일이 생기면 도대체 어떻게 해야 하는 거죠?" 내가 물었다.

"브레이크가 작동하지 아느면 별 수 없어요." 디터가 부드럽게 대답했다. "후진을 멈췄다면 살았을지도 모르죠. 아닐 수도 있고요. 엔지네서 그런 소리가 났다면 속도가 너무 노팠다는 얘기니까 무릎 앞에서 폭발했을 거예요."

나는 멍한 채로 디터에게 인사를 하고 끊었다.

"다 됐습니다." 밥이 만족스러운 미소를 지으며 알려주었다. 밥은 마무리를 확인하기 위해서 유리의 모서리를 손가락으로 훑었다. "잘 붙어 있을 거예요." 밥은 펼쳤던 도구를 깔끔하게 챙겼다. "하지만 유리 대신에 렉산을 끼는 게 좋을 겁니다."

나는 눈살을 찌푸렸다. "렉산은 엄청 비싸잖아요?"

"아주 비싸죠. 하지만 안 깨지거든요."

밥은 돈을 받더니 물었다. "뒤로 나가도 될까요? 트럭을 브로드웨이 버스 정류장에 불법으로 세워뒀거든요."

---

24 디터라는 인물은 미국으로 건너 온 독일인이다. 그래서 독일인의 틀린 발음을 살리기 위해 의도적으로 글자를 틀리게 표현했다.

24

비첨 건물은 에어컨을 북극 수준으로 돌리고 있었기 때문에 내 사무실은 아주 시원했다. 집주인인 조지 보겔과 마주치지 않아서 더욱 기분이 좋았다. 나는 어제부터 기자들이 보낸 음성 메시지 여섯 개를 지우고 1층에서 사온 시원한 콜라를 마셨다. 영문과 학과장을 만나려고 전화를 해보니 기다리라고 했다. 나는 그동안 책상에 숨겨 놓았던 초코바를 반쯤 씹어 먹었다.

"디디 맥길 씨? 제가 빌 버틀러입니다." 빌이 장황하게 소개를 했다.

"약속을 잡고 만나뵙고 싶은데요." 나는 남은 초코바를 삼키면서 말했다. "오늘이면 좋겠습니다."

"난 아무 말도 꺼내지 않을 텐데요." 빌이 느긋하게 말했다. "그런다고 해서 몸을 사리는 행동은 아니겠죠. 아시겠지만 우리 과 두 사람이 최근에 죽은 사건과 관련해서 당신 이름이 언급된다는 걸 알

앉거든요."

"음, 그럴 수도 있겠지만……."

"그리고 변호사가 해준 조언에 따라서 당신을 만나지도 않을 거고 더 이상 말도 하지 않을 겁니다."

"정말 중요한 일인데요."

통화가 소리를 내며 끊겼다. 나는 전화를 내려놓고 빌이 왜 변호사를 내세우는지 그 이유를 생각했다. 경찰이 다른 가능성을 살펴보느라고 빌도 심문했는지 모른다. 그렇다고 해도 성희롱 사건 때문에 빌과 얘기를 해야 했다. 나는 모든 사람이 앞길을 막는 데에 질리기 시작했다. 약속 없이 사무실로 들어가서 몰아붙이는 게 낫겠다는 생각도 들었다.

매트에게 전화하는 일을 미룰 수가 없었기 때문에 그가 어젯밤에 응답기에 남긴 번호를 눌렀다.

여성의 목소리가 기분 좋게 들렸다. "화이트홀 호텔입니다. 무엇을 도와드릴까요?"

신호가 세 번 울리고 매트가 전화를 받았다. "디디, 안 그래도 전화하려던 참이었어요. 오늘 저녁 약속은 취소해야겠네요. 일이 생겼어요."

어젯밤엔 그래서 전화를 한 거였나? 나는 함정에 걸리지 않을 셈이었다. "알았어요. 괜찮아요." 내가 말했다.

"약속을 다시 잡죠. 내일 저녁 8시에 여기 화이트홀 호텔 식당에서 봐요. 진전은 좀 있어요?"

나는 시립 대학에서 베스 모이어스에게 일어난 일과 누군가 데이비드의 사무실에 침입했다는 사실을 간략하게 전달했다. 내가 최우선 용의자라는 점이나 우리 집이 엉망이 됐다는 등의 사소한 세부 사항은 생략했다.

"그리고 원고의 행방을 아는 사람은 없는 걸로 보여요. 그런데," 내가 덧붙였다. "원고가 위조라는 점을 증명하도록 도와주면 아메리칸 보험사에서 전문가 대우로 자문료를 지급할 거라고 마틴 스위니와 약속 같은 걸 했어요. 나를 거짓말쟁이로 만들지 않았으면 좋겠네요."

"디디, 우리 쪽에서 납득할 만한 액수를 지불할 거예요. 그 사람 말에 따르면 공이 우리 쪽으로 구르기 시작하는 모양이네요. 원고를 위조한 게 데이비드라고 생각해요?"

"매트, 솔직히 말하자면 아직 모르겠어요. 데이비드의 사무실에 있는 컴퓨터를 조사하고 싶었는데 그럴 시간이 없었어요. 지금은 경찰이 봉쇄를 해놔서 그럴 수 있을지 모르겠네요."

"좋은 생각이 날 거예요, 디디. 당신은 내가 만나본 여자 중에서 제일 유능하니까요. 계속 알려줘요. 아, 필의 사무실에서 했던 얘기는 더 생각해봤어요?"

물론 생각해봤다. 그리고 결론은 언제나 똑같았다.

"매트, 내가 다시 연락할게요." 내가 대답했다. "내일 저녁에 봐요."

나는 전화를 끊고 화이트홀을 떠올리면서 허공을 올려다보았다. 나는 거기가 마음에 들었다. 하지만 화이트홀에 예약을 한 이유가 호텔과 붙어 있기 때문일지도 모른다는 의심이 생겼다.

콜라를 다 마시고 국세청에 있는 신비로운 왕 씨에게 전화를 걸었다. 그녀는 푸상 씨가 오늘 현장 근무를 나갔으니 할 말을 남기라고 했다.

전화를 끊자마자 신호가 울렸다.

"디디 맥길 씨이신가요?" 낮고 기분 좋게 들리는 목소리가 물었다.

"그런데요?"

"밋치 싱클레어입니다."

"안녕하세요."

"조사는 어떻게 돼가나요? 배리가 다시 전화를 해보라고 하더군요. 궁금한 점이 있거나 필요한 게 있으면 도와드리려고 대기하고 있습니다."

배리가 참지 못하고 내가 초소형 비디오카메라를 숨겨뒀다고 밋치에게 얘기한 걸 수도 있었다. 아니면 내가 설치한 입력 감시 프로그램을 찾아냈거나.

"배리는 정말 친절하네요." 내가 조심스럽게 말했다.

"이봐요, 디디 맥길 씨." 밋치가 단호하게 말했다. "헛소리는 집어치우고 힘겨루기도 그만합시다. 지금 도와주려고 하는 거라고요. 모르겠어요? 누군가는 해야지 안 그러면 이번 일은 영원히 해결 못해요."

"말씀은 고맙지만 그래도……."

"그래도는 무슨 그래도요. 신문도 읽고 뉴스도 봤습니다. 살인 사건 용의자시잖아요. 그러면서 어떻게 이번 불법 복제 문제를 해결하겠다고 나설 수가 있는 거죠? 장난이 아니라는 거 아시잖아요? 지금 이 일을 근본적으로 풀지 못하면 배리는 사업도 그만둬야 하고 감옥에 갈지도 모른다고요."

"당신 말이 전부 맞아요." 나는 뱃속이 묵직해지는 것을 애써 무시하며 대답했다. "그래도 기회를 주세요. 제가 하루 이틀 새에 뭔가 밝혀내지 못하면 길크레스트 앤 스트래튼에 의뢰하라고 배리한테 얘기할게요. 그럼 됐죠? 합의한 거죠?"

"마음에는 안 들지만 어쩔 수 없겠죠. 지금 무슨 일을 하시는지 알고 있으시길 바랄 뿐입니다."

나는 전화를 끊었다. 내가 제대로 사건을 추적하는 건지 의심이 들었다. 시간이 부족했다. 하지만 배리는 시간을 더 줄 이유가 없었다.

25

나이가 들수록 영웅을 만나기는 어렵다.
하지만 영웅은 필요하다.
—어니스트 헤밍웨이

　나는 마틴 스위니를 만나려고 일찍 사무실을 나섰다. 그런
다고 해서 더 알아낼 게 있는지는 알 수 없었다. 데이비드는 죽었
다. 내가 탐정 역을 해본들 데이비드를 두 번 다시 만날 수 없다는
사실은 결코 바꿀 수가 없었다. 마틴 스위니가 그 원고가 위조라는
사실로 나를 설득한다면 아메리칸 보험사가 이기게 된다. 그러면
데이비드의 명성은 어떻게 될까? 원고가 날조라면 데이비는 왜 살
해당했을까? 베스 모이어스는? 내 월세 아파트를 뒤진 한 사람 이
상의 범인들이 그 두 사람을 죽인 건 의심의 여지가 없었다. 내가
원고를 가지고 있거나 뭔가 중요한 사실을 알고 있다고 생각하지
않았다면 범인들이 나까지 신경을 쓸 이유가 없었다.
　이른바 공익을 위한 발전이라고도 부르는 도로 공사 때문에 오크

파크로 가는 차들이 전진과 정지를 반복하고 있었다. 한때 지구상에서 가장 잘나가던 생물이었던 곤충의 위치를 운송업자들이 대신하고 있었다.

기온을 낮춰주는 미시간 호가 없었기 때문에 서쪽 교외는 더 더웠다. 악몽 같은 주차난은 도심과 다를 게 없었다. 나는 주차할 자리를 찾을 확률이 복권 1등에 당첨될 확률보다 낮을 거라고 생각하고는 버스 정류장 옆에 불법으로 차를 세울 공간이 보이자마자 밀고 들어갔다.

오크 파크는 헤밍웨이가 태어난 곳이고, 그곳 사람들은 헤밍웨이의 소년기 때와 같은 모습으로 마을을 유지하려고 애를 썼다. 하지만 지금의 오크 파크는 시카고의 서부 빈민가를 둘러싸고 있기 때문에 색깔이 다른 표지판들을 보지 않더라도 서로 다른 두 세계의 경계라는 걸 알 수 있었다. 거리의 한쪽에는 낙서가 많고 텅 빈 건물들이 휑하니 입을 벌리고는 범죄 조직의 근거지라고 광고를 하고 있었다. 다른 한쪽에서는 프랭크 로이드 라이트 건물이 관광객을 끌어모았으며 거주민들은 깔끔하게 손질된 녹색 잔디와 새로 칠한 건물이 공손한 오아시스로 남을 수 있도록 열심히 일을 했다.

오크 파크 헤밍웨이 재단은 마을 고등학교 안에 있었다. 학교는 노란 벽돌로 지은 5층 건물로, 넓은 부지를 정사각형 모양으로 차지하고 있었다. 한쪽 끝에는 테니스장과 운동장이 있었고 그 근처에 거대한 주차장이 있었다.

마틴은 이 학교의 보안이 철저하다고 말한 적이 있었다. 하지만 자료실을 찾느라 건물 안을 돌아다니는 동안 신분증을 요구하는 사람은 없었다. 수업시간이 끝나고 큰 소리로 종이 울리자 복도에 붙어 있던 문들이 쾅 소리를 내며 한꺼번에 열렸다. 누구를 위해서 종이 울렸는지는 확실했다. 미처 빠져나오기 전에 학생들의 물결이 사방에서 밀려오는 바람에 나는 노르망디 침공 때 연안에 있던 조약돌처럼 이리저리 휩쓸려 다녔다. 나는 군중의 흐름에서 몸을 빼고 벽에 붙어서 인파가 사라질 때까지 기다렸다.

"길을 잃으셨나요?" 백발의 여성 경비원이 흥미를 보이며 다가왔다. 경비원은 총을 차고 있었다. 종이 한 번 더 울리자 복도가 금세 비었다. 경비원은 자료실이 2층에 있다고 알려주었다.

26

내가 아는 한 총명한 사람이 행복해지는 것이야말로
가장 힘든 일이다.
—어니스트 헤밍웨이

일단 2층에 올라오고 나니 자료실을 찾기는 쉬웠다. 자료
실 안은 시원했고 전반적으로 어두웠으며 습도와 조명이 조절되고
있었다. 중요한 물건들을 보존하기 위해서였다. 옛 마을의 생활상
을 찍은 적갈색 사진이 벽을 뒤덮고 있었다.

마틴 스위니는 자료실의 뒤쪽에 있는 별실에서 탁자 앞에 앉아 있
었다. 종이 더미가 넘치고 있는 탁자 위를 특별한 조명이 비추고 있
었다. 우리 두 사람 말고는 아무도 없는 것 같았다.

"앉으시죠." 마틴이 근처에 있는 의자를 가리켰다.

"아주 바쁘시네요." 나는 탁자 위에 흩어져 있는 연구 자료 쪽으
로 고갯짓을 했다. "시간을 내주셔서 고마워요."

마틴은 안경을 벗고 눈을 찡그렸다. "어제 베스가 당한 일을 생각

하면 이래도 되는 건지 모르겠군요. 경찰 쪽에서 당신이 두 사건에 관련되어 있다고 생각하는 것도 무리는 아니니까요. 저 개인적으로도 시체를 두 구나 발견하는 건 우연의 일치가 아니라고 봅니다만."

모든 사람이 그런 얘기를 했다. 나도 동의했지만 입을 열지는 않았다. 물론 보험연구소에 전화를 걸어서 무고한 사람이 시체를 두 구 발견할 확률이 얼마나 되는지 물어봤다는 사실도 말하지 않았다. 연구소에서는 그런 통계가 없다면서 「미국의 지명 수배자들」[25] 제작진과 연락을 해보라고 권했다.

"제가 그 두 사건과 아무 관계가 없다는 사실을 믿으셔야 해요. 어제 말한 것처럼 전 보험사에서 일하고 있어요. 경찰도 그 사실을 알고 있고요. 음, 벽에 붙어 있는 마을 사진들이 멋지네요." 나는 적갈색 사진을 가리켰다. "이제 저런 모습은 하나도 안 남았군요."

"여기 살아봤다면 그런 말은 못할 텐데요." 마틴이 진지하게 말했다.

"오크 파크를 좋아하지 않으세요?"

"나도 헤밍웨이와 마찬가지로 여기서 자랐죠. 우리 둘 다 인생의 출발점에서는 '두퍼Doopers'였어요."

"두퍼라뇨?"

"고상한 옛 오크 파크 출신Dear Old Oak Parkers이란 뜻이죠. 사람을 두퍼 아니면 불쾌한 외지인이라고 분류하는 동네예요. 헤밍웨이나 나는 다행히도 거기에서 빠져나왔지만요."

"헤밍웨이를 홍보하는 지역 모임을 세우는 데에 도움을 주셨나요?"

"그럴 리가 있나요. 지금이야 지역 대표 인물이라고 칭송하지만 여기 사람들은 헤밍웨이가 살아 있는 동안에는 좋아하지 않았어요. 헤밍웨이도 오크 파크 사람들을 '정원은 넓지만 속은 좁아터진' 사람들이라고 싫어했죠. 헤밍웨이는 절대로 돌아오고 싶어 하지 않았어요. 실제로는 어땠나 하면 말이죠." 마틴이 천장을 올려다보며 말했다. "헤밍웨이의 모친은 아들이 스물한 번째 생일을 맞이했을 때 편지를 썼어요. 어머니를 욕되게 하거나 부끄럽게 만들지 않는 언어를 배울 때까지 돌아오지 말라고요. 두 사람은 그때부터 사이가 멀어졌죠. 헤밍웨이가 그로부터 일 년 뒤에 종교와 속 좁은 편협함에 질려서 파리로 간 건 당연했죠. 20세기였지만 그 당시 이 지역은 그런 속성이 정점에 달했거든요."

마틴은 들여다보고 있던 연구 자료들을 모아서 깔끔하게 쌓아 올렸다.

"여기에 있는 헤밍웨이 단체는 내가 하는 일을 달가워하지 않아요." 마틴이 설명했다. "오크 파크 사람들은 독선적이고 사람을 들들 볶는 청교도식 사고방식을 직접 만들어냈다고 생각하죠. 헤밍웨이가 그걸 완전히 반대했다는 사실을 받아들이지 못하고요. 젠장, 이 얘기를 시작하는 게 아니었는데. 이제 그런 시기가 다 지나고 나니 오크 파크 사람들은 헤밍웨이의 필요성을 느낀 거예요. 대중의 관심을 모으려고 무슨 짓까지 꾸몄는지 알면 놀랄 걸요. 해마다 번화한 상점가에서 황소가 달리는 행사까지 연다니까요."

"팜플로나에서 있었던 사건처럼요?" 내가 물었다.

"흥, 실제로는 이런 거예요. 헤밍웨이하고 다른 미국 작가가 스페인 축제에 참석했다가 팜플로나에 있는 경기장에서 황소한테 들이받혔어요. 1944년 6월에 있었던 일이죠. 하지만 여기 오크 파크 사람들은 진짜 황소를 쓰지 않아요. 동네의 회사 중역들이 황소 의상에 뿔까지 달고 미리 막아놓은 거리를 달리는 거예요. 헤밍웨이가 알면 구역질을 하겠죠.

여기 사람들은 완전히 잘못 알고 있는 거예요. 진짜 할 일은 헤밍웨이가 마초가 된 이유를 연구하는 거예요. 그리고 오크 파크에선 그런 일이 일어나지 않았어요. 그런 일이 벌어진 장소는 미시간이었죠. 헤밍웨이의 아버지는 아들을 미시간으로 데리고 가서 사냥도 하고 낚시도 하고 야영도 하면서 모험심과 호기심을 키우도록 했어요. 어머니 쪽은 그런 것들을 꺾으려고 들었죠. 헤밍웨이의 어머니는 전적으로 지배하려고 들었어요. 헤밍웨이한테 여자애들 옷을 입히려고까지 했죠."

"처음 듣는 얘기네요."

"오크 파크 사람들은 헤밍웨이가 여기서 살던 시절이 행복하지 않았다는 사실을 외면하고 있어요. 헤밍웨이의 부모가 처갓집으로 이사하면서부터 불행이 시작됐죠. 헤밍웨이의 모친인 그레이스는 자그마한 공주였어요. 그때부터 헤밍웨이의 남성성에 반하는 일들만 생긴 거예요. 그레이스는 주도권을 잡고 모든 걸 자기 마음대로 돌아가도록 만들었어요. 그레이스는 말싸움에서 지는 법이 없었고 모든 사람이 자기 말에 따르도록 했다는군요."

"별로 재미없는 일이었겠군요." 내가 동의했다. "헤밍웨이는 평생에 걸쳐서 거기에 반항했을 거예요. 하지만 어떤 가정이든 문제는 있잖아요? 결손가정이 평균에 가깝지 않던가요?"

"내 이론도 거기에 맞죠. 헤밍웨이는 대다수의 남자와 마찬가지로 성년이 되자마자 자신의 인생을 주도했어요. 열여덟 살 때에는 두 번 다시 다른 사람의 지시에 따르지 않겠다고 맹세를 했죠. 헤밍웨이가 오크 파크에 돌아온 건 대여섯 번이 채 안 돼요. 아버지의 장례식엔 참석했지만 어머니 때는 안 그랬죠."

나는 이 지역 사람들이 마틴의 이론을 어떻게 생각할지 궁금했다. 어떻게 하면 정중하게 물어볼까 궁리하고 있는데 마틴이 입을 열었다. "생각해봐요. 어린 시절에 억지로 남의 명령을 들어야 했다면 순종적인 성인이 되지는 못했을 거예요. 대신에 어릴 적에 못 가졌던 걸 전부 얻으려고 하는 비뚤어진 어른이 되겠죠. 나도 잘 알아요." 마틴이 웃었다. "나도 똑같은 문제 속에서 자랐거든요."

우리는 함께 웃었다. 마틴이 물었다. "헤밍웨이가 왜 '파파'라고 불러달라고 했을까요? 헤밍웨이의 부친이 자살했을 때, 그의 어머니가 남편이 자살에 사용한 총을 아들에게 우편으로 부쳤다는 거 알아요? 멋지죠?"

"헤밍웨이가 그 총을 부쳐달라고 어머니에게 부탁했다는 글을 읽은 적이 있는데요?"

"그런 얘기도 있지만 난 안 믿어요. 나는 철저히 사실에 근거해서 헤밍웨이에 관한 기록을 수정해야 한다고 생각해요. 그래서 헤밍웨이가 오크 파크 고등학교에서 지내던 시절과 학생 때 숙제로 제출했던 글들을 연구하는 거죠." 마틴은 탁자 위에 있는 자료를 가리켰다. "참, 나를 고용하고 싶다고 하지 않았던가요."

"맞아요." 내가 말했다. "문제의 원고를 검토한 결과 가짜라고 하셨죠. 말씀드린 것처럼 아메리칸 보험사는 그 결론에 흥미를 가지고 있어요. 원본이 발견되지 않는다면 보험사 쪽에서는 그 원고가 가짜라는 증거가 필요하죠. 그런 결론으로 이끈 이유를 상술해서 전문가의 입장에서 본 의견을 아메리칸 보험사 쪽에 제공해주시겠어요? 보수는 만 달러로 할게요."

"그동안 진행한 연구가 엄청난 양이기 때문에 최소한 2만 5천 달러는 받아야겠는데요."

나는 동의하기 전에 마틴이 정말로 그게 합당한 가격이라고 생각하는지 잠깐 동안 의심했다.

"알고 있겠지만 나는 진심으로 내 의견이 틀렸기를 바라요." 마틴이 말을 이었다. "하지만 데이비드가 나를 포함해서 어느 누구든지 간에 그 원고의 극히 일부만 보여줬다는 건 알고 있죠? 정상적이지 않잖아요. 사기라고 말하기는 싫지만 데이비드는…… 아주 영리해요. 아메리칸 보험사 쪽은 어땠죠? 보험 보장을 하기 전에 원고를 전부 다 봤나요?"

"아뇨. 그 일부분을 보고 계약을 했어요. 저도 원래는 원고 전체를 확인하는 일을 맡았어요. 그런데 이제 아메리칸 보험사는 원고가 가짜라는 걸 증명하려는 거죠."

"무슨 얘긴지 알겠군요." 마틴이 말했다.

"그 원고가 헤밍웨이가 초기에 쓴 진짜가 맞는다고 공개적으로 선언한 학자들한테는 어떻게 반박하실 거죠?"

"그 사람들이 잘못 안 거예요. 단어에 기반을 둔 연구라는 건 꽤 그럴 듯하지만 확정적인 건 아니죠. 사기를 친 사람이 데이비드라고 가정을 한다면, 데이비드는 연구용 소프트웨어에 전부 접근할 수 있었어요. 그런 식의 검증을 속일 만한 가짜 원고를 만들 수 있었죠." 마틴이 웃으면서 말을 계속했다.

"게다가 정체불명의 인물이 원고를 잘 분류한 다음에 가방과 함께 그냥 소포로 보냈다는 건 너무 억지스럽지 않아요? 그러니까, 왜 하필이면 데이비드였냐는 거죠. 도대체 그걸 누가 부쳤다는 거죠?"

"데이비드는 그걸 보낸 사람이 누군지 밝혀내려고 했어요."

"그 원고가 결국 데이비드의 손에 들어왔다는 건 우연이라고 해도 너무 심해요. 학문의 세계에선 더욱 그렇죠. 데이비드와 나는 연구 목적으로 미시간을 수도 없이 방문했어요. 헤밍웨이와 관련된 건 뭐든지 찾으려고요. 우리는 헤밍웨이의 부인이 잃어버린 가방에 미시간 쪽 주소가 적힌 꼬리표가 붙어 있을 거라고 생각했어요. 그리고 두 사람이 파리에 머문 시간은 아주 짧았죠. 우리는 리옹 기차역의 분실물 취급 부서가 그 가방을 맡아뒀다가 미국으로 부쳤다고 생각했어요. 아마 미시간의 주소지로 갔겠죠. 나는 피토스키[26]로 갔을 거라고 봐요." 마틴이 잠시 말을 쉬었다. "그런데 데이비드가 그걸 우편으로 받았다고요? 그건 아니죠. 이제 와서 누가 그 원고를 포기하겠어요. 엄청난 가치가 있는데요."

문이 열리고 머리가 오렌지색인데다가 환한 분홍색 옷을 입은 여자가 활동적이고 굳센 모습으로 들어왔다. 여자는 마틴에게 인사를 하고 하이힐로 또각거리는 소리를 내며 구석에 있는 책상으로 갔다.

"저 사람이 전시 책임자예요." 마틴이 속삭였다. "이름은 올리브고요."

"마틴 씨, 오늘은 어때요? 뭐 새로운 거라도 찾으셨나요?" 올리브가 물었다.

"이 자료에는 없네요." 마틴은 그렇게 대답하고 오른쪽에 있는 문서들을 모아서 올리브의 책상 위에 되돌려 놓았다. "하지만 아직 살펴볼 게 남아 있어요."

"마틴 씨는 진짜 학자예요." 올리브가 히죽거리면서 나를 보고 말했다. "마틴 씨는 우리의 자랑거리인 어니스트 헤밍웨이가 여기서 고등학교를 다니는 동안에 불행했다는 소수 의견을 가지고 계시죠. 그렇죠?" 올리브의 말에는 비아냥거림이 넘쳐흘렀다. 마틴은 턱수염 아래의 입술을 지그시 깨물었다. 두 사람이 친구 사이는 아니라는 결론에 도달하기까지는 그리 오래 걸리지 않았다.

올리브는 마틴이 대답할 시간을 주지 않았다. "마틴은 행복이 뭔지 모르거든요."

"나는 사실을 밝히고 싶을 뿐입니다." 마틴이 말했다. "헤밍웨이는 오크 파크에서 청소년기를 보내는 동안 힘들어했죠."

마틴이 나를 보며 윙크를 했다. "사실은 이렇습니다. 헤밍웨이가 여동생과 같이 학교에 다니기 시작했을 당시에 여동생 쪽이 오빠보다 머리 반만큼 컸죠. 헤밍웨이는 많이 말랐고 키가 작아서 운동을 잘 못했어요. 전부 잘 알려진 사실이죠. 미식축구를 너무 못해서 '무쇠 엉덩이'라는 별명도 있었고요."

올리브가 입술을 오므렸다. 그녀의 얼굴이 검붉은 색으로 변하면서 머리 색깔과 비슷해졌다.

"게다가," 마틴은 적을 공격하고 있다는 걸 자각하면서 말했다. "헤밍웨이는 시력이 나빠서 사격 클럽에서도 성적이 좋지 않았죠. 첼로 연주도 싫어했고요." 마틴이 나를 바라보았다. "모친이 억지로 배우라고 시켰죠."

"정말요?"

"그리고," 마틴은 상처 입은 영양을 덮치는 사자처럼 올리브를 추격하면서 다음 말의 중요성을 강조하기 위해 팔을 들었다. "헤밍웨이가 사격을 하기 전에 표적지의 한가운데에 미리 연필로 구멍을 뚫은 적이 있다는 건 알고 있잖습니까." 마틴이 큰 소리로 웃었다. "그건 흔히 말하는 오크 파크식 공명정대함과는 거리가 아주 멀지 않아요?"

올리브는 입을 꾹 다물고는 몸을 돌리더니 마르고 수척한 남자를 소리쳐 불렀다. 남자는 코르덴 바지와 체크무늬 상의를 입고 있었고, 느릿하니 재단 쪽으로 오는 중이었다. 남자는 올리브에게 인사를 했다. 그러다가 마틴을 보더니 안 그래도 찌푸리고 있던 인상을 더 구겼다.

"오, 안녕하세요, 할 씨." 마틴은 다가오는 남자를 보며 기운차게 고개를 끄덕였다. "맥길 씨, 이분은 할 슐츠 씨예요. 오크 파크 헤밍웨이 재단의 대표이시죠.

할 씨, 헤밍웨이의 모친이 아들에게 라틴어를 가르치기 위해서 가정교사를 고용했다는 걸 상기시켜주고 있었어요. 상급생 연극에서 주인공 자리를 뺏겼을 때는 어땠죠? 졸업반 무도회에는 여동생하고 같이 가지 않았던가요?"

"마틴 씨." 할 슐츠는 흑갈색 코르덴 바지의 주머니에 두 손을 찔러 넣은 채 소리를 쳤다. "도로시 파커가 그 당시 헤밍웨이에 대해서 얘기했지요. '생존한 사람 가운데 글이나 말에서 그만큼 많이 언급된 사람이 없다'고요. 당신은 편협한 시각으로 그 전통을 이어가는 겁니다. 여기 오시는 게 달갑지 않다고 몇 번이나 말씀드렸지 않습니까? 헤밍웨이와 오크 파크 사이의 관계 중에서 부정적인 것만 찾아다니는데다가 그걸 악의적으로 발표하고 다니잖습니까."

"내가 바라는 건 진실입니다." 마틴이 할에게 말했다. "당신도 그래야 하고요."

"제일 냉혹했던 비평가들도 헤밍웨이가 진지하고 헌신적인 장인이라는 데에는 동의를 했지요." 할 슐츠가 대답했다. "헤밍웨이라는 한 개인의 카리스마는 너무나 강력했으며 그건 작품에도 반영이 돼 있고요."

"그게 다가 아니죠." 마틴이 말했다. "헤밍웨이는 자신이 유명해지도록 도와줬던 인물들, 그러니까 게르트루드 스타인, 에즈라 파운드, 스코트 피츠제럴드 같은 사람을 왜 그렇게 홀대했을까요? 헤밍웨이는 명성을 얻으면서 점점 더 에고가 강해졌어요. 내 이론은 이렇습니다. 그렇게 공격적이었던 건 기본적으로 그토록 좋은 동네라는 여기 오크 파크에서 살면서 부정적인 것들을 참고 견뎠기 때문이에요. 좋은 면은 미시간에서 경험했던 것들 덕분이고요. 비열한 성격은 잘난 척하는 여기 오크 파크의 가슴에 묻혀 사는 동안에 생겼다는 얘기죠."

할과 올리브는 맹렬하게 고개를 저었다.

"디디 씨, 황소가 오크 파크 거리에 달리도록 하자는 착상을 한 게 이분입니다. 할, 그거 한심한 광경이었어요. 그렇게까지 몸을 숙이는 걸 보니 동정심도 생겼고요. 올해에 키 웨스트에서 열리는 헤밍웨이 축제에 한번 같이 가시죠?"

"마틴, 그게 진짜가 아니라는 건 잘 알고 있잖습니까. 당신은 항상 문제만 일으켜요. 우리가 그 원고를 원한다는 건 알고 있겠죠. 결국 우리가 손에 넣을 테고요."

나는 논쟁을 가로막고 일어섰다.

"전 다른 약속이 있어서요. 전문가 증언과 관련한 계약서를 보내드릴게요. 동의하신다면요."

"좋습니다." 마틴은 문가로 걸어가며 말했다. "하지만 이게 데이비드의 명예에 어떤 영향을 끼칠지도 알고 있으니 그 이상은 나아가고 싶지 않군요."

나가려던 참에 키가 크고 거식증 환자처럼 생긴 여자가 들이닥치는 바람에 나는 하마터면 벽에 부딪힐 뻔했다.

"안녕하세요, 안드레아." 마틴이 상냥하게 말했다. 여자는 인사를 받는 둥 마는 둥 하면서 할 슐츠에게 달려가더니 마틴이 더 이상 엿듣지 못하도록 목소리를 낮춰 얘기했다.

마틴과 나는 건물을 빠져나오는 동안 복도에 뉴스 진행자가 있지는 않은지 계속해서 살폈다. 마틴도 이제는 인터뷰를 피하고 있었다.

눈에 보이는 열기가 주차장에서 흘러나오고 있었다. 이런 날씨가 언제까지 계속될지 궁금했다. 비가 올 징조는 없었지만 시카고의 날씨란 미국 중서부인들처럼 갑자기 변하는 경향이 있었다.

나는 헤밍웨이에 관한 얘기 가운데 어떤 걸 믿어야 하는지 알 수 없었다. 하지만 할이나 올리브나 안드레아를 정기적으로 만나지 않아도 된다는 사실이 기뻤다. 그 세 사람은 '선禪의 정원[27]'에서 한 시간 동안 써레질을 해도 침착해질 것 같지 않았다. 마틴의 말이 맞는 것 같았다. 헤밍웨이의 청소년 시절은 아마도 불행했을 것이다. 하지만 어느 정도 안 그런 사람이 어디 있을까. 옛 기독교 윤리관이 지배하는 시절이라니.

---

25 미국 폭스 방송사의 TV 프로그램.

26 미국 미시간 주 예멧카운티에 있는 도시를 말한다.

27 Zen Garden. 정원을 꾸미는 일본 양식 중 하나로, 흔히 모래를 이용해 물을 표현하고 써레로 물결 모양을 낸다.

27

움직임과 행동은 전혀 다르다.
─어니스트 헤밍웨이

　나는 떠나기에 앞서서 베스의 죽음에 대해서 마틴과 얘기를 나눴다. 영문과는 발칵 뒤집힌 상태였다. 마틴은 근처 식당에서 식사를 하자고 권했다. "파파 도블을 잘 만드는 곳이에요. 헤밍웨이가 좋아하던 음료수죠. 럼에 신선한 라임, 그레이프프루트에 마라스키노 체리 주스를 넣고 흔들어서 섞는 거죠. 마음에 들 거예요."
　나는 고맙지만 다음 기회로 미루겠다고 했다. 오늘은 합기도장에 가야 했다. 어제부터 몸이 아팠고 가벼운 뇌진탕을 일으켰을 가능성도 있었지만 그래도 가기로 마음먹었다. 제대로 운동을 하면 머리가 맑아지고 뇌세포를 자극할 수도 있었다. 어쨌든 선의 정원에서 써레질을 하는 것보다는 나았다.
　합기도는 20세기 초반에 만들어졌다. 다시 말해 가장 최근에 개발된 무술이었다. 합기도란 말을 문자 그대로 해석하면 '기氣를 사용하는 법'이란 뜻이다. 그게 무슨 뜻인지는 옮기기 어렵다. 서양에는 '기'에 해당하는 말이 없으니까. 생명력이란 말과 비슷할지도 모르겠다. 내 친구 로렌은 내재된 공격성을 합법적으로 표출할 수 있다는 점에서 합기도가 좋은 무술이라고 반복해서 말하곤 했다.

탈의실에 아무도 없었기 때문에 나는 도복을 급히 갈아입었다. 합기도 대가인 사범은 항상 시간을 엄격하게 지켰다. 늦으면 입장할 수가 없었다. 나는 수련장으로 달려가다가 입구에서 사범과 부딪힐 뻔했다.

나는 주황띠였고, 주황-검정띠를 따기 위해 연습 중이었다.[28] 그러려면 아홉 개의 호신용 회피 동작과 스무 개의 자세와 방어법을 완벽하게 익혀야 했다. 복잡하고 미묘한 동작들을 익히고 나면 심오한 사람이 된 것 같았다. 어디까지나 서양인 기준으로 볼 때의 얘기였지만.

사범은 항상 세련되고 의례적인 동작을 가르치며 수업을 시작했고 그다음에는 본격적인 대련을 시켰다. 오늘 밤에 연습할 것은 '양손으로 옷깃 잡기'로, 빠져나오는 방법과 자세에 대해서였다.

"합기도에서는," 사범이 침착한 목소리로 강조했다. "반드시 상대의 선공을 따라가야 하며 상대와 하나가 되고 그 힘의 흐름을 역으로 되돌려서 제압해야 한다."

말만 들으면 쉬울 것 같았다.

강사인 카토가 시범을 보일 사람들을 뽑았다.

"이 연속동작을 확실히 기억해라." 카토는 시작에 앞서서 우리 모두를 노려보았다. "상단을 방어하면서 발차기를 한다." 카토는 발차기를 하고 나서 전진하더니 상대역을 맡은 제자와 함께 느린 동작으로 시범을 보였다. "주먹을 지르고 상대의 팔을 우리 팔로 고정한다." 카토가 예를 보여주었다.

"엉덩이로 상대의 엉덩이를 가격한다. 상체로 상대의 팔을 강하게 누른다. 뒷다리를 땅에서 뗀다. 상대의 다리를 걸어찬 다음 던지기로 마무리한다." 카토는 제자를 손쉽게 제압하고 바닥에 눕혔다.

"이제 두 번째 시범이다." 카토는 그렇게 말하고는 실험용 쥐로 쓰기 위해 나를 불러냈다. 나는 원을 그리며 걸으면서 마음속으로 다섯 가지 동작을 반복했다. 차고, 가격하고, 막고, 몸을 낮추고, 던지면 된다 이거지.

카토는 대련이 시작되자 비인간적인 미소를 지었다. 나는 공격자 역할이었지만 패배할 운명이었다. 이럴 때마다 나를 합기도장에 등록시킨 로렌이 싫어졌다.

카토는 발로 차고 가격하고 막고 몸을 누르고 나를 던지는 동안 내가 다치지 않도록 신경을 써주었다. 카토는 나를 매트 위로 집어던졌지만 나는 그에게 어떤 적의도 없다는 사실을 알고 있었다. 벌레를 죽일 때 적의가 없는 것처럼 말이다.

이제 내가 카토를 상대로 연습할 차례였다. 나는 상대의 힘을 거꾸로 흘려보내야 한다는 점을 기억했다. 사실 카토를 매트에 짓누를 때는 즐기고 있었다. 모든 점을 고려해볼 때 나는 대련이 마음에 들었다. 우리 두 사람은 시범이 끝난 다음 허리를 숙여 상대에게 예를 표했다. 개인적인 감정은 없었다. 그리고 반 인원 전체가 연습을 시작했다.

한 시간이 지나자 나는 기운이 빠졌다. 하지만 적어도 개인사는 더 이상 생각하지 않게 되었다. 긴 시간을 들여 차가운 물로 샤워를 하자 치료 효과가 있었다. 뇌진탕 증세는 사라졌고, 집으로 돌아갈 때쯤에는 기운이 되돌아왔으며 마음도 편했다. 어젯밤에 벌어진 난장판은 아직도 남아 있었고, 나는 깊이 잠들 필요가 있었다. 데이비드가 죽고 스카티가 사라졌다는 사실을 극복하려면 시간이 필요하다는 것은 알고 있었다. 나는 프랭크가 죽었을 때처럼 어두운 구덩이에 들어가 동면하지 않기 위해서 필사적으로 노력하는 중이었다.

나는 미아타에 올라타서 열쇠를 꽂고 시동을 걸었다. 그런데 아무일도 생기지 않았다. 열쇠는 돌아갔지만 시동이 걸리지 않았다. 다시 한 번 해봤지만 덜컹거리는 소리도 없었고 웡웡 소리도 들리지 않았다. 그냥 아무런 변화가 없었다.

"디터 이 양반이 정말." 나는 소리를 질렀다. 미아타는 튼튼한 차였고, 독일인 자동차 수리공인 디터는 내 차를 늘 좋은 상태로 유지해주었다. 나는 무기력한 기분에 심술까지 난 상태로 차에서 내려서는 차 덮개를 올리고 내가 고칠 수 있는지 살펴보았다. 나는 차둘레를 돌면서 엔진부를 확인했다. 우선 코일을 보니 이상이 없었다. 다른 곳도 다 괜찮았다. 그러다가 배터리 전선이 잘려나간 것을 발견했다. 플러스극을 연결하는 빨간 전선이 두 토막으로 끊어져 있었다. 전선 끝에서는 갓 자른 것처럼 깨끗한 구리가 반짝거렸다. 베스의 새턴에 무슨 일이 생겼는지 떠오르면서 머릿속에서 경고음이 울렸다. 나는 마음속으로 디터에게 사과를 했다. 아파트 건도 그렇고 이것도 우연이 아니었다. 엘리자베스 고모에게 전화를 했어야 한다는 사실이 떠올랐다. 어머니는 고모가 불길한 예감을 느꼈다며 전화를 해보라고 했었다. 나는 그 말에 따르지 않았다. 조심해야겠다는 생각이 들었다.

휴대전화로 디터에게 전화를 걸었다. 디터는 늦게까지 일하는 경우가 많았기 때문에 제발 받기를 바라면서. 신호음이 계속 울렸다. 막 끊으려던 참에 디터가 대답을 했다.

"누군지 모르겠치만 중요한 일이어야 할 거요." 디터가 콧방귀를 뀌었다. "방금 볼보에서 키어 나왔거든."

나는 상황을 설명했다. 디터가 독일어로 뭔가 거친 말을 했지만 알아들을 수가 없었다. "좋치 않은데요." 디터가 다시 서툰 영어로 말했다. "어제 그 여성분이 당했다는 사고랑 관련이 이쓸 수 있으니까요. 아니면 그냥 탄순히 배터리를 훔치려고 한 건지도 모르죠. 디디, 조심해요. 택시를 타라고요. 열쩨는 깔개 밑에 두세요. 내가 오늘 밤에 최태한 빨리 갈 테니까요. 차는 내일 아침 10씨에 카지러 와요."

나는 전화를 가방에 넣고 돈이 얼마나 있는지 확인했다. 택시가 미터기를 꺾고 1.6킬로미터쯤 갈 돈은 됐지만 집까지는 부족했다. 피곤해서 죽을 것 같았지만 고가철도를 타고 가는 수밖에 없었다.

나는 지상 높은 곳에 있는 플랫폼에 가서 열차를 기다리기 위해 긴 바로크풍의 철제 계단을 터덜거리면서 올라갔다. 고가철도는 1980년대에 건설됐지만 아직도 본래의 임무를 수행하고 있었다. 하지만 셀 수 없이 덧칠한 산업용 녹색 페인트와 수많은 손길이 스쳐간 흔적이 화려했던 세부 장식을 뒤덮고 있었다. 뒤에서 질질 끄는 발소리가 났기 때문에 나는 돌아보았다. 이십 대 후반의 늘씬한 남자가 나를 지나쳐서 계단을 올라갔다. 나는 너무 피곤해서 남자의 엉덩이를 올려다보지도 못했다. 뒤에서 또 다른 발소리가 났기 때문에 나는 그 사람이 먼저 지나가도록 오른쪽으로 비켜섰다. 그 덕분에 목숨을 건질 수 있었다. 나는 왼쪽 어깨에 극심한 통증을 느끼면서 앞으로 고꾸라졌고, 반사적으로 지갑을 움켜쥐었다.

"어이, 이봐요!" 누군가 소리쳤다.

몸 밑으로 계단을 통해 진동이 전달됐다. 나는 몇 초간 눈을 감았다. 눈을 뜨니 끈이 없는 남성용 가죽구두가 보였다. 그리고 억센 팔이 나를 일으켰다. 엉덩이가 늘씬한 그 남자였다.

"괜찮아요?" 남자가 나를 부축하며 물었다.

"저를 공격한 사람 보셨나요?" 나는 무릎에서 검은 껌 자국과 먼지를 떨어내면서 물었다.

"아뇨. 어떤 남자의 뒷모습만 봤어요. 계단을 뛰어 내려가던데요. 적어도 지갑은 안 가져갔네요."

나는 상대의 목적이 지갑은 아니라고 생각했지만 그런 얘기는 하지 않았다.

쇄골과 목이 아팠다. 왼쪽 팔은 감각이 없었다. 팔을 계속 풀었더니 욱신거리기 시작했다. 적어도 피가 통하고 있다는 사실은 알 수 있었다.

"피 나는 데가 있나요?" 내가 물었다. 목을 돌렸더니 어지러웠다.

"피는 안 보이네요. 그래도 병원에 가보셔야 해요. 자, 계단 밑까지 부축해드릴게요. 그러고 나서 경찰을 부르죠."

형사들과 다시 만나면 구금당할 게 분명했다. "아뇨, 괜찮아요. 열차를 타러 가야겠어요."

나는 나무로 된 플랫폼으로 가는 계단을 오르는 내내 도와주는 남자에게 매달렸다. 플랫폼에는 광고가 반, 낙서가 반이었다. 거리 음악가가 더블민트 껌 광고판에 기대어 색소폰을 애절하게 불고 있었다. 하지만 소리가 너무 커서 재능을 덮고 있었다.

"경찰을 부르셔야 하는데요." 엉덩이가 늘씬한 남자는 나를 따라 회전문을 통과하며 말했다.

"정말 괜찮아요." 진입하는 열차의 불빛이 눈에 들어왔다. "갈 데가 있거든요."

기관사가 열차의 맨 앞 량에 앉아서 커다란 금속 운전대를 돌리는 모습이 보였다. 열차가 끼익 소리와 함께 불꽃을 내며 멈췄다. 매캐한 냄새가 났다.

"이 열차를 타야 해요." 내가 말했다. "도와주셔서 고마워요."

나는 열차에 올랐다. 문이 닫히고 열차가 천천히 움직였다. 팔이 아팠다. 하지만 나를 습격한 인물은 그보다 더한 짓을 하려던 게 분명했다. 그게 누군지 궁금했다. 그리고 엘리자베스 고모의 날카로운 예언이 뭐였는지도 궁금했다.

---

28 합기도 실제 승급과 차이가 있는 걸로 보이지만 원문에 따랐다.

28

빙산의 움직임에 품위가 있는 건
어디까지나 10분의 1만 물 위에 나와 있기 때문이다.
—어니스트 헤밍웨이

      집으로 가는 계단을 오르는 동안 나는 술을 딱 한 잔만 마실 생각이었다. 오늘 밤엔 집을 전부 치워야 했다. 나는 육체적으로나 정신적으로 지쳐 있었다. 그러다 보니 계단을 다 올랐을 때 글렌디와 루실이 나를 불렀건만 별로 기쁘지 않았다.

      "디디, 돌아와서 다행이다. 오늘은 어땠니?" 두 사람이 밝게 웃었다. "캐벌리어는 괜찮아. 걱정되는 건 네 쪽이지."

      쌍둥이 자매는 지치는 법도 없는 사람들이었다. 내가 먹고사는 일에 바빠서 노인들과 어울릴 수도 없고 하루 종일 집에 있을 수도 없다는 건 이해하지 못하는 듯했다. 나는 두 사람을 사랑했기 때문에 피곤해서 죽을 것 같았는데도 흥미가 있는 것처럼 행동했다.

      "이리 오렴." 글렌디가 자기 집 쪽으로 나를 몰고 가며 재촉했다.

"마실 걸 갖다 줄게." 루실이 팔을 잡아끌며 덧붙였다.

"넌 목 좀 축여야 해. 게다가 깜짝 놀랄 일도 있단다." 글렌디가 문 안으로 미는 바람에 나는 밋치 싱클레어와 부딪혔다.

"도대체 이게 무슨……." 나는 말을 더듬었다.

"안녕하세요." 밋치가 웃었다. 밋치는 나를 안고 있던 근육질 팔을 천천히 풀었다.

'이 사람이 여기서 뭘 하는 거지?'

"지나가던 길이었는데요." 밋치는 내 생각을 읽은 것처럼 설명했다. "만나서 이제 일을 시작할 수 있는지 물어볼 생각이었습니다."

"쌍둥이 자매이신 글렌디와 루실 아줌마는 이미 아실 테고요." 나는 달리 떠오르는 말이 없어서 그렇게 얘기했다. "음, 이쪽은 밋치 싱클레어 씨예요."

"벌써 인사를 했습니다." 밋치가 미소를 지으며 몸을 숙이고 말했다. "좋은 시간이었습니다."

글렌디가 눈을 굴렸다. "얼마 전 밤에 너희 방문 앞에서 소동을 피운 게 이 사람이라면서?"

"디디, 이분은 너를 한 시간이나 기다렸단다." 루실은 그게 내 잘못이라는 양 알려주었다.

"기다린 건 신경 안 쓰셔도 됩니다." 밋치가 끼어들었다. "기회를 한 번 더 달라고 부탁하려고 왔으니까요. 여기 사랑스러운 두 분께서 당신에 관한 얘기를 전부 해주셨고요."

나는 두 사람이 밋치에게 디팩 초프라의 지혜를 잔뜩 대접하지 않앉기만을 바랐다.

"디디야." 두 사람은 탁자에 한 아름 놓여 있는 커다란 붉은 장미 다발을 가리켰다. "심지어 저것까지 갖고 오셨단다."

"너무 잘생겼지?" 글렌디가 나를 보고 속삭였다. "매너도 훌륭하고."

적의 편인 캐벌리어는 쌍둥이 자매가 쓰는 푹신한 빅토리아풍의 빨간 베개 위에서 몸을 말고 있었다. 캐벌리어는 눈을 두 번 깜빡거린 다음 고양이용 잠자리로 돌아가 자리를 잡았다.

나는 밋치의 팔을 잡고 문 쪽으로 끌었다. "이제 가야겠어요."

"숙녀 분들, 이만 가보겠습니다." 밋치가 다시 머리를 숙였다. "환대해주셔서 감사합니다."

"더 있다 가면 안 되니?" 글렌디가 물었다.

"갈게요. 대신 나중에 전부 말씀드릴게요. 이분은 그냥 사업상 동료예요."

"디디, 거짓말 마라." 내가 문을 빠져나가는데 글렌디가 쫓아와서 속삭였다.

"안녕히 계세요." 나는 밋치 싱클레어를 빼내고 싶어서 그렇게 말했다. 나는 아직도 배리를 속인 게 밋치가 아니라고는 확신하지 못했다. 하지만 그가 글렌디와 루실의 집에 한 시간 동안이나 있었다는 점으로 보아 고가철도 계단에서 나를 때린 사람이 아니라는 것만은 확실했다.

우리 두 사람은 복도를 지나 내 집 문 앞에 서서는 글렌디와 루실이 마지못해서 문을 닫을 때까지 기다렸다.

밋치는 작은 고디바 초콜릿 상자를 내밀었다. "꽃다발도 지난밤 일을 사과하려고 가져온 거예요. 하지만 저분들께 드리지 않을 수가 없었어요. 정말 특별한 분들이잖아요?"

"이봐요. 꽃이랑 초콜릿을 가지고 와준 건 고마워요." 나는 문을 열며 말했다. "하지만 오해는 마세요. 감사하다는 얘기예요."

"안으로 들어오라고 하지도 않을 건가요?"

"오늘 하루도 엉망이었어요. 그냥 자고 싶어요."

"항상 그렇게 일찍 자나요? 우리가 맺은 협약은 어쩌고요?" 밋치가 내 눈을 들여다보며 상냥하게 물었다.

나는 너무나 지치고 진이 빠져서 허락하고 싶었다. 그런 위험을 감수해도 될까? 밋치는 너무나 잘생겼고, 눈앞에 있었으며, 다정하게 굴고 있었다. 스카티를 배신하는 기분이 조금 들기도 했지만 다른 식으로 생각해보면 밋치는 스카티와 너무 비슷했기 때문에 끌리지 않을 수가 없었다. 나는 그러자고 하고 싶었다. 하지만 아무 말도 하지 않았다. 나는 아주 오랫동안 그러고 있었다.

밋치가 머리를 가로저었다. "솔직히 나도 왜 당신을 신경 쓰는지 모르겠어요. 오늘 밤에 배리하고 같이 마무리 지을 큰일이 있었는데도 시간을 내서 당신을 보러왔거든요." 밋치는 몸을 돌리고 걸어갔다.

"기다려요." 나는 밋치의 멋진 등에 대고 말했다.

밋치는 발을 멈췄지만 돌아보지는 않았다.

"어제 우리 집에 도둑이 들었어요. 그래서 들어오라고 하지 않은 거예요." 나는 발로 문을 차서 활짝 열었다. "내가 조사 중인 살인 사건하고 관계가 있는 것 같아요. 그래서 당신을 끌어들이고 싶지 않아요. 위험할 수도 있거든요. 제발 이해해주세요."

밋치가 돌아왔다. 집 안을 살펴보는 밋치의 갈색 눈썹은 부드럽고 솔직해 보였다.

"아까 그분들이 얘기해줬지만 캐묻고 싶지 않았어요. 배리가 맡긴 일 때문에 도둑이 든 거라고 생각하지 않는 이유는 뭐죠? 다른 사건 때문이 아닐 수도 있는데요."

"아니에요. 나한테 이런 짓을 한 사람이 다른 사람한테도 그랬다는 건 분명해요."

"범인이 뭘 찾는 건데요?"

"당신도 짐작할 수 있을 걸요. 신문이나 텔레비전이나 인터넷에 죄다 났으니까요. 헤밍웨이의 원고예요. 그 원고가 나한테 있다고 생각하는 거죠."

"오우." 밋치가 걸어 들어왔고 나는 문을 닫았다. 우리 집은 내가 아침에 나갔을 때 그대로 엉망진창이었다.

"디디, 하나만 물어볼게요. 헤밍웨이의 원고를 갖고 있어요?"

"적어도 데이비드를 죽였느냐고 물어보진 않네요. 다른 사람들은 다 그러는데 말이죠." 나는 앉아서 크게 한숨을 쉬었다.

"원고 얘기를 하자면 나한테는 없어요. 누가 가지고 있는지, 어디에 있는지도 모르고요. 데이비드는 마이크 애킨스인가 하는 변호사를 두고 있었어요. 그 이름이 맞을 거예요. 내가 협력하는 변호사

업체 하나가 그 사람이랑 연락하고 있거든요. 데이비드가 변호사한 테는 원고의 소재를 알려줬길 바라지만 확실치는 않고요."

"변호사도 모른다고요?"

"데이비드는 원본을 엄청 신중하게 다뤘어요. 아무도 못 믿겠다 고 하더라고요. 어떤 컴퓨터를 뒤져보면 사실을 좀 알 수 있을 것 같은데 켜지지도 않았어요."

"무슨 컴퓨터인데요?"

"데이비드의 노트북이에요. 켜봤는데 눈만 내리던데요."

"운이 좋으시네요. 내가 컴퓨터 전문가잖아요. 도와줄게요."

"고맙지만 그건 안 되는……."

"디디, 안 된다고 하지 말아요. 이기적인 목적 때문에 이러는 거예 요. 그 사건을 빨리 마무리 지으면 배리의 일에 전력을 다할 수 있 잖아요. 당신한테 일을 맡기지 말라고 배리를 설득하는 데에 실패 했으니 차라리 같이 일하는 게 낫겠다는 결론을 내린 거예요."

밋치의 말이 맞을 수도 있었다. 나는 밋치의 도움을 받기로 결정 했다. "정말로 할 생각이라면 좋아요. 데이비드의 노트북을 봐야 하 는데 내 차가 퍼졌어요. 시립 대학까지 태워줄 수 있어요?" 나는 그 컴퓨터가 경찰이 봉쇄한 방 안에 있다는 얘기는 하지 않았다. 오로 지 진실만을 말하지만 전부 다 말하지 않았을 뿐이다.

우리는 1층까지 걸어 내려온 다음 현관을 빠져나왔다. 저녁 공기 는 축축했다.

"흐릿하긴 해도 저기 북두칠성이 보이네요." 밋치는 우리 아파트

바로 앞에 주차해둔 진한 녹색 재규어의 문을 열며 말했다.

"좋은 차네요." 나는 곡선형 앞 범퍼를 손으로 쓰다듬고 차의 날렵한 뒷모습을 쳐다보면서 말했다. 먹는 걸 보면 그 사람을 알 수 있다는 말처럼 차를 보면 그 사람을 알 수 있다는 말이 진짜인지 궁금했다.

"이 자리에 도대체 어떻게 주차를 한 거예요?" 내가 물었다. "여기서 삼 년을 살았는데 제일 가까이에 주차한 게 한 구역 떨어진 곳이었거든요."

"이건 회사 차예요. 그리고 주차 운이 아주 좋죠." 밋치가 웃었다. 밋치는 차에 타자마자 에어컨을 최대로 틀었다. 나는 갈 곳을 알려주었고 밋치는 교통 혼잡 속으로 뛰어들었다.

"그 컴퓨터에서 뽑아낼 정보가 뭔지 알려줘요. 그래야 거기 가서 뭘 해야 하는지 계획을 세울 수 있죠."

밋치는 운전 실력이 좋았으며 빨리 달렸다. 깔끔하고 남성적인 밋치의 체취가 차의 냄새와 뒤섞였다. 나는 밋치에게 모든 것을 말하기로 결심했다. 데이비드의 방 문에 '범죄 현장, 출입 금지'라는 테이프가 붙어 있다는 것과 우리가 앞으로 불법 침입에 도둑질까지 할 거라는 사실만 빼고서. 단순한 도둑질이 아니라 중절도죄라고 해야 하나? 어쩌면 나는 전과를 쌓는 일에 대해 진지하게 고민해야 하는지도 모른다고 생각했다.

시립 대학에 도착하자 밋치는 입구 옆에 있는 주차 공간으로 능숙하게 차를 몰았다.

"봤죠?" 밋치가 웃었다. "이 차만 타면 좋은 주차 자리가 난다니 까요."

밋치는 차 문을 열고 내가 내리기를 기다렸다. 나는 갑자기 양심의 가책을 느꼈다. 밋치를 왜 이 일에 끌어들였는지 나도 잘 알 수가 없었다. 배리를 배신한 사람이 밋치일지도 모른다고 생각하면서도 마음속으로는 제발 그러지 않았으면 좋겠다고 미친 듯이 바라고 있었다. 처음에는 실랑이를 벌였고 의견도 달랐지만 나는 밋치에게 강하게 끌리고 있었다. 캐벌리어도 밋치를 좋아했다. 나는 고양이의 본능을 믿는 경향이 있었다. 하지만 이번 범죄 계획이 틀어지면 밋치는 아주 심각한 곤경에 처할 수도 있었다. 나는 배리에게 무슨 일이 있었는지 설명하는 광경을 상상해보았다. 엘리자베스 고모에게 그 얘기를 하는 건 더 끔찍했다. 고모는 불법 침입을 허락할 사람이 절대 아니었으니까. "디디, 인생은 시험이란다." 고모는 항상 말했다. "넌 거기서 떨어진 거야." 하지만 우리는 이미 목적지에 도착했고, 나는 그 노트북이 필요했다.

"고마워요." 나는 그렇게 말하고 차에서 빠져나왔다.

1층에 있는 시계가 오후 9시를 가리키고 있었다. 복도가 고요하고 몇몇 학생들이 여기저기 흩어져서 무리지어 있는 것도 당연했다. 이번에도 경비는 보이지 않았다. 우리는 제지를 받지 않고 학교로 들어갔다. 에어컨은 수리한 게 분명했다. 데이비드의 사무실로 거슬러 올라가는 동안에 복도는 거의 쾌적할 정도였다.

"여기 냄새가 지독한데요." 밋치가 말했다.

"맞아요. 에어컨이 고장 났었거든요." 나는 목표를 향해 가면서 설명했다. 문에는 아직도 '경찰 제지선—넘어가지 마시오'라는 노란 테이프가 붙어 있었다.

"잠깐만요." 밋치가 내 팔을 잡고 테이프를 가리켰다. "디디, 여긴 들어가면 안 돼요."

나는 후디니[29]처럼 테이프를 떼고 밋치가 불법이라는 사실을 깨닫기도 전에 잠긴 문을 열었다. 그리고 밋치를 끌어당긴 다음 문을 닫았다.

서류 더미는 없었다. 사방이 먼지 하나 없이 깨끗했고, 한때 데이비드의 영토였던 장소에서 그의 흔적이 완전히 사라지고 없었다. 망자에 대한 예의 차원에서 정리한 게 분명했다.

"디디, 이건 안 좋은데요. 잡힌다고 해도 나는 말을 잘하면 빠져나갈 수 있겠지만 당신은 이번 사건과 연관이 있잖아요. 경찰이 당신을 감옥에 넣고 열쇠는 버릴 거라고요."

"안 그럴지도 모르죠." 나는 컴퓨터를 켰다. "끌어들여서 미안해요. 하지만 이 안에 뭐가 들었는지 봐야겠어요." 노트북은 부팅을 하려고 애를 쓰다가 실패하고 요란하게 삑삑거렸다. 밋치와 나는 조심스럽게 서로를 바라보았다. 화면은 온통 하얀 노이즈뿐이었다. 예전과 마찬가지였다.

"내 말이 맞죠." 내가 말했다. 밋치는 몸을 숙이고 키보드를 두드렸다.

"이건 고칠 수 있어요." 밋치가 말했다.

"정말요? 그럼 가요." 나는 노트북을 끄고 닫았다.

"뭐하는 거예요?" 내가 노트북을 건네자 밋치가 물었다.

"디디, 이러면 안 돼요. 미친 짓이라고요." 밋치가 주장했다. "잡힐 거예요. 경찰이 우리 두 사람을 가둘 거라고요."

나는 밋치를 밖으로 끌어내고 문을 닫았다. 그런 다음 테이프를 다시 붙였다. 밋치가 눈을 굴리면서 말했다. "체포된 다음에 전화할 수 있는 기회가 오면 뭐라고 할지 생각 중이에요."

"십 초 안에 여기서 빠져나가면 아무 문제도 없을 거예요. 걱정하지 말아요. 우리 두 사람을 변호해줄 사람은 벌써 구해뒀으니까요."

"주차장에는 카메라가 있잖아요."

"그 카메라로는 이 노트북을 구분할 수 없어요. 화질이 나쁘니까요. 여기 출입하는 사람들은 거의 다 노트북을 가지고 다닌다고요. 훔친 게 우리인지 어떻게 알겠어요?"

"디디, 가톨릭 신자예요?" 밋치가 물었다. 그러면서 전리품을 들고 투지를 불사르며 내 옆에서 터덜거리며 복도를 걸었다.

"아니긴 한데 그게 무슨 상관인데요?"

"가톨릭 신자라면 지금부터 이 세상 삶이 끝날 때까지 단 한 시간도 빼놓지 않고 성모 마리아께 속죄해야 할 테니까요."

우리는 뒤도 돌아보지 않고 서둘러서 밋치의 차로 향했다.

---

29 해리 후디니. 헝가리 부다페스트에서 태어난 헝가리계 미국인 마술사. 탈출 마술로 유명했다.

29

집으로 돌아오는 동안 문제의 컴퓨터는 밋치의 재규어 뒷 좌석에 얌전히 앉아 있었다.

"저걸 훔쳐오는 일을 돕게 될 줄이야." 밋치가 다시 한 번 얘기했다.

"나도 당신이 공모를 해서 놀랐어요."

"디디, 이유는 모르겠지만 난 당신이 좋아요. 많이 좋아요. 배리가 당신을 특별하게 생각하는 이유도 알 것 같아요. 하지만 체포라도 되면 더 이상 농담이 아니에요. 정부 건물에서 물건을 훔치는 건 중죄니까요."

"시립 대학은 준정부 시설이에요." 내가 정정해주었다. "그러니까 기껏해야 준-중죄죠."

"봤죠? 당신은 가브리엘 천사가 와도 틈만 나면 농담을 할 거예요."

밋치의 휴대전화가 울렸다. 밋치가 전화기를 찾는데 내 것도 울렸다. 나는 휴대전화를 들고 인사말을 건넸다. 그리고 '전화 스파이 프로' 소프트웨어를 통해 밋치의 통화를 듣고 있다는 사실을 깨달았다. 가방 안이 엉망이다 보니 휴대전화가 무언가에 눌려서 저절로 통화가 된 게 분명했다. 나는 몇 마디를 중얼거린 다음 부끄러움도 없이 통화 내용을 전부 들었다. 전화를 건 사람은 배리의 사무실에 있는 허먼 씨였다. 허먼은 숫자를 확인해달라고 했고, 밋치는 즉석에서 대답해주었다. 허먼은 고맙다고 하고는 전화를 끊었다. 의심스러운 점은 없었다. 나는 끊어진 휴대전화에 대고 몇 마디를 더한 다음 인사를 하고 끊었다.

밋치의 유죄를 입증하는 전화가 아니어서 다행이었다. 밋치에게 미소를 보여주고 전화를 다시 집어넣으려는데 신호음이 또 울렸다. 이번에는 '전화 스파이 프로'가 아니라 칼 패트릭이었다. 칼은 데이비드의 변호사인 마이크 애킨스가 본인 소유의 차고에서 일산화탄소 중독으로 죽었다고 알려주었다.

"끊어야겠어요." 칼이 말했다. "조심하겠다고 약속해줘요. 당신도 위험에 처한 모양이니까요. 도움을 청할 사람은 있어요?"

"난 괜찮아요. 알려줘서 고마워요. 안녕."

"누구였어요?" 밋치가 물었다.

"칼 패트릭이에요. 제 변호사죠."

"아, 두어 시간마다 전화를 걸어서 당신이 감옥에 있지 않나 확인하는 거죠?" 밋치가 웃었다.

"데이비드의 변호사가 자기 차고에서 시체로 발견됐대요."

"아, 미안해요, 디디." 밋치가 인상을 찡그렸다. "사인은요? 심장 마비는 아니겠고. 자살? 살인?"

"아직 모르나 봐요. 일산화탄소가 원인이라는데 칼은 살인이라고 생각하고 있어요. 나도 목록에 있다는 거죠."

"지금까지 벌어진 일을 보면 별로 이상하지도 않네요."

나는 뭔가 잘난 척하는 말을 꺼내서 긴장을 풀려고 했다. 그런데 사이렌 소리가 들려서 백미러를 바라보았다. 경찰차가 경광등을 번쩍이며 빠른 속도로 다가오고 있었다.

나는 뒷좌석에 잘 보이도록 놔둔 절도품을 생각했다. 감시 카메라는 싸구려였기 때문에 거기에 걸린 건 절대 아니었다. 아니, 거기에 걸린 건가? 오늘 다시 한 번 칼 패트릭을 불러야 할지도 모른다는 생각이 들었다.

"우리보고 길가에 차를 대라는 건 아닐 거예요." 나는 희망사항을 얘기했다.

"그건 확신이에요, 아니면 질문이에요?"

내가 대답하지 않자 밋치가 말했다. "걱정 말아요. 당신이라면 경찰한테 보여줄 준 ─ 유희거리가 있겠죠."

밋치는 차를 길가에 대고 시동을 끈 다음 나를 보았다. "디디, 당신이 가톨릭 신자가 아니더라도 이런 상황에선 기도해도 괜찮아요."

백미러를 들여다보니 경찰이 차에서 나와 모자를 쓰고 어깨를 편

다음 허리에 매달린 경찰봉을 고쳐 매고 있었다.

"일이 잘못될 수도 있겠는데요." 밋치가 말했다. 밋치는 경찰이 다가오자 차창을 내렸다. "예, 경관님. 무슨 일이시죠?"

"운전면허증하고 차량등록증을 보여주시죠." 경찰이 손전등을 차 주변에 비추면서 말했다. 명찰에 따르면 경찰의 이름은 와인버그였 다. 와인버그는 규정대로 일을 처리하고 있었다.

"디디, 사물함을 열어서 등록증 좀 꺼내줄래요?" 밋치가 물었다. 와인버그 경관은 강력한 불빛으로 뒷좌석에 있는 노트북을 비추느 라 여념이 없었다.

밋치는 운전면허증을 경찰에게 건넸다.

와인버그 경관은 손에 들고 있던 손전등을 허리띠에 매달았다.

"으악." 경관이 손가락을 붙들고 말했다. "피가 나네. 면허증에 손 을 베었잖아요." 경관이 밋치에게 소리를 질렀다. 나는 밋치를 처음 만난 날 밤에 캐벌리어가 면허증에 잇자국을 남겨놨다는 사실을 기 억하고는 열린 차창 쪽으로 몸을 기울여서 끼어들었다. "경관님, 죄 송해요. 제 고양이가 그런 거예요."

"차를 고양이가 몬다 이겁니까? 그럼 컴퓨터도 쓰겠네요. 좋습니 다. 밖으로 나오시죠."

와인버그가 문을 열고 나오라고 손짓을 하는데 밋치가 나를 흘끗 바라보았다.

"제가 뭘 하면 될까요, 경관님?" 밋치가 나가면서 물었다.

"우선 선생님께서는 브로드웨이에서 불법적으로 좌회전을 하셨습니다. 그리고 이상해 보이는 점 몇 가지에 대해서 설명을 해주셔야겠습니다."

나는 밋치가 불법 침입에 대해 얘기하지 않기를 기도하면서 등록증을 찾아 사물함 속을 미친 듯이 뒤졌다.

"지금부터 야외 음주 측정을 할 겁니다. 선생님과 저기 계신 고양이 숙녀분이 술을 드신 것 같으니까요. 술과 운전은 절대 함께 하면 안 되죠."

"경관님, 저는 술을 안……."

"측정을 받아보신 적 있습니까?"

"음, 아뇨. 하지만 저는……."

"그럼 이 선을 따라 걸으시죠."

"믿어주세요, 경관님. 저는……."

"지금 측정을 거부하시는 겁니까?"

"아뇨, 하겠습니다." 밋치의 대답 소리가 들렸다.

"잘 생각하셨습니다." 와인버그 경관은 그렇게 말하고 밋치가 정확히 선을 따라 걷는 모습을 보았다. 나는 그동안에 등록증을 찾았고 차 밖으로 뛰어나가서 두 사람에게 합류했다.

경찰이 말했다. "이제 뒷자리에 있는 노트북 문제입니다. 본인 소유십니까?"

"경관님, 차량등록증 여기 있어요." 나는 노트북이 남의 물건이라고 밋치가 대답하기 전에 경관의 주의를 분산시키기 위해서 등록증을 그의 손에 밀어 넣었다. 하지만 때가 너무 늦었다.

"그건 아주 간단한 문젭니다." 밋치가 입을 열었다. "짐작하셨겠지만 우리는……."

내가 발로 걷어차자 밋치는 다리를 붙잡고 나를 노려보았다. 나는 입술을 오므려서 아무 말도 하지 말라고 신호를 보냈다.

"이건 회사 차량이군요." 와인버그 경관이 말했다. "회사 차량이 비싼 재규어인 경우는 드문데요. 뭐 하는 회사지요? '컴퓨터 솔루션 주식회사'라니 들어본 적이 없는데요."

"컴퓨터를 고쳐요." 내가 말했다. "그 분야에서 선두주자죠."

"그렇습니까? 그럼 저 노트북은 회사용 장비인가요? 와인버그가 손전등을 다시 뒷좌석에 비추면서 물었다.

"맞아요, 경관님."

"차의 다른 부분을 수색해도 괜찮겠죠?"

밋치가 차의 열쇠고리를 눌러서 트렁크를 열었다. "물론이죠."

트렁크에는 책과 출력물과 두꺼운 가방과 갖가지 케이블 뭉치와 컴퓨터 부품이 있었다. 책의 제목을 보자 머리가 어지러웠다. 『불대수의 아홉 가지 양상』이라니.

와인버그 경관도 나처럼 기운이 빠진 게 분명했다. "알겠습니다. 닫으시죠. 말씀하신 것과 어긋나는 건 없네요. 음주 측정도 통과하셨고요. 술은 안 드셨지만 행동은 수상했습니다. 그리고 브로드웨이를 지날 때 불법으로 좌회전을 하셨고요."

"경관님, 전 이 지역을 잘 모릅니다. 저 여자분 잘못이죠." 밋치가 나를 가리켰다. "길을 알려준 건 저 사람이거든요."

"잠깐만요. 전 좌회전 금지 표지판을 못 봤는데요." 나는 스스로를 변호했다.

"아, 음." 와인버그 경관이 큰 소리로 침을 삼켰다. 나는 그의 주장에 큰 문제가 있다는 걸 감지했다.

"전 여기 평생 살았는데요." 내가 말을 이었다. "거기서 표지판을 본 적이 없어요."

"예, 음, 일리가 있는 말씀입니다. 노스웨스턴 대학에 있는 우익 학생들이 맛이 가서 표지판을 계속 훔쳐가거든요. 세워놓으면 없애 버리죠. 수집품이라도 되는 모양입니다. 하지만 그렇다고 해서 불법이 없어지진 않습니다. 아주 위험한데다가 운전도 불안하게 하셨거든요. 음주 측정도 그래서 한 겁니다. 조심하시고 다시는 멍청한 행동을 하지 마십시오."

"알겠습니다, 경관님." 밋치가 말했다.

"경고만 하고 보내드리겠습니다. 하지만 또 한 번 경찰을 만나시면 그땐 오륙 백 달러를 물 수도 있습니다. 그때까지 아무도 안 죽였다면 그 정도라는 얘기지요. 그럼." 경관은 면허증과 등록증을 밋치에게 돌려주었다. "사람이 또 다치기 전에 면허증을 고치시지요. 두 분 다 조심하세요."

우리는 와인버그 경관에게서 눈을 떼지 못하면서 재규어로 돌아왔다. 경관이 마음을 바꿔서 수갑을 채워 연행할까 봐 겁이 났다. 하지만 와인버그는 모자를 벗어 앞좌석에 던지더니 차에 타고 경광등을 끈 다음, 우리가 '진짜 아슬아슬했다'고 말하기도 전에 사라졌다.

"남의 약점을 찾아내는 재주가 있네요." 밋치가 멋진 갈색 눈썹으로 아주 살짝 미소를 지으며 말했다. "그런데 난 왜 그게 걱정될까요?" 안전띠를 매고 재규어의 엔진에 시동을 걸면서 밋치가 물었다.

나는 웃었다. "그 경찰한테 설교를 듣는 게 딱지를 떼는 것보다는 낫잖아요."

"그거야 당연하죠." 밋치가 동의하면서 함께 웃었다.

30

　힘 좋은 재규어는 속도를 줄이고 우리 집 건물 건너편에 있는 주차 자리로 들어갔다. 밋치는 차 밖으로 나가서 뒷문을 열고 좌석에 있던 노트북을 꺼냈다.

　나도 나가서 차 문을 닫았다. 몸을 돌려서 차를 돌아 굽잇길로 가려는데 밋치가 나를 붙잡더니 들어올렸다. 블라우스가 쫙 찢어졌고 지갑은 도로에 떨어졌다. 나는 밋치 쪽으로 넘어졌고 검은색 차가 내 지갑을 밟고 빠른 속도로 지나가는 것을 보았다. 몇 밀리미터 차이로 차에 치이는 것을 피한 셈이었다.

　"세상에." 밋치가 말했다. 우리는 다시 균형을 잡았다. "위험했어요. 갑자기 튀어나왔거든요. 괜찮아요?"

　나는 두 발로 서려고 했지만 다리가 후들거렸다. "도대체 뭐가 어떻게 된 거예요?"

밋치가 지갑을 주워주었다. "자, 기대세요." 밋치가 팔에 힘을 주며 말했다. "저 멍청한 놈이 라이트도 안 켜고 속도를 올렸어요. 아직 떨고 있네요." 밋치는 그렇게 말하면서 부드럽게, 그러나 단단히 나를 잡았다.

"제 목숨을 구해주셨네요." 나는 밋치의 굳센 얼굴을 들여다보고 몸이 맞닿은 부분이 따끔거리는 걸 느끼면서 말했다. 그렇게 위험한 순간만 아니었다면 즐거운 경험이었을 것이다.

"이걸로 운명이 나한테 두 번째 미소를 짓네요." 나는 찢어진 블라우스를 확인하면서 말했다.

"또 무슨 일이 있었는데요?" 밋치가 물었다.

"차에 시동이 안 걸려서 고가철도로 갔죠. 계단을 통해서 플랫폼으로 올라가는데 누가 뒤에서 공격했어요. 다행히 지나가던 사람이 따라와줬어요."

"세상에, 디디, 누군가 당신을 노리고 있어요." 밋치는 한 팔로 나를 부축하면서 다른 손을 차 쪽으로 뻗어서 노트북을 꺼냈다.

우리는 집 쪽으로 천천히 걸었다.

"당신이 당한 일 중에서 헤밍웨이 건이 아니라 우리 쪽 일하고 관련된 것도 있는지 의심이 가네요." 밋치가 말했다.

"그건 아닐 거예요. 배리의 일을 맡겠다고 하기 전부터 사건이 생겼으니까요. 게다가 데이비드의 변호사까지 죽었잖아요. 헤밍웨이의 원고하고 관련된 게 분명해요. 그래서 이 컴퓨터에 들어 있는 정보가 필요하고요."

나는 평상시에는 다른 사람과 사건을 의논하지 않는다. 하지만 밋치를 보면 스카티 생각이 많이 났다. 나는 밋치와 함께 집으로 가는 계단을 오르면서 모든 걸 설명했다. 헤밍웨이의 원고, 데이비드와 베스의 시체를 발견한 일, 용의자가 된 일, 그리고 최근에 내가 방문한 곳은 어디든 발칵 뒤집혀졌다는 사실까지.

"방금 뺑소니를 당할 뻔한 걸로 경찰을 불러야 되지 않겠어요?" 문을 여는데 밋치가 물었다. 나는 불을 켰고 노트북을 놓기 위해서 지저분한 커피 탁자 위를 치워 자리를 만들었다.

"아뇨." 내가 말했다. 밋치는 노트북을 천천히 내려놓았다.

"당신 말이 맞네요. 여기 정말 엉망이에요." 밋치가 난장판을 보며 말했다.

"오늘 밤에는 두 번 다시 경찰과 접촉하고 싶지 않아요." 내가 말했다. "어차피 아무 소용도 없을 테니까요. 번호판 봤어요? 운전자의 생김새나 차종을 기억해요?"

"아뇨." 밋치가 잠시 생각하다가 말했다. "검정색 투도어였지만 생김새도 잘 모르겠네요. 너무 빨리 벌어진 일이라서요. 아무 소용없겠어요. 당신 변호사한테 얘기하는 건 어때요?"

"오, 왔구나." 글렌디가 캐벌리어를 데리고 집에 들어오면서 수선스럽게 말했다.

"목소리가 들려서 무슨 일인가 보러 왔지." 루실이 글렌디를 바짝 따라오며 끼어들었다.

그러는 동안 캐벌리어가 달려오더니 밋치의 바짓단 냄새를 맡고 자기를 봐달라고 야옹거렸다. 밋치는 캐벌리어를 들어 올려서 애정을 표했고, 염치없는 고양이 녀석은 개박하를 먹듯 그 애정을 빨아 들였다.

"너 정말 조심해야 해." 글렌디가 말했다.

"그런 일이 있었으니 당연하지." 루실이 덧붙이고 밋치에게 말했다. "아, 장미를 가져다준 신사 양반이구먼. 다시 왔네요. 잘했어요."

"이제 갈게." 글렌디가 찢어진 내 블라우스를 보며 말했다. 글렌디는 캐벌리어를 안고 문으로 향했다.

"그래야지. 저 두 사람은 바쁠 테니." 루실이 윙크를 했고 두 사람은 손을 흔들면서 떠났다.

나는 문을 닫았다.

"저 두 분이 수호천사예요?" 밋치가 물었다.

"확실히 말해두자면 우선 저 두 분은…… 아니, 그만하죠. 말하자면 복잡해요." 나는 노트북을 보며 말했다. "방금 무슨 일이 있었는지 얘기하지 않은 건 고마워요." 밋치가 내 눈을 들여다보았고, 나는 그의 굳센 턱선으로 눈길이 가는 걸 막을 수가 없었다. 자꾸 스카티에게 죄책감이 들었다. 하지만 밋치에게 끌리는 건 어쩔 수 없었다.

"디디, 당신은 흥미로운 여성이에요. 정말 그래요."

나는 밋치를 바라보고는 블라우스를 잡아당겨서 찢어진 부분을 최대한 오므렸다.

컴퓨터에 전원이 들어왔지만 화면에는 아직도 눈이 내렸다.

"전문가이시니까 부팅시킬 수 있죠?"

"로우 레벨 포맷을 해야 할지도 모르겠어요." 밋치가 신중하게 말했다. "그러면 운영체계를 다시 설치할 수 있거든요." 밋치가 웃으면서 덧붙였다.

"나도 컴퓨터를 조금 아는데요." 나는 스카티를 생각하면서 말했다. "포맷을 하면 하드디스크에 있는 자료가 모조리 날아간다고 친구가 말해준 적이 있어요. 그런데 안에 있는 걸 읽어보고 싶거든요."

"아, 그럼 조금 복잡해지는데요." 우리 둘의 눈길이 다시 한 번 마주쳤다. 몸이 화끈 달아올랐다.

"마실 것 좀 드릴까요?" 내가 마법의 주문을 깨면서 물었다. "콜라, 포도주, 진토닉 중에서 골라요."

"진토닉으로 하죠. 얼음 많이 넣고 진은 조금, 그리고 라임도 주세요."

"나도 그렇게 먹는 게 좋아요." 내가 말했다. 그리고 마실 걸 만들러 가서는 난장판이 된 부엌에서 재료와 멀쩡한 잔을 찾아냈다.

"고마워요." 밋치가 작은 잔을 받으며 말했다.

"미안해요. 하지만 안 깨진 건 이게 다예요."

밋치가 소파를 두드렸다. "여기 옆에 앉아봐요."

나는 밋치가 시키는 대로 했다. 무릎이 맞닿자 따뜻한 전기가 흐르는 느낌이 들었다.

"디디, 난 당신이 걱정돼요. 조금 전에 있었던 일은 우연한 사고가

아니에요. 당신을 쫓는 사람이 있다고요. 죽이려고 하고요. 안 무서
워요?"

"아직은 완전히 겁먹은 건 아니에요." 나는 그게 진심이길 바라면
서 덤덤하게 말했다. "그것도 사실이지만 한편으론 겁에 질리는 게
정상인지도 모른다는 생각이 들어요. 어쩌면 오늘 밤 늦게부터 그
렇게 될지도 모르죠."

"내 생각도 그래요. 내가 하고 싶은 말은 이거예요. 오늘 밤에 내
가 여기에 머물면서……."

"그럴 필요는……."

"내가 뭘 해야 하는지, 하지 말아야 하는지는 신경 쓰지 말아요.
이미 결정은 내렸으니까요. 당신을 혼자 두지는 않을 거예요. 사설
탐정을 부를 거면 그것도 괜찮아요. 그럼 난 갈게요. 하지만 안 그
럴 거라면 오늘 밤에 당신이 혼자 있게 하진 않을 거예요. 사실, 당
신이 우리 집으로 오는 편이 더 좋지만요."

"아뇨, 그건 불가능해요."

"그럴 줄 알았어요. 그러니까 내가 지금 여기에 있는 거고, 계속
그럴 작정이에요. 알았죠? 이 얘긴 끝났어요. 이제 이 컴퓨터에 무
슨 문제가 있는지 좀 자세히 봐야겠네요." 밋치는 그렇게 말하고는
컴퓨터 쪽으로 몸을 굽힌 다음 유난히 길고 검게 탄 손가락으로 키
보드를 두드렸다. 나는 밋치가 뭘 하는지 알 수 없었다. 그래서 능
숙한 손놀림과 손목을 쳐다보았다. 밋치가 벗은 몸으로 내 침대에
누워 있는 모습을 상상하지 않으려고 애를 쓰면서. 나도 내가 왜 그

러는지 알 수가 없었다.

"이 기계가 무슨 일을 당했는지 아는 거 없어요?"

나는 꿈속 세계에서 빠져나왔다. "몰라요. 데이비드의 사무실에서도 이랬어요. 아, 거기도 엉망이었거든요."

"흠……." 밋치가 문제에 완전히 집중하고 중얼거렸다. "이 노트북은 심하게 아픈 강아지예요. 쉽지 않겠는데요."

그 후 삼십 분은 마치 빙하기처럼 길게 느껴졌다. 나는 그동안 밋치가 조용히 일하는 모습을 지켜보았다. 밋치는 완전히 집중했고, 작업을 설명하느라 멈추는 일도 없었다.

"하드 디스크 설정은 아직 잡힌 상태예요." 마침내 밋치가 말했다. "정보를 담고 있는 섹터와 트랙은 건재하고 작동도 잘하고 있어요. 하지만 그 정보에 접근하게 해주는 파일들이 지워졌어요. 윈도우즈가, 그러니까 운영체계가 컴퓨터에서 삭제됐기 때문에 그 파일들을 손댈 수가 없고요."

"그럼 이제 어떡하죠?" 내가 물었다. 우리의 어깨가 맞닿았다. 나는 밋치가 소프트웨어 전문가라서 기뻤다. 그리고 내 무지를 숨기고 싶었다. '수학은 어려워'라고 내뱉으면서 바비 인형 얘기나 하고 있는 모습이 의식의 밑바닥을 스치고 지나갔다.

"흠, 우선 윈도우즈는 재설치할 수 있어요. 그다음에는 파일 구조 자체가 어떤 손상을 입었는지 볼 거예요. 윈도우즈 파일들도 남아 있을지 모르지만 작동은 못 하는 상태고요. 내 유틸리티들이 필요한데." 밋치는 따뜻하면서도 음흉스러운 미소를 지으며 설명했다.

그리고 일어서서 문가로 갔다. "금방 올게요. 마침 필요한 게 전부 차에 있거든요."

밋치는 가방을 가지고 돌아와서 소프트웨어 꾸러미를 꺼냈다. 그는 집중하느라 얼굴을 찡그리면서 CD를 집어넣은 다음 키보드를 두드리기 시작했다.

"뭐가 잘못됐는지 정말 알아낼 수 있는 거예요?" 내가 감탄해하며 말했다.

"그만큼 중요한 거 맞죠? 그럼 내가 의사 역할을 할게요." 밋치가 웃으면서 내 손을 살짝 건드렸다. "알다시피 난 오늘 밤에 사람 좋은 쌍둥이 자매 분을 만났죠. 당신은 도둑질을 하고 거짓말도 했지만 좋은 뜻으로 그랬다는 건 확실하고요. 게다가 고가철도에서 제 힘으로 살아남은 것도 놀라워요. 디디 맥길, 당신은 정말 매력적인 여성이에요."

"내가요?" 내가 물었다. 밋치는 말로 표현하기 어려운 순서로 내 왼팔을 부드럽게 만졌다. 밋치는 다시 컴퓨터를 보면서 조금 더 가까이 다가왔다. 옛 격언이 맞는지도 모른다. 죽음의 한복판에 서 있을 때에야말로 삶의 필요성을 느끼는 법이다. 또는 섹스처럼 삶에 확신을 주는 일이 필요하다. 우리 둘의 무릎이 닿았고, 밋치는 다시금 성실하게 일에 몰두했다.

"이건 뭐야? 좋지 않은데요. 아주 안 좋아요."

"뭐예요?" 나는 밋치가 보는 화면을 이해할 수 없었다. "제발 얘기해줘요."

"디디, 컴퓨터는 일종의 생명체예요." 밋치는 그렇게 말하고 가방으로 손을 뻗어서 번개가 그려져 있고 '전기구이'라고 적힌 소프트웨어 꾸러미를 꺼냈다.

"이건 뭐냐면," 밋치가 설명했다. 밋치의 갈색 눈에서는 추격자의 흥분이 번득였다. "컴퓨터 세계의 중성자폭탄이에요." 밋치가 '전기구이'를 가리켰다.

"누군가가 이 컴퓨터를 전기로 구워버렸어요. 이 조그마한 프로그램은 파일에 접근해서 0으로 안을 다 채워버려요. 그리고 0만 남은 상태로 저장해버리죠. 그다음에 그 파일을 보통 방법으로 지우고 파일 정보 테이블에 있는 이름을 바꿔서 더 이상 표시할 수 없도록 만드는 거예요. 파일 안에는 정보가 없이 0만 남고요. 말하자면 파일을 끝장내는 소프트웨어예요. 언제 어디서 무슨 일을 하건 절대로 파일을 복구할 수 없게 만들어요." 밋치가 말을 멈췄다. 이제 밋치의 눈은 맑고 차가웠다.

"지금 남아 있는 건 작고 산더미처럼 쌓인 0뿐이에요. 미안해요." 밋치는 눈을 깜빡이고 다시 내 손을 잡았다.

가슴이 철렁했다. "젠장." 내가 중얼거렸다. "누군지는 몰라도 아주 머리가 좋네요."

밋치는 몸을 돌려 나를 보았다. 밋치의 입은 진지했고 눈은 아직도 사냥을 끝내지 않고 있었다. "생각이 하나 있어요. 어쩌면 범인은 자기 생각만큼 똑똑하지 않을 수도 있어요. 어디 보자……."

우리는 더 가까이 붙어 앉아서 함께 추격을 하고 있었다. 나는 밋치의 남성적인 체취를 들이켜고 그가 일하는 모습을 지켜보았다.

"잡았다, 이 자식." 밋치가 나를 마주보았다. 밋치의 눈이 춤을 췄다. 그는 승리자처럼 웃었다. "누군지는 몰라도 범인은 너무 지나치게 일을 수행하는 놈이에요. 이걸 봐요." 밋치는 한 손으로 화면을 가리키고 다른 손으로 슬쩍 내 허리를 안았다.

"뭔데요?" 나는 한 손을 밋치의 무릎에 올리며 물었다.

화면에는 파일들의 이름이 나열되어 있었다. 나는 무슨 의미인지를 몰랐고, 바비 인형의 영상이 다시 떠올랐다. 나는 완전히 혼란에 빠졌다. 스카티와 함께 앉아 있는 것처럼 편안했지만 지금 옆에 있는 건 밋치였다. 나는 이런 혼란에 빠지고 싶지 않았다. 스카티가 돌아오기를 바랐다. 하지만 그건 불가능했기 때문에 나는 이 자리에 밋치가 있다는 사실이 너무나 좋았다.

밋치는 사악한 미소를 지었다. "기계가 왜 멈췄는지 알겠어요. 이걸 계획한 놈은 단 한 방에 시스템 전체를 날리려고 한 거예요. 공중폭격을 해서 눈에 보이는 생물을 말살시키는 것처럼요."

밋치가 말을 멈추고는 내 손을 들어서 자신의 입술로 가져갔다. 그리고 손가락마다 키스를 했다.

"멋진 맛이에요." 밋치가 내 귀에 대고 속삭였다. 내 뱃속은 맹렬하게 불타는 용광로 같았다. 밋치는 내 귀 뒤에 키스를 했다. "내가 당신 목숨을 구했죠."

"맞아요." 나는 순순히 인정했다.

"그리고 이 물건을 훔치면서 자연스럽게 범죄 행위에 공모를 하게 됐고요."

"그것도 맞아요." 내가 웃었다.

"좋아요. 그럼 됐어요. 자, 다시 본래 문제로 돌아가죠. 이 짓을 한 놈은 아주 서둘렀어요. 하드디스크 전체를 전기구이로 날리려고 했죠. 그런데 전기구이는 파일 각각이나 파일의 작은 블록을 날리는 프로그램이에요. 그래서 컴퓨터가 죽은 거죠. 윈도우즈 파일을 먼저 날렸고 그것 때문에 파일 각각을 지우기도 전에 모든 게 멈췄어요. 그래서 과연 지금 상황이 어떨 것 같아요?" 밋치가 미소를 지으면서 내 머리칼을 매만졌다. 스카티가 하던 것처럼. 세상에, 기분이 너무 좋았다. 내가 뭘 하고 있는 거지? 스카티가 돌아오면 어떡하지? 그렇게 상상하니 끔찍했다.

"그래서 결국은 바라던 파일을 얻을 수 있다는 얘기예요?" 내가 말했다.

"간단히 말하자면 그럴 수도 있어요. 한번 해보죠. 윈도우즈는 재설치했으니까 디렉터리에 접근할 수 있어요. 이제 파일 정보 테이블에서 지워진 이름들을 잘 어루만져서 파일을 되살려야 해요."

뭔가 김이 빠진 것 같아서 나는 나도 모르게 다급해졌다. "그건 어떻게 하는데요?"

"전기구이는 보통 파일 이름을 달러 표시로 바꾸거든요. 그걸 다른 글자로 대치하는 거예요. 그러면 파일을 다시 쓸 수 있죠. 아무거나 골라 봐요." 밋치가 말했다. 밋치의 눈이 지평선에서 승리의 가능성을 발견하고는 빛을 냈다.

"데이비드의 D로 하죠."

"디디의 D로 해요." 밋치가 웃으며 키보드로 D를 입력했다. "자." 밋치가 내 팔을 가볍게 건드리며 말했다. "컴퓨터란 건 커다랗고 서랍이 많이 달린 서류보관함과 비슷해요. 섹터와 트랙은, 그러니까 정보가 들어 있는 곳의 주소는 아직도 그대로 남아 있어요. 여기 조금, 저기 조금씩이요. 말하자면 박살난 계란 껍데기를 한데 합치는 거죠. 자, 이제 나올 거예요."

밋치는 양손을 키보드 위에 얹었다. 우리는 여러 개의 디렉터리를 뒤졌다. 특별한 것은 하나도 없었다. 데이비드는 학생 관련 기록과 강의 연구 자료를 상당수 보관하고 있었다. 하지만 성희롱 건이나 학과장 자리를 따기 위해 분투하던 일에 대해서는 아무것도 나오지 않았다.

우리는 마침내 'BL&NM'이라는 이름의 디렉터리로 들어갔다. 여러 색의 빛이 번쩍이더니 워드프로세서가 화면에 떠올랐다. 그리고 비밀번호를 물었다. 나는 실망한 나머지 신음 소리를 냈다.

밋치가 물었다. "데이비드가 비밀번호로 뭘 쓸지 짐작해봐요."

"전혀 모르겠어요. 사람들은 보통 뭘 쓰죠?"

"보통이란 건 없어요. 다들 잊지 않을 만한 걸 고르니까요. 어머니 성함처럼요. 흠, 걱정하지 말아요." 밋치가 불순한 미소를 반짝였다. "이건 쉽게 해결할 수 있을 거예요. 이런 프로그램에는 너비가 1.6킬로미터쯤 되는 구멍이 있게 마련이거든요. 사용자가 비밀번호를 잊어도 문제를 해결할 수 있게 뒷문이 있는 법이죠." 밋치는 키를 몇 번 두드린 다음 한 번 더 반복했다.

뭔가가 떠올랐다. "밋치, 'BL&NM'이라는 거 있잖아요. 어쩌면 '정원은 넓고 속은 좁아터졌다Broad Lawns and Narrow Minds'는 말의 약자일지도 몰라요. 헤밍웨이가 오크 파크를 두고 한 말이에요. 그걸로 될까요?"

"아뇨. 그건 그냥 디렉터리 이름이잖아요. 기다려봐요. 옳지, 찾았어요." 밋치가 말했다. 프로그램이 가두고 있던 파일을 풀어놓았다. 우리는 동시에 고개를 숙이고 화면을 자세히 조사했다. 어깨가 마주 닿았고, 밋치가 더 다가오면서 자신의 다리로 내 다리를 눌렀다.

밋치가 말했다. "당신 정말 아름다워요. 이미 알고 있겠지만요."

"당신도 그리 나쁘진 않아요." 내가 웃었다.

"디디, 금광을 찾았어요." 밋치가 화면을 가리켰다. 우리가 뽑아낸 파일을 보니 데이비드는 자신이 받은 소포를 낡은 손가방이라고 표현하고 있었다. 데이비드는 소포의 근원을 추적하는 데에 실패했으며, 지난 91년간 그 원고가 어디에 있었는지 상세한 가설을 세워두고 있었다. 누더기가 다 된 수하물표가 아직도 가느다란 실에 매달려 있었지만 읽을 수는 없었다고 했다. 해들리와 헤밍웨이가 결혼한 직후였기 때문에 회송 주소는 헤밍웨이가 살던 미시간 주의 주소일 거라는 추측이 파일 안에 적혀 있었다. 전쟁에서 돌아온 젊은이가 흔히 그렇듯이 헤밍웨이도 일상에 적응하는 일에 곤란을 겪었다. 특히 엄격하고 청교도적이며, 정원은 넓고 속은 좁아터진 오크 파크에서는 더했다. 헤밍웨이는 전쟁을 겪으면서 남자가 되었다. 하지만 그의 모친은 귀향한 후에도 아들을 아이처럼 대했다. 미시간 주에 있는 친구들은 그에 비하면 훨씬 나았다. 그래서 헤밍웨이는 미시간에 머물다가 오크 파크가 아닌 그곳에서 결혼식을 올린 다음 유럽으로 떠난 게 분명했다. 데이비드는 의문을 남기고 있었다. 20세기 미국 문학사에서 가장 위대한 발견이 파리에서 미시간으로 갔다가 데이비드 본인에게 도달하기까지 과연 어떤 과정을 거쳤을까?

데이비드와 마틴 스위니가 미시간으로 연구 순례를 떠났던 기록도 있었다. 데이비드는 문제의 가방이 파리에 있는 분실물 취급 부서로 갔다가 미국으로 회송됐다는 자신의 이론을 완전히 믿고 있었다. 그리고 미시간 주 세니에 있는 정차역의 역장이 가방을 맡고 있다가 헤밍웨이에게 직접 전해주기로 결정을 내렸다고 추론하고 있었다. 헤밍웨이가 가족들과 사이가 좋지 못하다는 게 널리 알려졌기 때문이다. 하지만 헤밍웨이는 부친의 장례식이 있었던 1949년까지 오랫동안 돌아가지 않았다. 데이비드는 그때쯤엔 역장은 죽었거나 그 일에 대해 잊었을 것이며, 가방은 긴 세월 동안 다락이나 지하실에 있었을 거라고 짐작했다.

가방 속에 들었던 원고를 설명한 파일도 있었다. 원고는 헤밍웨이의 단편소설 11편, 장편 도입부 하나, 시가 열둘이었다. 나는 '고양이는 행운이다'라는 제목을 보고 웃음을 지었다.

그 파일에서 흥미로운 부분은 가방을 보낸 이가 누구이며 이유가 무엇인지에 관해 데이비드가 세워놓은 가설이었다. 데이비드는 그 가방을 보낸 게 헤밍웨이의 집안사람이라고 굳게 믿고 있었다. 그 인물은 다른 집안사람들 및 오크 파크 헤밍웨이 재단과 사이가 좋지 않았으며, 데이비드가 개인적으로 인터뷰를 했던 사람 가운데 하나라는 얘기였다. 그 인물은 문제를 일으키고 싶어 했다는 게 데이비드의 짐작이었다.

나는 데이비드가 'Regacs Ma Fily'라는 문자 치환 암호를 풀어놓은 부분을 손으로 가리켰다. 답은 '그레이스 쪽 집안사람Grace's Family'이었다.

나는 밋치를 보았다. "이게 사실이라면 원고를 보낸 사람이 데이비드의 살인범일 거예요. 데이비드가 원고를 연구 목적으로 기부하지 않고 경매에 붙이려고 했기 때문이죠."

우리는 계속 검색했다. 186,485바이트짜리 파일이 있었지만 화면에는 '파일 손상'이라는 말 외에는 아무것도 떠오르지 않았다.

디렉터리의 맨 끝에 있는 파일이 제일 컸다. 그리고 확장자가 달랐다. 그 파일을 불러오자 워드 프로세서가 사라지고 단어와 부호와 숫자가 뒤섞인 화면이 나타났다. 밋치가 화면을 아래로 내리자 익숙한 단어들이 눈에 들어왔다. 인쇄해 놓았던 헤밍웨이 원고의 일부에 쓰인 단어들이었다.

"밋치, 이건 본 적이 있어요. 이건 원고의 단어 사용 패턴과 구두점과 빈도와 문장구조를 분석한 내용이에요. 이렇게 하면 진본과 위조를 가려낼 수 있거든요."

우리 두 사람의 머리는 거의 닿은 거나 마찬가지였다. 밋치가 나를 보더니 거칠게 숨을 쉬면서 잡아당겼다. 밋치의 손길은 너무나 멋졌다. 나는 침을 꿀꺽 삼켰다. 밋치는 날렵한 손길로 나의 전신을 오르내렸다. 머리가 어지러웠다.

"기억해요." 밋치가 귀에 대고 속삭였다. "난 오늘 밤에 당신 목숨을 구했어요."

"치사한 인간." 나는 더 가까이 다가가며 응수했다.

"그리고 이 집에는 침대가 하나밖에 없어요."

"그건 어떻게 알았어요?"

"당신이 마실 걸 가지러 갈 때 봐뒀죠."

우리는 키스를 했다. 처음은 길고 부드러웠다. 그다음은 강하고 적극적이었다. 밋치는 컴퓨터를 내버려두고 두 손을 내 옷 속에 넣어 다리를 쓰다듬었다. 밋치가 손가락으로 세심하게 더듬자 온갖 구속이 날아가버리고 감미로운 자유가 찾아온 것 같은 기분이었다. 우리 두 사람은 숨을 몰아쉬면서 거칠고 자유분방하게 상대의 옷을 벗겼다. 우리는 다시 키스했다. 그리고 밋치의 입이 내 가슴으로 내려갔다. 신중하게 접근하기에는 너무 늦었다는 건 알고 있었다. 나는 밋치가 있어 줘서 기뻤다. 몸 전체가 흥분으로 떨렸고, 나는 그 순간에 모든 걸 맡겼다.

31
다섯째 날, 목요일

두 사람이 서로를 사랑한다면
행복한 결말은 존재하지 않는다.
—어니스트 헤밍웨이

나는 동이 트기 전에 일어났고, 백마 탄 왕자가 내 침대에서 자고 있는 걸 보고는 놀랐다. 그리고 어젯밤 일이 기억났다. 가로등의 고요한 불빛이 창밖에서 침실로 들어와 밋치의 벗은 몸을 비췄다. 나는 자고 있는 밋치를 보았다. 어젯밤에 밋치가 붙여놓은 불길이 되살아났다. 밋치는 스카티와 너무 비슷했다. 정신과 의사들은 이런 현상을 '이전 과정'이라고 불렀다. 어쨌든간에 나는 스카티를 다시 만나지 않을 거라는 결론을 내리고 있었다. 나는 밋치에게 파고들었다.

그 때문에 밋치가 일어났다. "꿈이 아니었네요." 밋치가 속삭였다. "이리 와요." 밋치는 나를 바짝 품었고, 내 우주는 그의 포옹 속에 갇혔다.

"꿈일까 봐 두려웠어요." 밋치가 말했다.

밋치는 내 뺨을 쓰다듬고 머리칼과 귀와 목에 가볍게 키스했다. 밋치의 두 손이 내 등과 허리와 엉덩이를 따라 천천히 내려갔다. 밋치의 탄탄한 엉덩이는 나와 함께 움직였고, 여러 가지 자세가 그 뒤를 따랐다.

다시 눈을 떠보니 시간이 많이 지난 다음이었다. 이제 사방이 환했고 나는 격렬한 성관계 뒤에 남은 감미로운 여운과 함께 홀로 남아 있었다. 나는 죽은 것처럼 잤고 이제는 머릿속이 투명하리만치 맑았다. 나는 산에서 내려오는 모세처럼 원기를 찾은 상태였다.

"아름다운 아가씨, 잘 잤어요?" 밋치가 말했다. 밋치는 차와 토스트 두 조각과 사악한 미소를 가져다주었다.

밋치가 컵을 건넸다. "우유밖에 없기에 조금 넣어봤어요. 마음에 들었으면 좋겠네요."

"영국식이네요. 딱 좋아요."

밋치는 벗은 몸으로 침대 위에 올라왔다. 그리스 신화에 등장하는 신이 나에게 토스트를 건넸다.

"버터하고 계피예요." 밋치가 토스트 위에 얹은 것을 가리켰다. "그걸 찾으려고 저 난장판 속을 미친 듯이 뒤졌어요."

"당신은 주술사예요." 나는 차를 홀짝이고 계피 토스트를 맛봤다. 그리고 꿈에서 깨는 것이 두려워 눈을 깜빡거렸다.

"이런 거에 익숙해질지도 몰라요." 나는 마지막 토스트를 씹으면서 경고를 했다. 밋치의 멋들어진 갈색 눈썹이 내 행동을 하나도 남김없이 보고 있었다. 오늘 아침에는 밋치를 오래전부터 알았던 것 같은 기분이 들었다. 이제 며칠밖에 안 됐는데도 말이다.

"나도 마찬가지예요." 밋치는 가까이 다가와서 부드럽게 키스했다. "흠. 계피맛이 나는 여자가 좋아요." 밋치가 속삭였다. 컵이 내 손가락 사이를 빠져나가서 카펫에 가볍게 떨어졌다.

"어린 시절에 콤플렉스가 있었나 보죠." 내가 속삭였다. 우리는 팔을 뻗었고 몸을 한데 엮었다.

밋치는 모든 여자가 꿈꾸는 사람이었다. 그는 정감이 넘치고, 정열적이고, 적극적이고, 창의적이고, 두려움을 모르고, 유머가 있고, 사려가 깊고, 근육질이었다. 하지만 정신을 못 차릴 정도로 행복했음에도 스카티와 너무 비슷해서 마음이 아팠다. 얼마 뒤, 우리는 함께 샤워를 하면서 상대에게서 눈을 떼지 못한 채 별것 아닌 일로 낄 낄거렸다.

"어제 함께 있어서 좋았어요." 내가 작은 소리로 말했다.

"당신 친구 데이비드한테 무슨 일이 있었는지 더 얘기해줘요." 밋치가 내 등에 비누칠을 해주며 말했다.

나는 고객용 보고서를 쓰는 것처럼 하나도 남김없이 모든 걸 말했다. 함께 얘기를 할수록 더 많은 것들이 분명해졌다.

"유감스럽게도 그 모든 일을 저지른 범인이 당신을 쫓고 있군요." 밋치가 말했다. "돌아서봐요."

"베스는 뭔가를 알고 있었던 게 분명해요." 내가 찬물을 맞으며 돌아섰다. "그 변호사도 마찬가지고요. 범인은 이제 내가 아는 게 있거나 뭘 본 거라고 생각하고 있어요. 그리고 그 두 사람하고 같은 식으로 처리하려는 거죠."

"디디, 경찰이 뚜렷한 증거를 가지고 범인을 체포하지 않는 한 당신은 안전하지 않아요."

나도 동의했다. "하지만 뚜렷한 증거가 뭔지 모른다는 게 문제예요."

"빅 빌은 데이비드를 죽일 동기가 있어요. 그 성희롱 사건이 진짜라면 데비 매이저스도 확실한 동기가 있고요." 밋치가 말했다.

"하지만 나를 두 번이나 공격하고 차를 망가뜨린 게 그 여자라고 보는 건 무리예요." 내가 밋치의 등에 비누를 칠하며 말했다.

"당신은 세상 누구보다 섹시해요." 밋치가 돌아서서 웃으며 손을 뻗었다.

"아휴, 그만해요." 나는 몸을 비틀어 빠져나오면서 비누로 밋치를 공격했다.

"알았어요. 알았다고요. 내가 졌어요. 흠, 빅 빌하고 데비 매이저스가 공모한 건 아닐까요."

"빅 빌이 데비 매이저스를 시켜서 데이비드를 허위로 고소했다면 말이 되겠죠." 내가 진지하게 동의했다.

나는 마틴 스위니와 재단에 있는 할 슐츠에게서 받은 인상을 얘기했고, 두 사람 모두 데이비드를 죽일 동기가 없다는 점을 인정했다.

"게다가 고가철도에서 나를 때린 게 마틴 스위니라면 어니스트 헤밍웨이가 그런 거라고 신고한 사람이 있었을 거예요."

밋치가 웃었다. 밋치는 샤워 부스에서 빠져 나가 수건을 가져와서 내 등을 부드럽게 닦아주었다. "당신 얘기를 듣고 나니," 밋치가 말했다. "그 말이 맞겠네요. 마틴 스위니는 순회 강연이 취소됐기 때문에 금전적으로 큰 손실을 입었을 거예요. 그러니 동기가 없죠. 할 슐츠하고 재단 쪽은 데이비드나 원고를 잃는 쪽보다는 접촉하지 않는 편을 택했을 테고요."

"그래도 양자 모두 우리가 모르는 동기가 있을지도 몰라요." 나는 다른 수건을 꺼내서 밋치의 등을 닦았다.

"기분 좋은데요." 밋치가 말했다. "내가 듣기엔 둘 다 괴짜 같긴 해요. 하지만 당신이 찾아낸 주변 사람들 대다수는 범인하고 거리가 멀어요. 솔직히 그런 학자풍 사람들이 냉정하게 살인을 할 거라고 보긴 어렵거든요."

"이제 당신이 독단적으로 결론을 내리네요." 나는 밋치의 엉덩이를 수건으로 툭 치면서 말했다. 그리고 대학 시절을 떠올렸다. 그때 나는 대학 사람들도 여느 사람 못지않게 살인을 할 수 있다는 무시무시한 결론을 내렸다. "일단 마틴과 데이비드는 친한 사이였어요. 어쩌면 마틴이 아직 얘기하지 않은 게 있을지도 몰라요. 그 사람 얘기 전부를 믿지는 못하겠거든요. 하지만 왜 그 원고가 위조라고 했을까요?"

"좋은 지적이에요." 밋치가 말했다. "뭔가 나름대로 계획이 있을지도 모르죠."

"그리고 베티 애브라마위츠도 있어요." 나는 그렇게 말하면서 수건을 접었다. "베티는 데이비드를 싫어했고 학교를 위해서 원고를 가지려고 했거든요. 그 여자라면 기분 좋게 데이비드를 쏘고 나를 때려눕힐 수도 있어요. 하지만 베스 모이어스하고 마이크 애킨스는 왜 죽였을까요? 그리고 이 사건에서 매트의 역할은 뭘까요?"

나는 한숨을 쉬었다. 밋치가 돌아섰다. "아직도 모르는 게 너무 많아요. 아무래도 조심해야겠어요."

"내가 보살펴줄게요." 밋치가 음흉하게 웃었다. "그리고 잊으면 안 돼요."

우리 둘이 다시 한 번 일을 벌이려는데 전화 소리가 막았다.

"받지 말아요." 밋치가 말했다.

"급한 건지도 몰라요." 나는 전화를 받았다. 매트가 함께 지내러 언제 올 거냐고 응답기에 메시지를 남기고 그걸 밋치가 듣는 게 싫었다.

전화를 건 사람은 던이었다. 던은 그라우 제분소 일을 마쳤느냐고 물었다. 던의 전화를 벌써 두 번이나 무시했기 때문에 조금 죄책감이 들었다.

"오늘 밤에 할 거예요." 내가 단호하게 말했다.

"거기 가면 프리실라라는 여자를 찾으세요. 부사장이니까 모르는 게 없을 거예요. 그리고 디디, 내일 아침 일찍 보고서를 내 책상 위에 올려놓아야 해요." 던은 그렇게 말하고서 전화를 끊었다.

우리는 옷을 입었다. 밋치는 그라우 제분소를 알고 있었다. "재밌는 곳이죠. 하지만 보안을 얼마나 강화해야 기물 파손을 막을 수 있는지는 잘 모르겠네요."

"걱정 말아요. 잘해낼 테니까요." 내가 말했다. 나는 검정색 다이어리를 찾아봤지만 실패했다. "요새 새로운 장비가 나왔어요. 적외선 촬영 장치를 쓰면 경찰도 그런 좀도둑들을 쉽게 잡을 수 있죠. 아, 정말 엉망이네요. 뭘 찾을 수가 없어요. 점점 더 어질러 놓기만 하네요."

"걱정 말아요. 다이어리는 일단 정리가 끝나면 나올 거예요. 그런데 있잖아요." 밋치가 갑자기 진지하게 말했다. "어젯밤에 여기 온건 배리 일에 신경을 써달라고 말하려는 게 목적이었거든요. 절대로 계획적인 건……."

"계획적이라뇨? 일 얘기 말이에요?"

"당신을 노리고 온 건 아니었다고요. 이리 와요." 밋치가 부드럽게 나를 안았다. "오해하지 말고 들어요. 배리 일은 어떻게 돼가요?"

나는 고개를 들어서 밋치의 멋진 얼굴을 관찰했다. "믿어줘요. 일은 하고 있어요. 당신 마음에는 안 들지 몰라도요. 하지만 도와줘서 고마워요, 밋치. 정말이에요. 지금까지 무례했던 건 미안해요. 다 얘기해줄 게요. 하지만 지금은 안 돼요."

나는 지갑에서 5센트짜리 두 개, 10센트짜리 하나, 25센트짜리 동전 하나를 꺼냈다. 그리고 물었다. "혹시 잔돈 좀 있어요?"

"잔돈요?"

"네, 동전 말이에요. 버스를 타려면 동전으로 딱 맞춰야 하거든요. 그런데 45센트밖에 없네요."

"버스라뇨? 아, 맞아, 차 때문에 그러는군요. 얼마나 필요한데요? 아니, 어딜 가는데 그래요?"

"디터네 가게요. 정비소예요. 클라크 거리에 있어요. 여기서 북쪽이죠."

"갑시다. 내가 데려다줄게요."

32

리글리 구장 근처에 산다는 건 축복이기도 하고 저주이기도 하다. 경기를 자주 보러 가진 않지만 야구장이 가깝다는 것만으로도 나는 무한한 힘을 얻는다. 보험일이란 게 떼돈을 벌 수는 없지만 그 대신 내 마음대로 오후 시간을 낼 수 있다는 장점이 있다. 또한 텔레비전에서 내 모습을 봤다고 뭐라고 하는 사장이 없는 것도 좋은 점이다. 나는 그것만으로도 온갖 고생을 무릅쓸 보람이 있다고 생각한다.

하지만 홈팀이 경기를 할 때 벌어지는 교통 체증만은 참을 수가 없었다. 오늘은 피츠버그 파이어리츠가 더블헤더 경기를 하기 위해 오는 날이었다. 나는 눈을 깜빡이며 스카티를 생각했다. 스카티와 나는 야외관람석에 앉아서 경기를 보자고 약속했다. 응원도 하고,

심판을 욕하고, 서로 핫도그를 먹여주고, 팔짱을 끼고 구장을 나와서 경기장에서 잔뜩 마신 맥주의 힘을 빌려 노래도 부르자고 계획했다. 하지만 한 번도 그러지 못했고, 앞으로도 그럴 수 없었다.

"언제 야구 보러 갈까요?" 밋치가 물었다.

나는 그러면 너무 좋겠다고 말했다. 밋치는 브레이크를 밟아서 요란스러운 야구팬들을 피했다. 웃통을 벗은 십 대 애들이 대부분이었다. 벌써 커비 라운지[30]에서 나와 길로 뛰쳐나가는 중이었다.

우리 두 사람은 이제 함께 있으면 편안했지만 불과 24시간 전만 해도 어색한 사이였다. 나는 차가 다닥다닥 붙어 있는 체증 속에서 2.5센티미터씩 전진하는 것만으로도 큰 불만이 없었지만 차량의 물결은 리글리 구장에서 수 킬로미터를 벗어나고 나서야 줄어들었다.

밋치는 라디오를 켰다. 우리는 깔끔한 디터네 차고로 들어갔고 라디오의 DJ는 오늘 아침의 최저 기온이 섭씨 34도였으며 1995년의 최고 기록을 갱신했다고 얘기했다.

"오늘 밤에 봐요." 밋치가 말했다. 나는 차에서 내렸다.

"안 돼요. 선약이 있어서……."

"데이트?" 밋치가 물었다. "애인은 없다고 하지 않았나요?"

"그런 거 아니에요. 미팅이 있어요. 헤밍웨이 건 때문에요." 나는 매트 얘기를 하고 싶지 않았다.

"설명하지 않아도 돼요."

"알아요. 그래도 하고 싶어요."

"집에 몇 시에 갈까요? 아니면 오늘은 우리 집으로 올래요? 헤밍웨이 사건이 끝날 때까지는 혼자 두지 않을 거예요. 그러니까 당신도 순순히 따라줘요. 안 그러면 억지로라도 그렇게 할 거예요."

"당신이 올 거면 정리도 하고 청소도 해야 하는데요. 난 지저분한 건 못 참아요."

"알았어요. 9시면 되죠? 늦게 오면 쌍둥이 자매 분 댁에서 기다릴게요."

밋치가 가자 배리의 사무실에서 소형 비디오를 확인해야 한다는 사실이 떠올랐다. 세상에, 만약에 소프트웨어를 불법으로 배포한 게 밋치면 어떡하지? 나는 이미 밋치에게 푹 빠져 있었다. 동작 감지 비디오는 이틀 내내 작동하고 있었다. 거기에 찍힌 게 밋치라면 그와 함께 잔 것은 어마어마한 실수가 된다. 만약 그게 허먼이라면 배리는 나를 영원토록 증오할 것이다. 비디오에 찍힌 사람이 없다면, 휴대용 거짓말 탐지기가 없었기 때문에 은행들을 일일이 조사해야 했다. 그러면 일이 더 복잡해질 뿐이었다. 밋치는 수사에 진척이 없으며 자신을 최우선 용의자로 삼았다고 나를 강하게 비판할게 뻔했다. 그러고도 남을 만한 일이었다. 결과가 어느 쪽이든 간에 나는 잘 되어가던 우리 관계가 끝장날 거라는 무서운 예감에 사로잡혔다.

디터는 평상시처럼 바빴다. 하지만 내가 가게에 들어가자 달려오더니 내 팔을 잡았다. 나는 디터가 좋았다. 디터는 오빠 같았다. 그는 차를 수리하는 모습을 몇 시간이고 보게 해줬고 언제나 가득 차있는 냉장고에서 맥주도 꺼내어 마시게 해줬다. 대화는 재밌었고 나는 윤활유 냄새를 정말로 좋아하게 되었다.

하지만 오늘의 디터는 너무 흥분한 나머지 맥주도 권하지 않았다.

"디디, 그 배터리 케이블은 잘린 거예요. 자, 봐요. 자쿡이 보이죠. 마모된 부부니 업써요. 이건 사고가 아니에요."

"그럴 줄 알았어요." 나는 그렇게 대답하고 담당 중인 사건 때문에 위험한 상태라고 말했다.

"그 보험 관연 일은 그만둬요, 디디. 머리도 좋고 몸도 튼튼하잖아요. 그 일을 왜 해요? 그리고 당신을 재규어에 태워서 데려다준 그 미남은 누구예요? 그 차가 후륜 구동도 괜찮고 엔진도 직렬 6기통이어서 힘은 조치만 그래도 메르세데스는 아니잖아요. 사려면 420E를 샀어야죠. 그게 진짜 명품이니까요. 그걸 타면 정말 끈내준다고요."

나는 디터에게 고맙다고 하고 비용을 지불한 다음 약속이 있어서 바로 가봐야 한다고 말했다.

직원 한 사람이 내 미아타를 꺼내오고 차 지붕을 내리는 걸 도와준 다음 올라탈 수 있도록 문을 열어주었다.

"아휴." 내가 말했다. 앉자마자 엉덩이가 뜨거웠다. "으악." 나는 운전대에 손을 대보고 소리를 질렀다. 차 안은 숨이 막혔다. 차의 구석구석에서 열기가 흘러나왔다. 다른 때 같으면 이탈리아 대리석처럼 차가워야 할 기어마저도 손안에서 녹을 것 같았다. 커다란 폭풍이라도 몰아쳐서 이 폭염을 잠재워야 했다. 하지만 그런 예보는 없었다.

나는 배리의 사무실로 차를 몰았다. 머릿속에서는 꿈만 같았던 어젯밤과 감시카메라에 녹화된 영상에 대한 공포가 교차했다.

---

30 시카고의 술집.

33

적을 완전히 없애버릴 수는 있다.
하지만 그 과정이 공정하지 못했다면
당신 또한 같은 운명을 맞이한다 해도 할 말이 없다.
—어니스트 헤밍웨이

내가 도착했을 때 허먼 막스는 전화를 받고 있었다. 허먼은 인사도 하지 않고 배리의 사무실로 들어가보라고 손을 내저었다. 나를 빨리 보내고 싶은 모양이었다.

배리는 전화를 들여다보고 도청 여부를 확인하기 위해서 부착해두었던 고성능 진단 장비를 검사하는 중이었다.

"시작해보죠." 내가 지갑을 탁자에 내려놓으며 말했다.

"더 일찍 올 줄 알았는데요." 배리가 핀잔을 주었다.

나는 배리의 농담을 무시하고 의자를 천장 밑으로 끌어당겼다. 천장에는 내가 숨겨놓은 장비가 있었다.

"배리." 나는 의자 위로 올라가서 카메라로 손을 뻗으며 물었다. "내가 줬던 전화번호 목록에 모르는 번호가 있던가요?"

"아뇨. 다 확실한 번호들이었어요. 아무것도 알아낸 게 없었어요."

배리는 전화를 원래대로 돌려놓고 나를 도와주었다. 나는 천장의 타일을 빼려고 더듬거리고 있었다.

"디디, 하이힐을 신고 이런 일을 하면 안 되죠."

천장 타일을 계속 밀다 보니 마침내 움직이기 시작했다. 나는 타일을 천천히 뽑아냈다.

"만약에 거기에 녹화된 게 없으면," 배리가 의자를 꼭 붙든 채 말했다. "다시 설치하고 싶진 않네요. 신경이 쓰여요."

"그렇겠죠." 나는 동정심을 표했다. 그러면서 몸을 뻗어서 소형 장비를 붙잡았다.

"젠장." 나는 욕을 했다. 날카로운 모서리에 손가락이 긁혔고 검지 손톱이 부러졌다.

"뭐하는 거예요?" 밋치 싱클레어가 내 다리 부근에서 나타나더니 물었다. "디디 맥길 씨, 자살하려고요?"

나는 아래를 내려다보고 입을 비틀어 웃었다. 밋치를 다시 만나고 싶었다. 그것도 얼른. 하지만 지금은 때가 아니었다.

"흠, 어젯밤이 그 정도로 나빴다고는 생각하지 않았는데." 밋치가 작은 소리로 말했다.

나는 소형 카메라를 꺼내고 몸을 돌려서 밋치를 마주 보았다. 어젯밤에 그토록 매력적이었던 사악한 미소는 오늘 아침에도 달라진 게 없었다.

"안녕." 나는 불안하게 웃으며 인사를 하고는 도와달라는 눈길로 배리를 쳐다보았다. 문제의 영상을 밋치와 함께 보고 싶은 생각은 추호도 없었다.

"그게 뭐예요?" 밋치는 타일이 빠진 자리와 스프링클러의 끝부분을 올려다보았다. 밋치는 내가 부착한 소형 카메라를 본 게 분명했다. 그의 지적인 두뇌 속에서 순식간에 어떤 일들이 일어났는지 눈에 보이는 것만 같았다.

"감시용 캠코더네? 배리, 너도 알고 있었어?" 밋치가 물었다.

"흠." 배리가 애매하게 대답을 하고는 입을 굳게 다물었다. 배리는 나를 바라본 다음 밋치에게 시선을 옮겼다. "그렇기도 하고, 아니기도 해."

"좋은 생각이네." 밋치가 말했다. "어쨌든 무슨 일을 하는 건지 잘 알고 했겠지."

밋치가 손을 내밀고 나에게서 소형 카메라를 받았다. "자, 도와줄게요." 밋치는 다른 손으로 내가 의자에서 내려오도록 도와주었다.

"누굴 감시하는 건데요? 허먼은 아니죠?"

나는 침을 꿀꺽 삼키고 대답을 하지 않았다.

배리가 나를 가엽게 쳐다보았다. "그건 이리 줘." 배리는 밋치에게서 카메라를 건네받았다.

자세를 바로잡은 나는 영상을 보기 전에 밋치를 내보낼 방법을 궁리했다.

배리는 카메라에서 소형 드라이브를 꺼낸 다음 자신의 컴퓨터에 꽂아 넣었다. "이 화면으로 바로 확인할 수 있어요."

배리가 영상을 띄우는 동안 밋치는 내가 밟았던 의자에서 먼지를 떨어내고 회의용 탁자 쪽으로 되돌려 놓았다. 그리고 과장된 동작으로 나에게 앉으라고 권했다.

밋치는 의자를 붙든 채 갈색 눈으로 나를 보았다. 내가 앉자 어깨에 손을 얹고 몸을 구부린 다음 귀에 대고 작은 소리로 말했다. "아름다운 아가씨, 어젯밤은 정말 특별했어요. 당신도 그랬어요?"

나는 어젯밤 이후로 마음속 깊은 곳에서 밋치는 범인이 아니라고 생각하게 되었다. 그렇지만 내가 밋치를 첫 번째 용의자로 지적했다는 점은 들키고 싶지 않았다. 나는 밋치에게 나가 달라고 말해야 했다. "우리가 지금 뭘 할 거냐면요……."

"그거 WMV 형식이야?" 밋치가 물었다.

"응. 자, 시작하지." 배리가 대답했다. 화면에서 영상이 재생되었고 우리는 하나같이 거기에 집중했다. 우리 세 사람은 화면 주위에 자리를 잡고 주의 깊게 관찰했다. 영상은 배리의 책상 위에 있는 서류철의 클립 개수를 셀 수 있을 만큼 색상과 선명도가 훌륭했다.

영상에 가장 먼저 등장한 얼굴은 즉시 알아볼 수 있었다. 그건 나였다. 카메라를 설치하던 밤에 찍힌 장면이었다. 그 후 십여 장면에 찍힌 건 나와 배리였고, 그다음에는 배리가 혼자 찍혀 있었다.

"동작 감지식이네. 머리 좋은데요." 밋치가 화면에 빠진 채 말했다.

배리는 자신의 모습을 보며 웃었다. "봐, 저건 어제 아침이야."

배리는 근무 시간 동안 일을 멈추지 않았다. 사람들이 들어오고 나갔다. 나는 밋치나 허먼이 혼자서는 절대로 배리의 사무실에 들어오지 않는다는 사실에 특히 주목했다. 나는 마음속으로 크게 안도의 한숨을 쉬었다. 지금까지는 아무 문제가 없었다.

"디디, 소득이 없네요." 배리가 유감을 표했다. "돈하고 시간만 낭비한 거예요. 이걸로 우리 소프트웨어가 은행을 통해서 유출됐다는 걸 더 확신할 수 있겠어요."

"배리, 은행의 보안은 아주 두터워요." 내가 설명했다. "은행은 완벽한 보안을 유지하기 위해서 여러 해에 걸쳐서 수많은 자원을 퍼부었다고요. 그래서 문제가 발생한 게 여기라고 생각하는 거예요. 근원에서부터요."

배리는 눈을 내리깔았다. "디디, 난 그렇게 생각하지 않아요."

"한번 맡겨보자고." 밋치가 말했다. 밋치는 진영을 바꿔서 내 편을 들었다. "이런 영상을 쓰는 건 좋은 방법이라고 봐."

"두 사람 사이에 왜 갑자기 평화 협정 분위기가 돌지? 나쁜 건 아니지만 너무 갑작스럽잖아? 넘실거리던 적대감은 어디로 갔지?"

밋치는 거기에 대답하지 않고 화면을 가리켰다. "저거 봐." 남자 한 명과 여자 한 명이 화면에 나타났다. "저건 도대체 누구야?"

배리가 화면을 바라보았다. "청소부들이야."

"이 사무실엔 아무도 못 들어온다고 했잖아요." 내가 말했다. "그게 정확한 사실은 아니네요?"

"흠, 그건 생각 못 했어요. 하지만 저 사람들은 그냥 청소하러 온 거라고요. 우편배달부나 마찬가지죠. 저 사람들은 영어도 못 해요.

저 사람들한테 복잡한 소프트웨어를 복사하는 기술이 있다는 거예요? 그건 아니죠."

"배리, 더 이상 볼 필요도 없어요. 바로 저거예요. 저렇게 유출된 거라고요." 나는 권위 있는 목소리로 선언했다. "분명해요."

나도 엉뚱하게 들린다는 건 잘 알고 있었다. 하지만 내가 무슨 말을 하는지도 잘 알았다.

"디디, 정황증거뿐이잖아요." 배리가 말하고는 고개를 저었다.

나는 한숨을 쉬었다. "지금 당장 청소 계약을 해지하고 다음 버전 소프트웨어를 오늘 늦은 시간에 배포하세요. 그럼 깨끗할 거예요."

"저 사람들은 이상한 일을 전혀 하지 않았잖아요." 배리가 항의했다. "이건 비약이에요. 처음에는 밋치를 의심하더니 이젠 청소부를 의심해요?"

"뭐?" 밋치가 나를 보았다. "날 의심했어요?"

"휴, 디디, 처음부터 밋치 말이 옳았는지도 모르겠어요. 이제 길크레스트 앤 스트래튼을 불러야겠어요."

"디디." 밋치가 말했다. 밋치는 엉덩이에 손을 얹고 내가 대답하기를 기다렸다.

나는 대답 대신 영상을 가리켰다. 청소부 가운데 한 사람이 컴퓨터 주변을 너무 오래 만지작거렸다. 그 사람은 컴퓨터를 들여다보더니 전원을 넣고 화면에 파일을 띄웠다. "배리, 저것 봐요."

"저 자식이." 배리가 영상을 앞으로 되감았다.

나는 배리의 전화기를 들고 내부 회선을 열었다. "허먼 씨." 내가 말했다. "지금 바로 와주세요. 아셨죠?"

허먼은 들어오자마자 영상으로 눈을 돌렸다.

"허먼 씨, 건물 관리실 번호가 어떻게 돼요?"

허먼은 그 자리에서 전화번호를 불렀다. 나는 그럴 줄 알고 있었다. 허먼을 안 지는 얼마 되지 않았지만 그는 분명히 자랑하기 좋아하는 사람이었다.

나는 배리의 전화기를 들고 번호를 누른 다음 기다렸다. 나머지 세 사람은 입을 다물고 나를 바라보고 있었다.

지루해하는 목소리가 대답했다. "건물 관리실입니다. 저는 릭먼이고요."

"안녕하세요, 릭먼 씨. 전 매리 스펜스예요. 포스트 씨의 비서고요. 알고 계시겠지만 저희가 다음 주에 그 건물에 입주하거든요."

"디디, 그러면 안 되는데……." 배리가 말했다. 나는 배리의 말을 막고 계속했다.

"네, 맞아요. 1702호요. 그래요. 음, 왜 전화를 했냐 하면요. 포스트 씨가 사무실 청결에 아주 예민하시거든요. 엄청나게 까다로우세요. 아시죠, 카펫에 클립 하나도 안 흘리는 사람 말이에요. 모든 게 제자리에 있어야만 해요. 이 건물을 청소하는 업체가 어디죠?

아, 그래요. 여러 해 일을 맡겼는데 불평은 단 하나도 없었다고요. 전부 보스니아 이민자들이라고요? 흠, 잘 모르겠네요. 그 사람들 영어는 하나요? 네? 정말요? 바로 그거예요. 맞아요. 흠, 너무 고마워요, 릭먼 씨. 다음 주에 뵙죠." 나는 전화를 끊었다.

"그게 다 무슨 소리예요?" 배리가 물었다. "매리 스펜스는 누구고 포스트는 또 뭐죠?"

"신경 쓰지 말아요. 가끔은 거짓말을 해야 할 때가 있으니까요. 조사하라고 돈을 받았으니 조사하는 거예요."

"디디, 보스니아 말 할 줄 알아요?" 밋치가 물었다.

"할 필요 없어요."

"말도 못 하면서 그 사람들한테서 도대체 어떻게 정보를 얻겠다는 거예요?" 배리가 도전을 해왔다. "세르비아-크로아티아 사투리에는 다른 나라 말이 서너 개 정도 섞였다고 들었어요. 그 사람들이 분쟁을 벌이는 이유 가운데 하나가 그거고요."

"알아요. 발칸 지역은 경제가 무너졌죠. 똑똑하고 고등교육을 받은 사람들이 보스니아에서 미국으로 이민을 와서 청소부 같은 직업을 갖는 이유도 그런 분쟁 때문이고요." 나는 릭먼에게서 알아낸 전화번호를 누르면서 설명을 했다.

"어떤 경우에는 그런 사람들이 언어 장벽 때문에 청소부 일 말고는 다른 걸 못 하기도 해요. 내가 사는 건물도 그렇고요."

"디디, 당신 정말 의심이 많은 사람이네요." 밋치가 말했다. "그런데 배리, 생각 좀 해봐. 그 말이 맞을 수도 있어. 그 사람들은 우리 컴퓨터를 켤 이유가 없다고. 만약에 고등교육을 받은데다가 고의로 저런 거라면 우리 소프트웨어를 인터넷에 흘린 범인일 수도 있어. 문제의 출발점이 이 컴퓨터일 수도 있다는 건 그럴듯한 추론이라고."

나는 동의하면서 고개를 끄덕였다. "바로 그거예요. 배리, 그래서 전화고지서에 아무것도 안 남은 거예요. 전부 인터넷으로 보내놓고 나서 통신 흔적을 지웠으니까요."

신호가 세 번 가고 나서 활기찬 여성이 대답했다. "키스 청소 용역입니다. 더러운 것들한테 작별의 키스를 보내세요. 뭘 도와드릴까요?"

"도움을 꼭 좀 받고 싶네요. 우리 사장님이 매일 청소를 맡기려고 하는데요. 릭먼 씨가 그쪽 회사를 강력하게 추천하더라고요."

"잠깐만 기다려주세요. 운영 부장이신 루 씨를 바꿔드릴게요."

잠시 후에 부드러운 목소리가 등장했다. "안녕하세요. 무엇을 도와드릴까요?"

"음, 확실한 건 아닌데요."

"걱정하지 않으셔도 됩니다. 저희는 뭐든 다 하니까요. 필요한 걸 말씀해보세요."

"큰 문제가 있어요. 사장님 때문인데요. 아주 까다로운 분이라 지금까지 무슨 일을 하든 최고인 사람들만 고집하셨거든요. 사장님이 지난번 업체를 해고했어요. 그 덕분에 제 자리도 위태롭게 생겼고요. 케머 건물에 있는 릭먼 씨가 그러는데 그쪽 회사가 최고라더군요. 아무 문제도 생기지 않았고요."

"그렇습니다. 그쪽에 나가는 직원이 제일 우수하죠."

"그런데 전부 보스니아 사람 아닌가요?"

"맞습니다. 하지만 책임자는 영어도 유창하게 합니다."

"오, 그게 우리 사장님이 바라시는 거예요. 그래야 지시를 할 수가 있으니까요. 계약을 하면 그 사람들이 바로 와줄 수 있나요?"

"물론이죠." 루가 적극적으로 대답했다. "거기 책임자는 크리스라는 직원인데요. 우리 쪽 최고 직원입니다. 믿기 힘드시겠지만 크리스는 사라예보에서 대학 교수였어요. 보석 같은 인재죠. 크로아티아 사람들로만 팀을 꾸리고 있어요. 말이 좀 많긴 한데 그래도 일은 귀신같이 하고요. 크리스는 재능이 아주 많습니다. 피아노 실력도 연주자 급이고요. 만족하실 겁니다. 제가 보증하죠."

"말씀대로인 것 같네요. 믿음이 가요. 사장님께 말씀드려보고 다시 전화할게요. 다음 주 언제부터 나올지 약속을 잡아야 하고 가격 얘기도 해야 하니까요."

"아무 때나 전화주세요." 루가 말했다. "성함하고 회사명만 알려주시면……."

나는 전화를 끊고 루가 한 얘기를 들려주었다.

"디디, 그건 아무 의미도 없어요." 배리가 말했다. "문학이나 역사 쪽 교수일 수도 있잖아요."

"배리, 나한테 문제를 해결해달라고 했죠. 그럴 사람은 나밖에 없다고도 했고요. 이제 임무를 완수한 것 같네요. 그 사람 아니면 동료 중 하나가 컴퓨터를 쓸 줄 알아요. 불법 이주자인데다가 직업도 변변치 않고요. 이런 일은 흔하다니까요. 장담해요."

"배리, 진지하게 생각해보는 게 좋겠어. 디디 말이 맞는 것 같아." 밋치가 끼어들었다.

"디디, 난 모르겠네요. 경솔한 것 같아요." 배리는 고집을 꺾지 않았다.

"이러고 싶지는 않았지만……." 나는 배리의 키보드와 컴퓨터 사이에 설치했던 입력 감시 장치를 뽑았다.

"내 키보드에 감시 장치를 달았어요?" 배리는 화가 나서 식식거렸다.

"증거가 필요하다면서요. 이게 그거예요. 이건 길크레스트 앤 스트래튼에 맡겨야 할 것 같네요." 내가 덧붙였다. "자잘하고 반복적인 일은 그 사람들 전문이니까요. 크리스란 사람의 성도 알아오게 하고 신분 조사와 미행도 시키세요. 결과가 어떤지 한번 보자고요. 나는 이게 이번 사건의 답이라고 봐요. 오컴의 면도날은 보통 잘 맞아요. 다시 말해서 제일 간단한 설명이 정답인 법이죠."

"배리, 디디의 말이 맞는 것 같아." 밋치가 말했다.

"그리고 이 청소 업체는 당장 해고하세요. 오늘 일을 마무리하기 전에 열쇠는 꼭 받아두시고요. 자물쇠도 바꾼 다음에 새 소프트웨어를 시장에 내놓으세요. 그렇게 하면," 나는 스핑크스처럼 보이도록 웃었다. "수수께끼는 전부 푼 거예요."

배리와 다른 이들이 의논을 시작했다. 나는 이토록 자신감 있게 내린 결론이 틀리지 않고 맞기만을 바랐다. 키보드 감시 장치 덕분에 배리와 허먼도 동의할 것 같았고, 밋치는 벌써 내 편이었다.

배리는 결국 항복했다. "알았어요, 알았어." 배리가 말했다. "나도 다수의 의견은 존중한다고요. 디디, 당신 말대로 할게요. 하지만 수정한 소프트웨어는 당분간 배포하지 않을 거예요. 그건 길크레스트 앤 스트래튼에서 결과가 온 다음이에요."

　나는 이겼다. 하지만 기분이 좋은 건지 아니면 결론에 불만이 남
은 건지는 확실히 알 수 없었다.

34

　"있잖아요." 밋치가 말했다. "불법 복제 행위가 어떻게 벌어졌는지를 당신이 밝혀냈다는 사실에 점점 적응하고 있어요. 당신정말 놀라운 사람이에요."

　"나도 내 모습을 볼 때마다 놀라요." 내가 웃었다. 우리는 배리의건물 앞에서 부끄러움도 잊은 채 작별 키스를 하고는 마지못해 헤어졌다. "이따가 9시에 봐요." 밋치는 그렇게 말하고 배리의 사무실로 돌아갔다. 나는 미행이 없는지 살피면서 비첨 건물로 향했다.

　엘리베이터에서 내리고 보니 우편배달부인 더글러스가 내 사무실문에 있는 우편함에 고지서들을 넣고 있었다.

　"안녕하세요." 더글러스는 여느 때처럼 음침하게 웃었다.

　"안녕하세요, 더글러스 씨." 나는 활기차게 웃었다. 언젠가는 내

환한 미소와 자질구레한 농담 덕분에 더글러스가 관료주의적인 절대론을 집어던지기를 바라면서.

"우편물을 바로 확인하시는 게 좋겠어요."

"왜요?" 내 우편물을 몰래 열어서 읽을 리는 없겠지만, 더글러스는 왠지 모르게 모든 일들을 다 알고 있었다. "좋은 소식이에요?"

"맥길 씨, 국세청에서 공식 우편물이 왔어요. 그건 좋은 소식일 리가 없죠."

나는 갑자기 기분이 나빠졌다. "국세청이라면 그 말이 맞죠."

"당장 해결하셔야 할 거예요."

"고마워요." 나는 오늘도 더글러스의 말이 맞을 거라고 확신하면서 문을 닫았다.

나는 우편물을 뒤졌다. 국세청 봉투는 꾸러미 속에서 유난히 눈에 띄었다. 척추를 따라 나도 모르게 냉기가 흘렀다. 나는 지갑과 다른 우편물을 책상 위에 올려놓고 봉투를 열었다. 내용물의 날짜는 어제였다. 나와 몇 번이나 접촉하려 했으나 실패했고 내가 약속을 여러 번 어겼기 때문에 납세 의무를 의도적으로 불이행한다고 볼 수밖에 없으며 따라서 내 문제를 채권 관리부서로 넘기겠다는 내용이었다. 어마어마한 벌금과 그동안 쌓였다는 이자를 합산해놓으니 내일 년 수입보다도 많았다. 세상에, 날 아주 죽일 셈이었다.

나는 번뇌의 고통을 또 한 번 겪을 각오를 하고 전화를 든 다음 국세청 사무실의 번호를 눌렀다. 왕 씨가 전화를 받았고 나는 화를 내며 입을 열었다. 왕 씨는 놀랍게도 내 목소리를 알아들었다. "아, 맥길 씨." 왕 씨는 친절하게 말했다. "맞아요. 푸상 씨는 어제 연락이 오기를 기다리셨어요." 이 여자는 심지어 내 이름도 정확하게 발음했다. 나는 충격을 받았다. "잠깐 기다리세요." 왕 씨가 말했다.

나는 기다리고 또 기다렸다. 국세청 전화에는 대기용 음악이 없었다. 그 대신 녹음된 목소리가 들렸다. "직원이 모두 상담 중입니다. 저희는 납세자를 소중하게 생각하고 있으니 절대로 끊지 마시고 응답을 기다려주세요."

신이 국세청을 습격해서 뒤집어엎고 나의 사소한 문제를 해결해 줄 리는 없었다. 국세청 직원들이 불법적이고 비도덕적이며 비양심적인 문제를 산더미처럼 해결해야 한다는 건 잘 알고 있었다. 하지만 왜 하필 푸상 씨는 그토록 사소한 일에 까다롭게 목숨을 거는 사람이란 말인가? 물론 그걸 따지자면 돼지가 날아다니지 못하는 이유도 짚고 넘어가야겠지만 말이다.

영원과도 같은 대기 시간이 끝나고 왕 씨가 다시 전화를 받았다.

"푸상 씨께서 내일 오전 10시 정각에 만나시겠다네요. 이번이 마지막 약속이에요. 만에 하나 저희가 요청한 서류를 갖고 직접 오시지 않는다면 강제 집행 단계로 넘어갈 거예요. 맥길 씨, 무슨 얘긴지 아시겠죠?"

나는 전화를 끊었다. 왕이 어디서 그런 식으로 전화하는 법을 배웠는지 궁금했다. 나는 무슨 일이 벌어져도 내일 약속을 지키겠다고 다짐했다. 병원 침대에 누운 채 호송되는 한이 있더라도 나는 제시간에 도착해야 했다.

35

　나는 다른 전화 메시지를 처리하고 문을 반쯤 나섰다. 그
때 전화가 울렸다. 스코틀랜드에서 엘리자베스 고모가 건 전화였다.

　"디디, 왜 전화를 안 했니? 아주아주 중요한 일인데. 내가 환상을
봤거든."

　"알아요, 고모. 전화해주셔서 고마워요. 엄마가 벌써 얘기해줬고
요."

　"애야, 좋은 얘기가 아니었단다."

　그 무서운 고모가 나에게 전화를 하는 경우는 짜증이 났을 때뿐이
라는 걸 떠올리자 나쁜 일임에 틀림없다는 생각이 들었다.

　"계단에서 네가 추락하는 환상이었고 암흑이 보였단다."

　"고모, 걱정 마세요. 벌써 당했으니까요. 누가 저를 뒤에서 공격

했고 고가철도로 가는 높은 계단에서 밀어버리려고 했어요. 하지만 안 떨어졌어요. 실제로도 전 괜찮고요."

"디디야, 그게 아니다. 내 말에 귀를 기울여야 해. 아직 일어나지 않은 일이거든. 다른 게 있어. 더 심각한 게."

"고모, 제 생각엔 이미 지나간 게 확실해요. 그 환상하고 똑같았거든요. 아시겠지만 저도 아주 조심하고 있고요."

"디디, 내 말을 무시하지 마라. 이건 앞으로 일어날 일이지 벌써 지나간 게 아니야. 내 경고를 명심해라. 잊으면 안 돼. 단단히 대비하고 있어라. 내가 거기 있다면 좋으련만. 너한테 폭풍이 몰려올 거다."

"고모, 괜찮을 거예요. 정말이에요. 사랑해요, 고모. 그리고 걱정하지 마세요. 조지는 어떻게 지내요?" 고모와 나는 새 고모부하고 어떻게 지내는지 얘기를 조금 나누었다. 내 생각에 조지 머레이야말로 이 지상에서 무서운 고모에게 제대로 대적할 수 있는 유일한 인물이었다. 전화를 끊으려는데 고모가 다시 한 번 말했다. "기억해라. 뒤를 조심해. 대비를 게을리 하지 말고."

나는 어느 정도 마음을 놓았다. 지난번에 고모가 환상을 봤을 때 나는 철거 중인 연합 은행 건물에서 벽장 속에 갇혀 죽을 뻔했다. 어쨌든 이번에는 훨씬 덜 심각했고, 이미 살아남은 뒤였다.

다시 한 번 밖으로 나가려는데 전화가 울렸다.

"안녕하세요. 그라우 제분소엔 아직 안 갔어요?"

"던, 지금 막 문을 나서던 참이었어요. 솔직히 말하자면 지금 이 전화가 발목을 잡은 거예요.”

“미안해요. 뒤에 앤이 서 있거든요.”

“걱정 말라고 전해주세요. 한다고 했으면 하니까요. 오늘 밤이면 다 해결될 거예요. 그럼 끊을게요.”

나는 전화를 끊고 나왔다. 던의 일도 할 예정이었지만 그보다는 뭔가 먹어야만 했다.

비첨 건물의 1층에는 작은 매점이 있었다. 내가 지나가려는데 그 점포를 운영하는 멋진 중년인 앤디가 나를 불렀다.

“특별히 생각해서 이걸 남겨뒀어요.” 앤디는 아몬드가 들어 있는 거대한 허쉬 초코바를 내밀었다. 앤디는 내가 초컬릿을 얼마나 좋아하는지 알고 있었고 이유는 모르지만 그중에서도 아몬드가 든 허쉬를 제일 좋아한다고 생각하고 있었다. 사실은 그렇지 않았지만 진실을 얘기할 수 있는 기회는 이미 놓친 지 오래였다.

“참치 샌드위치하고 레모네이드도 주세요.” 나는 지갑에서 돈을 꺼내며 말했다.

“여기 있습니다.” 앤디가 음식과 냅킨을 갈색 종이봉투에 넣으며 말했다. “늘 고마워요.” 나는 앤디의 손바닥에 돈을 내려놓으며 웃었다. 정말 마시고 싶은 건 차가운 맥주였지만 그건 나중으로 미뤄야 했다.

나는 아이젠하워 고속도로를 타고 서쪽으로 달리다가 차가 덜컹거리는 바람에 마시고 있던 레모네이드를 옷에 흘렸다. 교통 체증 때문에 별의별 일이 다 생기는 걸 감안할 때 올림픽에 ‘운전하며 음료수 마시기'를 새 종목으로 넣어도 좋을 것 같았다.

도시를 빠져나오니 콘크리트와 유리와 벽돌 대신 자연이 등장했다. 올 겨울은 길었고 여름이 금세 다가왔기 때문에 시카고의 봄은 짧았다. 튤립과 수선화는 늦게 피었고, 열기 때문에 만개하지도 못하고 시들었다. 이번 달은 기록적인 무더위가 기승이었다.

라디오에서는 기상 캐스터가 오늘 밤이나 내일쯤 폭풍이 몰려와 폭염을 식혀줄 거라고 했다. 나는 참치 샌드위치를 반쯤 먹고 초코바를 꺼냈다. 하지만 초코바는 녹아서 엉망이었다. 더위를 식혀준다는 폭풍은 나를 도와주지 않았다.

나는 제분소에 도착할 때까지 오늘 밤에 매트에게 보낼 보고서의 내용을 궁리했다. 지금까지 원고에 대해 알아낸 건 별로 없었다. 경찰이 데이비드를 죽인 총기를 찾아냈는지 궁금했다. 전화를 걸어서 물어볼 생각은 없었지만 말이다.

나는 해가 저물 즈음에야 제분소에 도착했다. 주차장에는 빈자리가 없었다. 나의 귀여운 미아타는 왜 밋치의 재규어처럼 편한 주차 공간을 찾지 못하는 걸까. 나는 그라우 제분소의 건너편에 있는 비포장 주차장까지 차를 몰아야만 했다. 브레이크를 밟아 차를 세우자 조약돌들이 달그락거렸다. 거기마저도 예쁘장한 지면 위를 어슬렁거리는 방문객으로 북적거렸다.

나는 요크 도로의 아래로 난 길을 선택했다. 길은 회전하고 있는 거대한 물레방아 옆으로 나란히 나 있었다. 물레방아를 돌리는 물은 솔트 크리크에서 왔다. 멈춰 서서 물레방아가 반복적으로 움직이는 모습을 보고 있으니 잠시 시간이 멈춘 것 같았다. 물레방아의 움직임은 내가 멈추지도 않고 쉬지도 않고 계속해서 데이비드의 살인에 관해 생각하는 것과 비슷했다. 여름철 오후의 찌는 듯한 열기에도 불구하고 피부가 축축해졌다. 내가 건너고 있던 작은 다리 밑으로 졸졸 흐르는 냇물 때문만은 아니었다. 나는 엘리자베스 고모가 해주었던 경고를 다시 떠올렸다.

지상으로 향하는 돌계단을 오르고 있자니 그림 같은 옛 제분소의 모습이 눈에 들어왔다. 일몰 직전의 태양 때문에 구름이 회색으로 변하면서 아름다운 광경이 연출되었다. 그라우 제분소는 사람들이 다져놓은 길과도 떨어져 있었고 교통 체증이나 개발의 손길과도 거리가 멀어서 거의 원형 그대로 남아 있었다. 그야말로 지나간 시대의 보석이었다. 그라우 제분소는 1등급 보안 설비를 할 가치가 있었다. 제분소를 지배하는 것은 커다란 물레방아였다. 건물은 3층이었으며 벽돌은 튼튼했고 철저하게 기능을 염두에 둔 시설이었다. 지하층에는 작은 창문이 나 있었고 그 안에서는 거대한 톱니바퀴들이 물레방아를 돌리고 있었다. 역사가들에 따르면 노예들이 자유를 찾아서 지하철로 역으로 가는 도중에 그 지하층 어딘가에 숨어 있었다고 한다.

필과 던은 보안 상태를 평가하고 보충안을 추천하는 일을 자주 맡기곤 했다. 두 사람은 내가 본격적인 위기관리 업무를 아주 좋아한다고 생각했다. 나는 스톤헨지가 미국에 있었다면 하룻밤 새에 도둑맞았을 거라고 얘기한 적이 있는데, 두 사람은 그때 당시 내가 무척이나 흥분하고 있었다는 얘기를 자주 했다. 어쩌면 두 사람의 말이 맞고 내가 틀렸는지도 모르겠다. 하지만 나는 보이스카우트처럼 유비무환을 믿었다.

나는 펜과 수첩을 꺼내서 건물의 외부에 관한 의견을 적었다. 사람들은 외부 보안을 등한시하는 경향이 있다. 하지만 그 역시 내부 보안과 마찬가지로 중요하다. 실외의 보안이 탄탄하면 일반적인 기물 파괴자나 절도범이나 부랑자의 의욕을 꺾고 더 쉬운 목표물을 찾아 떠나도록 만들 수 있기 때문이다. 나는 당장 내가 사는 아파트가 도둑을 맞았다는 사실을 떠올리고는 건물 주인을 만나서 외부 보안에 대해 조언을 해주어야겠다고 생각했다.

제분소는 구식 창유리를 사용하고 있었고 센서를 작동시킬 수 있는 트립 테이프가 붙어 있었다. 다시 말해서 유리가 깨질 경우 경보가 울리게 되어 있었다. 그런데 보안 카메라가 하나도 보이질 않았다. 그게 문제였다. 건물의 사방에는 투광식 조명등이 설치되어 있었다. 야간에 유리창과 벽돌을 최대한 많이 비출 수 있는 각도였다. 그런 조명도 어느 정도 침입을 제지하는 효과가 있긴 했다. 하지만 나는 기존 설비에 더해서 옥외에 신형 초단파 동작 감지 센서를 설치하라고 추천할 생각이었다.

제분소의 1층에 들어가 보니 진짜와 똑같은 1880년대의 복장을 한 여성이 옥수수를 가는 시연을 끝내고 있었다. 명찰을 보니 여성의 이름은 프리실라였다. 던이 만나보라고 했던 사람이었다. 나는 다가가서 내가 누구인지 밝혔다.

"지금은 관광객들 때문에 아주 바빠요." 프리실라가 말했다. "더 일찍 오실 줄 알았는데요. 일은 혼자 하셔야겠어요." 프리실라는 그렇게 말하고 나를 놓아주었다. 그리고 관광객들에게 조심하라고 주의를 주며 지하층으로 안내했다.

나는 3층에서 실내 평가를 시작했다. 거기서부터 아래로 진행할 생각이었다. 3층에는 제분소가 소유하고 있는 다양한 골동품과 19세기 후반의 수집품이 상당수 전시되어 있었다. 실물을 그대로 옮겨놓은 대장간과 약국을 보고 있자니 다른 시간대에서 여행을 온 것 같은 기분이 들었다. 자그마한 창문 밖으로는 솔트 크리크와 그 너머의 바다가 환히 보였다.

나는 주간과 야간용 동작 감지 소형 카메라를 설치하기에 좋은 추천 장소를 스케치했다. 어딘가 멀리서 천둥소리가 들렸다. 나는 생각했다. 비야, 어서 오렴.

2층과 1층을 샅샅이 조사한 결과 보안 카메라가 하나도 없는 게 분명했다. 나는 그 두 층에 카메라를 설치하기 좋은 전략적인 위치를 점찍어 두었다.

건물에 출입하는 사람들은 전부 정문을 이용하고 있었다. 문은 그것뿐이었다. 정문에 경보 장치가 되어 있긴 했으나 최신식이 아니었다. 나는 실내 전체에 적외선 센서와 연계된 경보 장치를 설치하도록 조언하자고 그 자리에서 마음먹었다. 그리고 사람을 불러서 제분소의 방화 시설을 점검해야 한다는 점도 적어두었다. 이렇다 할 방화 설비가 눈에 띄지 않았기 때문이다.

프리실라가 안내하던 투어는 끝난 상태였다. 뒤떨어진 사람들 몇이 물레방아 주변에 남아 있을 뿐이었다. 프리실라는 서부 개척시대의 주부들이 실을 잣기에 앞서 하던 준비 작업을 시연하고 있었다. 나한테는 그 과정이 중국 퍼즐처럼 보였다. 나는 개척시대 여성들의 독창성에 무한한 감사를 느꼈다.

나는 프리실라에게 다가가서 일을 끝냈으니 오늘 밤에 던에게 보안 보고서를 보내겠다고 말했다.

문에서 그리 멀지 않은 곳에서 아래로 내려가는 계단이 눈에 띄었다. 판매용 화환 진열대에 가려 거의 눈에 띄지 않는 계단이었다. 나는 지하실을 잊고 있었던 것이다.

나는 진열대 뒤로 돌아가서 오래된 목제 계단을 내려갔다. 지하실의 크기는 대략 가로가 15미터, 세로가 12미터쯤이었으며 조명이 거의 없었다. 계단 벽에는 개척시대 당시의 겨울에 솔트 크리크의 두꺼운 얼음을 자를 때 쓰던 각종 톱이 전시되어 있었다. 톱은 거대했고 음울한 모양새였다. 나는 그걸 보면서 흉측한 치과의사가 사용하는 도구를 떠올렸다. 솔직히 말하자면 몸이 떨릴 지경이었다.

다른 벽에는 커다란 톱니바퀴와 도르래가 잔뜩 붙어 있었다. 거대한 시계의 복잡한 내부 구조를 보는 것 같았다. 톱니바퀴와 도르래는 여러 방향으로 돌아갔다. 지름이 3미터에 달하는 것은 매우 느리게 돌아갔다. 반면에 30센티미터짜리는 아주 빠르게 돌며 큰 것들을 움직였다. 자세히 들여다보니 톱니바퀴들은 전부 나무였고 세월이 흐르는 동안 날카로워져서 위험해 보이는 못이 박혀 있었다.

그렇게 눈에 보이는 톱니바퀴들이 깊은 어둠 속에서 고요하게 돌아가는 다른 톱니바퀴들과 맞물리고 있었다. 지옥의 아홉 번째 원처럼 무시무시한 광경이었다. 그 안쪽은 살펴볼 필요가 없었다.

나는 몇 가지 메모를 추가했다. 지하실의 창문은 여섯 개였으며, 하나같이 아주 작았고 높은 곳에 있었다. 사람이 침입할 수 있는 크기는 아니었다. 지하실을 통해서 제분소로 침입하는 것은 절대로 불가능했다. 만약에 1층으로 가는 문이 잠겨버린다면 지하철로를 따라 위험하고 무서운 여행을 하는 도중에 이곳에 숨어 밤을 보내던 노예들의 마음을 느껴볼 수도 있을 것 같았다.

나는 수첩을 집어넣었다. 갈 시간이었다. 커다란 천둥소리가 들리자 더욱 그런 생각이 들었다. 드디어 폭풍이 시작된 게 분명했다. 미아타가 차 지붕을 내려둔 상태로 주차장에 서 있다는 사실이 갑자기 떠올랐다. 이 빗속에서. 아, 젠장!

나는 오래된 층계를 두 단씩 뛰어 올라갔다. 번개가 번쩍이더니 커다란 천둥소리가 옛 제분소를 흔들었다. 나는 달리다가 그대로 마틴 스위니와 마주쳤다.

36

인간 사냥이 진짜 사냥이다.
―어니스트 헤밍웨이

    마틴은 입을 꾹 다물고 나를 계단 아래로 밀었다. 나는 비명을 질렀지만 소리는 천둥에 묻혀버렸다. 고모가 경고하던 폭풍이 이거였을까?

마틴은 계단을 뛰어 내려와서 나를 붙잡고 커다란 손으로 내 입과 코를 막았다. 나는 팔꿈치로 가격한 다음 가방에서 휴대전화를 꺼내려고 했다. 마틴은 가방을 쳐내고 나의 두 팔을 붙들었다. 마틴은 체격이 크고 힘도 셌다. 나는 발길질을 하고 몸의 균형을 잡으려고 했다. 사범이 이 꼴을 봤다면 죽이려고 들었을 것이다.

갑자기 불이 꺼지고 사방이 암흑에 둘러싸였다.

"밑에 누구 있나요?" 개척자 복장을 한 프리실라가 계단 위에서 물었다.

소리치려고 했지만 마틴이 손에 힘을 주며 계단 밑의 공간으로 나를 밀어 넣었다. 나는 발버둥을 쳤다. 마틴은 더욱 거세게 조여왔다. 눈앞이 점점 캄캄해졌다. 나는 정신을 잃을까 봐 겁이 났다.

"아무도 없죠?" 프리실라의 개척자 정신에 축복이 있기를. 프리실라는 손전등으로 톱니바퀴와 바닥 여기저기를 비춰보았다. 불빛이 우리 두 사람을 살짝 비켜갔다. 나는 몸부림을 치고 사지를 비틀면서 물고 차려고 했다. 하지만 마틴의 힘이 너무 세서 소용이 없었다.

프리실라 씨, 제발 포기하지 말아요. 프리실라가 일단 우리를 발견하면 둘이 힘을 합쳐서 마틴을 제압할 수 있었다.

나는 한쪽 다리를 빼서 다시 한 번 걷어차려고 했다. 하지만 마틴이 다리를 이용해 내 하반신을 옥죄고 있었다. 두 다리가 저려오기 시작했다.

프리실라는 잠시 주저하다가 계단을 올라갔다. 한 칸, 두 칸, 세 칸. 차라리 다른 우주에 있는 편이 나았을 텐데. 1층 정문의 커다란 자물쇠를 잠그는 소리가 들렸다. 프리실라는 가버렸다. 가슴이 철컥 내려앉았다. 나는 발버둥을 그만두었다. 습기 찬 지하실에 남은 것은 나와 마틴뿐이었다. 도움은 고사하고 비명을 들어줄 사람조차 없었다.

공포로 몸이 축 늘어졌다. 마틴도 그 사실을 알아차렸다. 마틴은 다리를 풀고 힘을 조금 뺐다. 덕분에 나는 코로 공기를 조금 들이마실 수 있었다. 숨을 삼키려고 하자 목이 막혔다.

나는 발 디딜 곳을 찾으려고 했다. 규칙적으로 돌아가는 톱니바퀴의 소리와 번개의 번쩍거림이 어울리자 현기증이 났다. 그리 중요한 일은 아니지만 나는 마틴이 쓰는 애프터셰이브 로션의 냄새가 비위에 거슬릴 만큼 달짝지근하다는 점과 그가 회색 나이키 런닝화를 신었다는 사실을 깨달았다. 여전히 양말은 신고 있지 않았지만, 이번에는 끈이 없는 남성용 가죽 구두가 아니였다.

다시 말해서 나를 쫓아왔던 사람은 마틴이었다. 데이비드와 베스와 데이비드의 변호사인 마이크 애킨스를 죽인 것도 분명히 마틴이었다. 마틴은 나도 죽일 셈이었다.

복수심이 불타오르면서 힘이 솟았다. 나는 하이힐을 나이키 런닝화에 대고 짓누르며 빠져나왔다. 그리고 계단 쪽으로 미친 듯이 달렸다.

마틴은 체격에 어울리지 않게 날렵했다. 그는 내 앞을 가로막았다.

"정말 끝없이 애를 먹이는구면." 마틴의 턱수염 속에서 으르렁거리는 소리가 들렸다. 흐릿한 턱수염이 점점 다가왔다.

계단을 이용하지 않고 빠져나갈 길은 없었다. 심장이 터질 것처럼 쿵쾅거렸다. 나는 지하실의 구조를 떠올렸다. 창문은 너무 높았고 아주 작았다. 설사 올라갈 수 있다고 해도 소용이 없었다. 나는 완전히 갇힌 셈이었고 공황발작이란 게 무슨 뜻인지 알 것만 같았다. 공황발작 증상이 몰려오자 그때까지 눈물을 훌쩍거리지 않도록 힘을 주던 스코틀랜드인의 용기가 날아가버렸다.

"손을 떼라고 경고도 했는데 듣질 않았지." 마틴이 처음 듣는 이상한 목소리로 말했다. "결국은 조사를 계속했고 데이비드의 컴퓨터도 가져갔어."

마침내 마틴 스위니의 참모습이 등장한 것 같았다. 짧고 날카롭고 끔찍한 목소리를 듣자 온몸에 소름이 돋았다.

"난리치고 다니는 계집애가 세상에서 제일 싫어." 마틴은 죽음의 천사처럼 위에 서서 얘기했다.

마틴이 달려들었다. 나는 발이 걸려 넘어졌고, 암흑 속으로 도망치려고 했다. 마틴의 숨소리가 가까이에서 들렸다. 나는 계단에서 떨어져 나와 벽을 더듬으며 길을 찾았다. 사방이 어둡고 고요하다 보니 맞물린 톱니바퀴들이 내는 소리가 너무나 크고 가혹하게 들렸다.

나는 땀을 흘리고 있었다. 공포뿐 아니라 지하실의 열기와 습기 때문이었다. 대자연이 땀이라는 걸 만든 이유는 무얼까. 추격자를 도와주려고? 방해하려고? 디팩 초프라의 말에 따라 나는 먹잇감이 아니라고 생각하려 했지만 뜻대로 되지 않았다.

"데이비드의 아파트에서 공격했던 날부터 넌 정말 골칫덩어리였어." 마틴이 어딘지 모를 암흑 속에서 비열한 목소리로 말했다. 번개가 치지 않으니 지하실은 마크 트웨인의 소설에 나오는 동굴과 비슷했다. 다시 말해서 무덤 속처럼 어두웠다. "경찰한테 단서를 안 남기려고 데이비드의 집을 거의 다 뒤졌는데 네가 들어왔지. 그날 죽인 줄 알았는데. 넌 염병할 고양이처럼 목숨이 아홉 개는 되는 모양이지? 고가철도 계단에서도 살아났으니 말이야. 어젯밤에는 남자친구가 랜슬롯[31] 역할까지 하더구먼. 뭐, 그 대단한 운도 오늘로 끝이야."

번개가 날카롭게 내려치자 마틴의 눈동자가 늑대처럼 번쩍거렸다. 눈이 섬광효과에 차츰 적응하면서, 나는 마틴이 자동차용 지렛대를 손에 들고 있다는 사실을 알아차렸다.

"나를 미행했군요." 내가 말했다.

"그럴 필요도 없었지. 네 검정 다이어리에 다 적혀 있었으니까. 아주 깔끔하게 정리를 해놨더라고."

나는 다이어리가 난장판 속에 파묻힌 거라고 생각했다. 도둑을 맞았다고는 짐작도 못 하고 있었다.

"이제 끝내자고." 마틴이 말했다. 번개가 또 한 번 쳤고, 마틴은 오른손을 치켜들고 나에게 달려왔다.

나는 옆으로 굴러서 간신히 공격을 피했다. "마틴, 제발 살려줘요."

"안 죽일 거야." 마틴이 말했다. 마틴은 연극을 하는 것처럼 웃었다. "어니스트 헤밍웨이는 아무도 죽이지 않아. 하지만 너는 비참한 사고를 당할 거야. 여기 계단에서 균형을 잃고 실족하는 거지." 마틴이 다시 달려들었지만 나는 그의 옆으로 빠져나갔다. 마틴은 아주 바짝 다가오면서 계속해서 나를 계단 쪽으로 몰아붙였다.

"애석한 일이야. 내일이 되면 사람들이 널 발견할 테고, 폭풍 때문에 전기가 나가서 생긴 사고라고 생각할 테니까."

마틴이 나를 계단 쪽으로 밀었다. 나는 고모가 봤다는 환상을 떠올렸다. 세상에, 이번에도 고모 말이 맞았어.

"나는 일이 이렇게 된 게 신의 뜻이라고 생각해. 하늘이 헤밍웨이를 보호하려고 마련해둔 위기 관리 설비라고 봐도 좋겠지."

또 번개가 쳤다. 마틴은 웃고 있었다. 나는 자발적으로 계단을 올라갈 생각이 전혀 없었다. 마틴은 나를 끌고 올라가서 밀어야 했다. 그게 그의 계획일 경우의 얘기지만. 이렇게 괴롭힘을 당한 마당이었으니 적어도 순순히 물러나지는 않을 생각이었다. 이렇다 할 계획은 없었지만 마틴을 궁지에 몰고 유리한 고지를 점할 수 있을지도 모른다는 희망은 있었다. 문제는 그게 뭔지 모른다는 점이었다. 그때 다시 한 번 번개가 쳤고, 계단 아래쪽 벽에 걸린 무시무시한 톱이 눈에 들어왔다.

"무서울 정도로 살인을 잘하게 됐군요. 안 그래요, 마틴? 그건 헤밍웨이의 마초적인 측면인가요, 아니면 그저 당신의 한심한 본모습이 나온 건가요?"

"닥쳐." 마틴이 소리를 쳤다.

"마틴, 이러고도 무사히 빠져나갈 수는 없을 거예요."

마틴의 웃음소리가 무거운 공기 속에서 울렸다. "벌써 다 빠져나왔는데? 데이비드를 죽이고도 안 잡혔잖아. 난 용의자도 아니었어. 원고도 손에 넣은데다가……."

"원고를 가지고 있다고요?"

"내가 너무 똑똑해서 놀랐나? 그건 아니겠지. 원본은 잘 숨겨놨어. 일단 원고의 일부분이 실은 데이비드의 위조였다는 사실을 증명할 거야. 그런 다음에, 몇 년 지나고 나서 내가 진짜 원고를 '발견'하는 거지. 그때쯤이면 가치가 더 높아질 거야. 데이비드는 벌을 받은 거야. 원고를 왜 그 자식이 가져야 하는데? 우리는 동료였어. 미시간에서 연구도 함께 했고. 그런데 그 자식은 날 버렸어. 난 경고를 했고."

계획을 짤 시간을 벌려면 마틴에게 계속 말을 시켜야만 했다. 나는 뭔가 말을 하려고 입을 열었다. 하지만 다행스럽게도 마틴의 얘기는 끝나지 않았다.

"죽일 생각은 없었어." 마틴이 말했다. "데이비드가 고집스럽고 이기적이었던 거라고. 원고를 공유하지 않겠다고 했지. 개새끼. 데이비드는 항상 그런 식이었어. 원하는 건 전부 손에 넣었지. 명성이든 여자든 뭐든지 말이야."

"베스는 왜 죽였죠?" 내가 물었다.

"어쩔 수 없었어. 데이비드는 원고를 봐달라고 나한테 넘겼는데, 그 사실을 베스에게 말했거든. 당신도 죽어야 해. 언제일지는 모르겠지만 결국은 데이비드의 아파트에서 들었던 얘기를 기억할 게 뻔하니까 말이야."

"데이비드의 변호사는요?"

"데이비드가 변호사한테 어디까지 얘기했는지를 모르니까 살려둘 수 없었지. 위험 요소였거든. 헤밍웨이를 위해서 죽어줘야 했어."

마틴이 계속 불평을 했지만 귀가 멍할 정도로 큰 천둥소리 때문에 알아들을 수가 없었다. 더 큰 소리가 뒤를 잇자 마틴의 질투 어린 분노와 적개심에 불이 붙었다. 나는 마틴이 점점 부주의해져서 틈이 생길 거라는 희망을 버리지 않았다.

"그 원고는 왕의 몸값만큼이나 비싼 거야. 이젠 내가 주인이고, 두 번 다시 그런 옷차림을 하고 시키는 대로 굴진 않겠어. 데이비드는 그 꼴을 보고 흥미를 끌기 위한 가짜라고 불렀지. 날 보고 가짜라고? 데이비드는 그 쇼의 진짜 스타가 나라는 걸 끝내 이해하지 못했어. 자신이 아니라 나라는 걸. 관객이 사랑한 건 나야. 내가 헤밍웨이라고. 데이비드는 그걸 몰랐어. 날 쫓아낸 건 실수라고."

마틴은 같은 말을 되풀이하면서 계속 소리를 질렀다. 그동안 나는 원을 그리며 돌면서 탈출할 방법을 궁리했다.

"사람들은 마틴이 아니라 나를 보러왔던 거야. 그러니 그 원고도 나한테 왔어야 했다고."

타는 듯한 흰빛이 지하실을 가득 채웠다. 그리고 엄청난 폭발과 천둥소리가 뒤를 따랐다. 우박이 작은 유리창을 때리기 시작했다. 벼락이 제분소나 근처 어딘가에 떨어진 게 분명했다.

"헤밍웨이는 제일 친한 친구를 죽이지 않아요." 나는 소리를 질렀다.

마틴이 움직이는 소리가 들렸다. 또 한 번 번개가 치자 마틴이 지렛대로 나를 공격하려는 모습이 눈에 들어왔다. 나는 막으려고 했지만 성공하지 못했다. 지렛대는 나를 가격하고 위로 튀어 올랐다. 나는 고통 때문에 주저앉았다. 잠깐 동안 눈에 아무것도 보이지 않았다.

나는 일어서려고 했지만 실패했다. 번개가 쳤고, 마틴이 내 어깨를 가격하고 바닥에 떨어진 지렛대를 집어 들었다. 마틴은 다시 나에게 다가왔다. 이번에는 꼼짝도 할 수가 없었다.

나는 축 늘어져서 남은 게 뭔지 생각해보았다. 갑자기 머릿속에서 사범의 목소리가 들렸다. "연습하고 또 연습해라." 이유는 모르겠지만 몸이 저절로 움직였다. 나는 왼쪽으로 굴렀고, 지렛대가 바닥을 때리는 소리를 들었다. 1밀리초 전만 해도 내 머리가 있던 위치였다. 나는 어둠 속을 기어가다가 아픔을 참고 일어섰다.

마틴이 분노하면서 나에게 다가왔다. 그는 중얼거리고 있었다. 나는 두 팔로 공격을 막고 겨우 몸을 틀어서 마틴의 손아귀에서 벗어났다. 그리고 합기도 연습 때 배운 대로 몸을 돌리며 뛰어올라 어둠 속으로 발차기를 날렸다.

발차기는 마틴의 사타구니에 명중했다. 마틴은 큰 소리로 울부짖었다.

마틴이 정신을 차리면서 내게 달려오느라 부스럭거리는 소리가 들렸다. 나는 몸을 웅크리고, 거리를 가늠하며 최대한 다가가서 양발의 간격을 앞뒤로 크게 벌리고 몸의 균형을 잡았다. 그런 다음 합기도 강사가 수업 시간에 시연했던 그대로 심호흡을 했다.

마틴이 소리를 지르며 미친듯이 공격했다. 나는 무릎을 구부리고 양손으로 마틴을 붙들었다.

"웃기지 마." 나는 고함을 치면서 힘과 공포와 분노를 모조리 끌어 모았다. 그리고 내 신체를 지렛대처럼 이용해서 마틴을 머리 위로 잡아 올렸다. 결과는 예상했던 그대로였다. 마틴이 공격하는 힘과 내가 잡아당긴 힘이 한데 어울렸고, 마틴은 허리 높이의 울타리를 넘어서 거대한 물레방아를 돌리고 있는 톱니바퀴 쪽으로 날아갔다.

마틴은 날카로운 나무못 위로 떨어졌다. 축축한 것이 부서지는 끔찍한 소리가 났다. 마틴은 오랫동안 끔찍한 비명을 질렀고 그 때문에 천둥소리가 더욱 고조되었다. 나는 듣지 않으려고 귀를 막았다.

번개가 연달아 쳤다. 나는 겁에 질린 채 눈을 올려다보았다. 마틴은 사지를 늘어뜨린 채 물레방아에 걸려 있었다. 그리고 천천히, 고통스럽게 톱니바퀴 쪽으로 끼어 들어가고 있었다. 잠시 후 물레방아가 몸서리를 치다가 갑자기 멈췄다.

나는 벽에 기대고 주저앉았다. 어깨와 손이 너무나 아파서 눈앞이 보이지 않을 지경이었다. 물레방아가 한 번 더 움찔거리더니 다른 부분들과 마찬가지로 더 이상 꼼짝하지 않았다.

뭔가가 내 가슴을 때리고 바닥에 떨어졌다. 또 번개가 쳤고, 나는 몸을 숙여서 떨어진 물건을 집어 들었다. 그건 독일어로 '신이 우리와 함께 하신다'고 적어놓은 마틴의 허리띠 버클이었다.

---

31 아서왕 전설 속에 등장하는 원탁의 기사 중 한 사람.

37
여섯째 날, 금요일

누구나 세상 앞에서 좌절한다.
그리고 많은 사람들이 폐허 속에서도 강하게 살아남는다.
하지만 좌절하지 않은 사람도 결국은 세상 때문에 죽고 만다.
—어니스트 헤밍웨이

　　　어젯밤의 폭풍 덕분에 폭염은 한풀 꺾였다. 오늘 날씨는
맑고 온화했다. 어제 맞은 곳이 죽을 것처럼 아팠다. 하지만 밋치와
함께 미아타에 타고 있으니 푸근하고 편안했다. 운전은 밋치가 하
고 있었다. 차는 어젯밤의 폭풍 때문에 여기저기가 축축했지만 지
붕을 내려놓고 달리는 동안 바람을 맞아가며 마르는 중이었다. 나
는 국세청 일이 마무리되기까지 이 차에 타고 푸상 씨 등을 얼마나
많이 따라다녔는지 마음속으로 생각해보았다.

　　"좋은 차네요." 밋치가 말했다. "수동 기어에 적응이 안 되지만
요." 밋치는 거친 동작으로 기어를 4단에 놓고는 레이크 쇼어 순환
로를 달리는 다른 차량에 맞춰 속도를 높였다.

　　우리는 탐 조이스에게 모든 걸 설명한 다음 서둘러서 떠났다. 탐

은 무슨 일이 일어난 건지 궁금해서 여러 차례 전화를 했다. 하지만 나는 무슨 일이 있어도 국세청과의 약속 시간에 늦지 않겠다고 결심한 터였다. 밋치는 굳이 따라와서 지원을 하고 용기를 불어넣겠다고 고집을 부렸다. 물론 나는 너무나 좋았다.

밋치가 내 몽상을 방해했다. "디디, 이건 범죄예요. 당신은 며칠 사이에 열 번은 넘게 죽을 뻔했다고요. 그런데 국민의 종이라는 사람들이, 그 건방진 자식들이 심문 날짜를 하루도 못 미뤄준다는 거예요?"

내 남자가 내 편을 들어주니 좋았다. 게다가 밋치의 점수는 그야말로 A 플러스였다. 하지만 나는 예민한 상태였기 때문에 화제를 바꾸고 싶었다.

"매트가 보낸 수표로 국세청에 낼 돈을 어느 정도 충당할 수 있을 거예요." 하지만 나는 화제를 바꾸지 못했다. 국세청 일이 머리를 가득 채우고 있었다.

"아, 매트가 어젯밤에 엄청나게 화를 냈죠." 밋치가 말했다. "중역이 할 말은 아니던데요."

나는 어젯밤에 매트와 통화하는 내용을 밋치에게 들려주었다. 나는 매트와 관련된 얘기를 밋치에게 모조리 털어놓았다. 최악인 부분까지 포함해서. 밋치는 라이벌이 끝장났다는 사실에 아직도 기뻐하고 있었다.

"원고를 회수하지 못해서 정말로 열을 받더군요. 게다가 당신이 그 원고가 헤밍웨이의 진본이라고 경찰한테 진술하는 바람에 더 화가 났죠. '이번 실패로 들어가는 비용 때문에 아메리칸 보험사는 앞으로 여러 해 동안 수익을 못 낸단 말입니다'라고 했죠." 밋치가 가성을 내더니 매트의 말을 바꿔서 흉내 냈다. "내 보너스는 물 건너갔고요. 당신들 같은 아마추어하고 일을 하면 결과가 이렇다니까."

"맞아요." 내가 말했다. 나는 국세청 일을 잊을 수 있어서 기분이 좋았다. "나한테 지불할 돈이 얼마인지 얘기할 때 그 사람 귀에서 피가 나오는 줄 알았다니까요. 이번 일이 벌어지기 전에 필이 작성해뒀던 계약서가 없었다면 그 인간은 청구서를 별도로 제출하라고 얘기했을 거예요. 필은 당분간 잠을 못 잘 게 틀림없어요. 필한테 전화하기가 겁이 나네요. 뭐 어쨌든, 그 끔찍했던 거래에서 적어도 돈은 받을 수 있으니 다행이죠."

"어젯밤에 필이랑 통화 안 했어요?" 밋치가 물었다.

"네. 휴대전화로 911을 부르고 나서 한참 뒤에 매트한테 전화를 걸어서 약속을 취소했어요."

"디디, 마틴이 원고를 어떻게 했을까요? 누군가 찾아낼 수는 있을까요?"

"그럴 가능성은 적어요. 마틴은 편집광이자 구두쇠였어요. 그뿐 아니라 다른 결점도 있었죠. 그리고 머리가 좋았어요. 안전하고 쉽게 찾을 수 없는 곳에 원고를 둔 거죠. 여러 해 동안 숨겨놨다가 나중에 자신이 발견했다고 나설 계획이었다니까요. 그 비밀은 이제 마틴과 함께 무덤 속으로 들어간 거예요. 그것뿐만이 아니에요. 매트가 원고를 찾아내라고 업체를 고용했는데 별로 신뢰가 가지 않거든요."

"마틴은 왜 당신을 쫓아다닌 거죠? 베스하고 데이비드의 변호사는 왜 죽였고요? 그냥 조용히 있으면 됐을 텐데." 밋치가 물었다.

밋치는 내가 국세청 생각을 못 하도록 신경을 써주었고, 나는 마음속으로 고마움을 표했다. 사형선고를 받은 죄수의 심정이 어떤지 이제는 알 것 같았다. "마틴은 몇 가지를 예상하지 못했던 것 같아요. 그 사람은 데이비드의 컴퓨터를 망가뜨리고 원고에 관한 정보를 모조리 없애려고 했죠. 사람들이 자신의 말을 믿을 거라고 생각하고 원고가 가짜라는 보고서를 썼잖아요. 가짜를 애써 찾을 사람은 없으니까 그런 거죠. 하지만 아메리칸 보험사가 관심을 가질 거라는 건 몰랐고, 데이비드의 집을 뒤지고 있을 때 내가 걸어 들어올 줄도 몰랐겠죠. 데이비드가 원고를 건네면서 잘 보관해달라고 하고는 수령증에 사인을 받았을 텐데, 그걸 찾으러 갔을 거예요. 우리가 데이비드의 노트북을 가져간 건 분명히 예상 못 했을 테고, 데이비드가 베스한테 원고를 가진 게 마틴이라는 얘기를 한 것도 예상하지 못했을 거예요. 마틴은 마지막 순간에 변호사가 정확히 어디까지 들었는지 몰랐다고 말했어요. 하지만 중요한 사실을 알고 있을지도 모르니 죽인 거죠."

"데이비드는 최소한 베스를 믿었군요." 밋치가 말했다.

"베스하고 도로시 제퍼스는 오랫동안 아는 사이였어요. 데이비드는 쓰레기 같은 인간이었죠. 아마 가지지 못한 걸 손에 넣으려고 애를 쓰는 유형이었을 거예요. 데이비드는 베스를 꼬시려고 공을 많이 들였고, 결국은 보물을 보여준 거예요. 원고 말이에요. 그걸로 베스를 설득하려고 했겠죠. 베스는 데이비드가 원고를 감정하고 안전하게 보관하려고 마틴에게 넘겨준 걸 알았어요. 그걸 마틴이 알아냈고요. 그러니 베스를 제거해야만 했죠."

어젯밤에 맞은 어깨가 아팠다. 밋치가 프랭클린 거리에서 급히 좌회전을 하는 바람에 차가 덜컹거리자 어깨가 고통스럽게 비명을 질렀다.

"미안해요." 밋치가 사과를 했다.

"밋치, 이거 들어봐요." 나는 손을 뻗어서 라디오의 소리를 키웠다. 뉴스 아나운서가 마틴 스위니가 죽었다는 사실을 보도하고 있었다.

……는 어니스트 헤밍웨이 연기로 유명했습니다. 영문과 교수 세 사람이 복잡한 상황 하에서 죽었기 때문에 시에서는 시립 대학의 졸업식을 취소하고, 이번 학기를 예정보다 일주일 일찍 끝내고 학교를 닫는다고 밝혔습니다. 이 문제와 관련해서, 시립대 학생인 데비 매이저스는 고 데이비드 반즈 교수가 자신을 성희롱했다고 고소했던 것은 허위라고 자백했습니다. 데비 매이저스는 그 일을 꾸민 것이 연인이자 영문과 학과장인 빌 버틀러라고 말했습니다. 빌 버틀러는 데이비드 반즈를 질투했고 그에게 차기 학과장 자리를 빼앗길 것이 두려워 그런 일을 저질렀다고 합니다. 당국은 빌 버틀러가 공무집행 방해와 위증 사주죄로 어제 체포되었다는 사실을 인정했습니다.

"우와. 영문과 전체가 박살이 났네요. 어떻게 된 일인지 알고 있어요?" 밋치가 물었다. 목적지는 얼마 남지 않은 상태였다.

"아뇨. 이번이 처음이었……." 나는 설명을 하려다가 말을 멈췄다. 밋치가 급히 브레이크를 밟았고 우리 두 사람은 앞으로 휘청거렸다.

"무슨 일이에요?" 내가 소리쳤다.

경광등을 번쩍이는 경찰차 한 무리와 경찰 병원차가 국세청 건물 앞을 막고 있었다. 따분해 보이는 경찰관 두 명이 교통 정리를 하고 있었다.

"젠장맞을." 내가 어쩔 줄 모르고 비명을 질렀다. "이러면 늦는단 말이야."

밋치는 오른쪽으로 급히 방향을 틀어서 아수라장을 피한 다음 나를 진정시켰다.

"납세자들이 분을 터뜨린 모양이네요. 이 정도로 난리가 났으니 다들 약속에 늦을 거예요."

"저기 세워요." 나는 손가락으로 가리켰다.

"디디, 그건 불법이에요. 하지만 당신 뜻이 그렇다면야."

"얼른 세워요." 내가 말했다.

"알았어요." 밋치는 순순히 양보하고 소화전 옆에 차를 세웠다. 밋치가 시동을 껐다. 나는 서류 뭉치와 가방을 떨어뜨리지 않도록 균형을 잡으면서 재빨리 차에서 내렸다. 그러면서 차의 문이 소화전을 때리지 않도록 조심했다.

나는 뛰어서 프랭클린 거리를 건넜고 밋치가 바짝 따라왔다.

건물에 도착하자마자 눈앞에서 문이 열렸다. 푸상 씨가 나타났다.

"푸상 씨." 나는 잘못을 저지른 5학년 아이처럼 더듬거렸다. "늦은 이유가 있어요. 저 경찰들이 막지 않았으면 제 시간에 도착했을 테고 그러면……."

경찰 한 사람이 끼어들었다. "이 범인하고 약속이 있으면 구치소에서 만나셔야 할 겁니다. 이 사람하고 비서가 납세자들의 돈을 착복해서 독자적인 사업을 꾸리고 사치스러운 생활을 즐겼거든요."

나는 광란 상태였기 때문에 그 말이 무슨 뜻인지 깨닫는 데에 시간이 걸렸다. 격렬하던 심장 박동이 점점 잦아들었다. 경찰이 푸상과 왕을 끌고 갔다. 나는 두 사람에게 혀를 내밀고 한껏 놀려주었다.

밋치와 나는 팔짱을 끼고 몰려든 군중 앞에 서 있었다. 그리고 푸상과 왕이 서로 다른 경찰차에 순서대로 올라타는 모습을 바라보았다. 경찰차의 행렬이 그곳을 빠져나가는 동안 나는 손을 흔들어 작별인사를 했다. 하지만 답례를 한 사람은 범인의 옆에 앉은 콧수염 경찰 한 사람뿐이었다.

"흠." 내가 입을 열며 밋치에게 미소를 지었다. 우리는 팔짱을 낀 채 차로 돌아왔다. "다른 국세청 직원이 온다고 해도 별로 나아질 건 없겠지만 어쨌든 또 기적이 일어났네요."

나는 밋치를 곁눈질로 훔쳐보면서 우리 사이가 진짜 연애로 발전할지 아니면 하룻밤의 불장난으로 끝날지를 가늠해보았다.

"어, 딱지가 안 붙어 있네요." 나는 차로 다가가면서 만족스러운 표정으로 말했다. "우리 오늘 정말 운이 좋은가 봐요."

"운이 좋은 건 당신이겠지만, 이건 그거랑 달라요. 경찰이 풍상을 체포하느라고 정신이 없어서 딱지를 안 뗀 거죠." 밋치가 차 문을 열어주면서 대꾸했다.

"저기요. 내가 뭘 하고 싶은지 알아요?" 밋치는 빙 돌아서 운전석에 탄 다음 웃으면서 물었다.

"뭔데요?"

"일요일에 컵스 경기를 보러 가요."

나는 그날이 어머니의 생일이라는 걸 기억하고 인상을 찡그렸다. 어머니는 엘리자베스 고모의 전화 여섯 통을 나 대신 받아준 든든한 우군이었다. "왜 남자들은 항상 불가능한 일만 하자는 거죠? 안 돼요. 일요일은 어머니 생신이라 가서 저녁을 먹어야 해요."

"그래요? 그럼 어머님하고 쌍둥이 자매 분들도 모셔요." 밋치가 웃었다. "야구가 끝나면 다 모시고 저녁을 먹으러 가고요. 샴페인도 한 병 따죠. 아니 두 병을 딸까요. 축하 잔치를 벌이고 싶거든요."

"우리 어머니를 만나겠다는 얘기예요?"

"당연하죠." 밋치가 팔을 들더니 근육을 자랑했다. "하나도 겁 안 나요."

우리는 차량 행렬에 합류했다. 밋치는 천천히 기어를 4단으로 올렸다. 우리는 부릉 소리를 내면서 달렸다. 어젯밤의 폭풍 덕분에 공기가 신선했다.

나는 심호흡을 했다. 기분이 좋아지기 시작했다. 밋치가 좋았다.

나는 웃음을 참을 수 없었다. 밋치도 마찬가지였다. 언젠가 스카티에 대해서 전부 얘기해야 했다. 하지만 그건 나중 일이었다.

모든 일을 고려해볼 때 세상은 잘 돌아가고 있었다. 던의 부인인 앤만 빼면 말이다. 앤은 어젯밤에 그라우 제분소에서 벌어진 사건이 내 탓이라고 생각했다. 어쩌면 두 번 다시 나와 말을 섞지 않을지도 모른다. 하지만 이 행복감의 한구석 어딘가에서 엘리자베스 고모의 목소리가 들려왔다. 고모는 운명이 화를 낼 때를 대비해서 절대로 방심하지 말라고 경고하고 있었다.

어니스트 헤밍웨이와 관련해 본서에 등장하는 정보는 모두 전기와 작가의 저작에서 가져온 것이다. 헤밍웨이는 일리노이 주 오크 파크에서 태어났다. 그는 고등학교를 졸업한 후 「캔사스 시티 스타」지의 기자로 사회생활을 시작했다. 6개월 뒤에는 적십자 자원봉사자들과 함께 '시카고 호'를 타고 유럽으로 건너갔다. 헤밍웨이는 구급차를 몰다가 1918년 7월에 이탈리아에서 부상을 당했다. 일부 기록에 따르면 헤밍웨이는 금지된 장소에 출입했으며 규정을 어기고 참호에 있는 사람들에게 초콜릿과 담배를 건넸다고 한다. 그는 밀란에 있는 미국 적십자 병원에서 몸을 회복했고, 후에 용맹한 행적으로 이탈리아 은공훈장을 받는다.

헤밍웨이는 퇴원 후에 오크 파크로 돌아갔다. 그곳에서 옛 영어 선생인 프랭크 플래트의 주선으로 버크 토론 클럽에 들어갔다. 1921년 9월 3일에는 호튼 만 지역의 교회에서 해들리 리처드슨과 결혼식을 올렸다. 해들리는 헤밍웨이보다 여덟 살 연상이었다. 두 사람은 파리로 갔고, 그 덕분에 헤밍웨이가 작가 경력을 쌓는 동안 적은 비용으로 생활을 할 수 있었다. 당시 헤밍웨이는 겨우 스물두 살이었고, 출판한 작품이 없는 상태였다. 헤밍웨이는 파리에 있는 동안 「토론토 스타」 지의 기자로 일했고 생활비는 해들리가 받은 유산으로 충당했다. 헤밍웨이는 단편과 시를 썼으며, 게트루드 스타인, 에즈라 파운드, F. 스코트 피츠제럴드, 존 도스 파소스, 제임스 조이스, 포드 매덕스 포드 같은 작가들과 친분을 쌓았다.

손가방이 사라진 사건은 실화다. 단편 하나를 제외한 모든 작품이 가방 안에 들어 있었다. 문제의 가방은 1922년 12월에 파리의 기차역에서 사라졌다. 남은 단편인 「우리 아버지」는 「코스모폴리탄」 지로 보내졌다. 헤밍웨이는 스위스 로잔에서 즉시 돌아와 사라진 원고를 찾아다녔다. 하지만 소액의 보상금을 걸었음에도 불구하고 소득은 없었다. 그 일로 인해 헤밍웨이와 작가 친구들은 해들리를 비난했다.

헤밍웨이와 해들리 사이에는 아들이 있다. 1924년 3월 16일 생으로, 이름은 존 해들리 니카노어 헤밍웨이이며 별명은 범비였다. 존의 세례 증명서에 대모로 서명한 사람은 게트루드 스타인과 엘리스 B.이다. 하지만 헤밍웨이와 해들리의 결혼생활은 끝내 회복되지 못했고 두 사람은 1926년에 헤어졌다. 헤밍웨이는 1926년 12월 8일에 이혼 신청을 했다. 공식적인 이혼일은 1927년 4월 14일이었다. 헤밍웨이는 이혼을 한 후 「파리 보그」지에서 일하던 폴린 파이퍼와 1927년 5월 10일에 재혼했다. 해들리는 시카고로 돌아가서 은행가와 재혼했다.

헤밍웨이의 장편소설인 『해는 또다시 떠오른다』는 1926년 9월에 출간되었다. 이 작품은 호평을 받았고 출판 후 두 달 동안 7,000부를 팔았다. 헤밍웨이는 인세 전부를 해들리에게 양도했다.

헤밍웨이는 네 번 결혼했다. 그는 1961년 7월 2일, 아이다호의 케첨에서 비둘기를 사냥할 때 쓰던 보스 쌍열 산탄총으로 자살했다.

참고 문헌

Baker, Carlos. *Ernest Hemingway, A Life Story*. New York: Charles Scribner's Sons, 1969.

Denis, Brian. *The True Gen: An Intimate Portrait of Ernest Hemingway by Those Who Knew Him*. New York: Grove Press, 1988.

DeVost, Nadine. "Hemingway's Girls: Unnaming and Renaming Hemingway's female characters." *Hemingway Review*, Fall 1994.

Griffin, Peter. *Along With Youth: Hemingway, The Early Years*. New york: Oxford University Press, 1985.

Hemingway, Ernest. *A Moveable Feast*. New York: Charles Scribner's Sons, 1964.

Hemingway's two Love Poems and "Hemingway in Cuba," by Robert Manning. *The Atlantic Monthly*, August, 1965.

Hotchner, A. E. *Papa Hemingway: A Personal Memoir*. New York: Random House, 1965.

Lyttle, Richard B. *Ernest Hemingway: The Life and the Legend*. New York: Atheneum, 1992.

Manning, Robert. "Hemingway in Cuba," and Hemingway's two "Love Poems." *The Atlantic Monthly*, Auguest 1965.

Meyers, Jeffrey, *Hemingway: A Biography*. New York: Harper & Row, 1985.

McLendon, James. *Papa: Hemingway in Key West*. Key West, FL: Langley Press, 1990.

Miller, Linda Patterson, ed. Letters from the Lost Generation: *Gerald and sara Murphy and Freinds*. Piscataway, NJ: Rutgers University Press, 1991.

Murphy, Michael. Hemingsteen, *A Noverl Based on the Life of Ernest Hemingway*. Shropshire, UK: Autolycus Press, 1977.

Reynolds, Michael. Hemingway, *The Paris years*. Oxford, UK: Blackwell, 1989.

Plimpton, George, ed., "Interview with Ernest Hemingway," *Writers At Work: The Paris review Interviews*, Second Series. New York: Viking Press, 1963.

사라진 헤밍웨이를 찾아서

초판 1쇄 발행 2012년 5월 23일
개정판 1쇄 발행 2014년 10월 15일

지은이 다이앤 길버트 매드슨
옮긴이 김창규
펴낸이 이범상
펴낸곳 (주)비전비엔피·이덴슬리벨

기획 편집 이경원 박월 윤자영 강찬양
디자인 김혜림 김경년 손은이
마케팅 한상철 이재필 김희정
전자책 김성화 김소연
관리 박석형 이다정

본문 디자인 홍시(010-7440-6811)

주소 121-894 서울특별시 마포구 잔다리로7길 12 (서교동)
전화 02) 338-2411 | **팩스** 02) 338-2413
홈페이지 www.visionbp.co.kr
이메일 visioncorea@naver.com
원고투고 editor@visionbp.co.kr

등록번호 제313-2009-96호

ISBN 978-89-91310-62-9   03840

「이 도서의 국립중앙도서관 출판시도서목록(CIP)은 서지정보유통지원시스템 홈페이지(http://seoji.nl.go.kr)와 국가자료공동목록시스템(http://www.nl.go.kr/kolisnet)에서 이용하실 수 있습니다.(CIP제어번호: 2014028132)」